조종사가 들려주는
비행 이야기

조종사가 들려주는 비행 이야기

발행일   2023년 10월 25일

지은이   노명환
펴낸이   손형국
펴낸곳   (주)북랩
편집인   선일영   편집   윤용민, 배진용, 김부경, 김다빈
디자인   이현수, 김민하, 임진형, 안유경, 신혜림   제작   박기성, 구성우, 이창영, 배상진
마케팅   김회란, 박진관
출판등록 2004. 12. 1(제2012-000051호)
주소   서울특별시 금천구 가산디지털 1로 168, 우림라이온스밸리 B동 B113~114호, C동 B101호
홈페이지 www.book.co.kr
전화번호 (02)2026-5777   팩스   (02)3159-9637

ISBN   979-11-93499-26-9 03810 (종이책)   979-11-93499-27-6 05810 (전자책)

(주)북랩 성공출판의 파트너

북랩 홈페이지와 패밀리 사이트에서 다양한 출판 솔루션을 만나 보세요!

홈페이지 book.co.kr   •   **블로그** blog.naver.com/essaybook   •   **출판문의** book@book.co.kr

작가 연락처 문의 ▸ ask.book.co.kr

작가 연락처는 개인정보이므로 북랩에서 알려드릴 수 없습니다.

항공기 조종사와 함께 떠나는 다채로운 하늘 여행

조종사가 들려주는
비행 이야기

노명환 지음

공군 전투기와 민간 항공기 조종사로 일했던 작가가
하늘을 나는 색다른 경험을 독자와 함께 나눈다!

북랩

저자의 말

　나는 살아있는 현장의 모습을 보여주고 싶어서 가능한 본 대로 느낀 대로 사실을 썼다. 그리고 조종사 지망생들에게 실질적인 도움이 되는 내용을 많이 기술하였다. 내용 일부는 유튜브나 블로그 같은 데서 정보를 인용하여 흥미를 보충하였다.

　나는 평범한 재능을 가졌고 주어진 환경은 비주류에 속했다. 그리고 유달리 특이한 사건, 사고 경험이 많았으며, 매사를 비판적인 시각으로 바라보는 성향의 사람이다.

　나는 공군 전투기, 민항기 조종사 생활과 여러 나라로 이민을 다니는 등 삶의 궤적이 변화무쌍한 생활을 했다.

　그리고 바쁘게 살다가 퇴직 후 은둔자가 되었다. 이제는 지나간 추억을 회상하며, '나 같은 사람도 이렇게 살았습니다' 하는 뜻으로 이 글을 쓰게 되었다.

2023년 9월 노명환

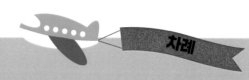

인천에서
뉴욕까지

비행 전에 ✈ --

이 과정은 조종사들이 국제선을 비행해 가는 전 과정을 거의 유사하게 설명하였으며, 독자 수준을 높은 단계로 책정하여 가능한 전문용어로 기술하였다.
조종사가 조종석에서 어떻게 비행하는지 이해하는 데 도움이 되도록 구성하였다.
일반 독자에게 지루하고, 흥미 밖의 챕터일 수 있지만, 운항 과정을 충분히 이해하도록 하기 위한 의도이니 나중에라도 읽으시길 추천한다. 그래서 관련 자료를 에피소드로 삽입하여 흥미를 도모하였다.
스케줄은 회사 사정이나 임무에 따라 약간 달리 운영되는 형태로 이루어지지만 모든 비행이 똑같지 않다는 것을 전제로 한다.

조종사가 들려주는 비행 이야기

출근과 비행 준비

비행 편조는 월 단위로 생산된다. 그래서 누구나 회사의 컴퓨터 프로그램에서 개인 고유번호로 비행 스케줄을 확인한다.

'SHOW UP'(회사 출근)은 브리핑 한 시간 전까지 해야 한다. 합동 브리핑 전까지 유니폼으로 갈아입고 비행 준비 등을 한다. 우선은 게시판에 게시된 기종별 공지 사항 및 새로운 비행 정보 등을 확인한다.

이때는 비행을 마치고 들어오는 사람과 나가는 이들이 많아서 모처럼 동료들과 인사를 나누고 소식을 교환하는 등 활기차고 분주한 분위기다.

운항에 있어서, 비행 준비를 위한 서류가 많다. 조종사들은 '운항관리사'가 제공하는 최종 자료를 비행에 적합한지 세세히 검토하게 된다. 이때의 합동 브리핑이 10분 전으로 매우 빠르게 진행되면서 의견 교환과 정보수집이 이루어진다. 그리고 'FLT PLAN'에 기장이 서명함으로써 임무가 시작된다.

서울에서 뉴욕까지 매일 운항하는 비행편 호출부호는 'OZ 222'이
며, 'OZ'은 아시아나, 'KE'는 대한항공의 국제 민간항공 배당 코드이
다. 편조의 구성은 기장 두 명과 부기장 두 사람, 그리고 장시간 비행
은 전후 구간 담당 팀에 의해 운항한다.

아시아나항공이 운항하는 가장 긴 직항로가 바로 인천-뉴욕 비행
이다. 참고로 세계에서 가장 긴 비행은 총 비행시간이 19시간 걸리는
호주 콴타스 항공의 런던에서 호주 시드니까지의 비행이다. 이때 소
요되는 항속 거리는 무려 1만 NM(Nautical Mile은 항공,항해,우주항법에서
쓰이는 거리 단위, 1 NM은 1852m, 6076 ft로 정해져 있다.)이나 된다.

운항 관리사는 지상의 조종사로 부를 만큼 비행 전반의 질서 및
효율성의 관점에서 모든 것을 관장한다.

인천에서 뉴욕까지의 비행이 계획되어 show up을 하면 이륙 전에 뉴욕의 기상을 유심히 살펴본다. 도착 예정 시간의 예보된 기상은 좋을 것으로 나타나 있으나, 착륙하기에 썩 좋은 상태는 아닐 수도 있다. 넓은 구름층이 미국 동부 해안 쪽으로 걸려있으면 회항 공항이 있는 필라델피아를 포함한 모든 도시가 날씨에 영향을 받을 수도 있는 것이다.

만약 뉴욕 공항 기상이 예보처럼 빨리 호전되지 않는다면, 도착 지연을 염두에 두고 다른 대안으로 캐나다 쪽의 날씨 예보가 괜찮은 내륙 공항들을 비상 착륙지로 고려하여야 한다.

따라서 '아시아나 222' 항로 가까이 있는 토론토의 기상을 살펴보고, 토론토 공항의 예보가 좋으면 뉴욕에서 착륙 불가능할 것에 대비해 대체공항으로 지정한다. 연료도 더 필요할 것으로 판단되면 운항 관리사에게 추가 연료 보급을 요구한다.

민항기는 영업을 목적으로 하며 영업의 궁극적인 목적인 이익을 내야 한다. 그래서 불필요한 추가 연료는 유상의 화물이나 승객의 숫자를 줄여야 하므로, 회사에서는 제한하고 있다. 더 싣고 가는 연료 자체 무게로 사용 연료가 많아 경비가 많이 들기 때문이다. 그러한 이유로 가끔은 조종사와 운항 관리사 사이에 의견 차이를 보일 때도 있다.

다른 비행장으로 회항하게 되면 공항 사용료, 연료 재보급 등의 경비뿐만 아니라, 때에 따라서는 승객을 호텔에 재우거나 연결 편 취소로 인한 환불 등 손실이 엄청나게 발생할 수 있다. 게다가 안전과 승객 서비스 차원에서도 좋지 않다고 보기 때문에 실제 운항하는 조종사의 결심을 의아해할 필요가 없다는 게 조종사들의 생각이다.

기장들은 누구나 경제적으로 연료를 사용해야 한다는 강박 관념을 가지고 있다. 그리고 비행 중 긴급 상황이 발생 시에는 가까운 착륙 공항을 사용해야 하는데, 기상 예보를 참조하여 이륙 직후에는 통상적으로 출발 비행장인 인천공항으로 돌아온다. 그러나 동해를 지나면서부터는 일본의 나리타나 간사이 공항을, 태평양 상공에서는 콜드 베이나 하와이를, 북미 대륙으로 앵커리지와 캐나다의 린 레이크, 위니펙, 토론토 등을 비상 착륙 공항으로 지정해 두고 최종 목적지를 향해 비행해 간다.

비행 중 고공에서 부는 엄청난 바람을 반영한 항공기 실제 속도와 맑은 하늘 상태에서 기류 불안정으로 갑자기 흔들리는 요란 예보, 그밖에 비행에 영향을 주는 고도별 온도, 기압, 편서풍도 고려의 대상이다.

오늘 비행에서는 조종사가 알아야 할 목적지와 비상 착륙 공항, 항로의 시설이나 운영에 관한 정보에는 비행 자료를 살펴보니 별 특별한 사항은 없다. 다만, 목적지 뉴욕 활주로 4개 중 1개인 襹L/31R'가 폐쇄된 것과 중간 비상 착륙 공항인 앵커리지 공항의 활주로 등화 장치에 약간 문제가 있는 것이 특이 사항이다.

또한, 캐나다 항로 몇 개 중, 캐나다의 군 비행기들이 훈련 관계로 북쪽 항로 1개가 제한 운영된다는 정보 외에는 비행에 영향을 줄 만한 요소는 없다.

마지막 점검은 전체 여정에 대한 비행계획서를 치밀하게 점검하는데, 연료에 대한 대략적인 수치에 오류가 있는가를 다시 살핀다. 항로를 표기하고 있지만, 이 항로들은 비행 전 운항 관리사가 항공관리국에 제출한 비행 항로와 일치하는가도 반드시 확인할 필요가 있다.

이런 모든 정보를 확인한 후 비로소 전체 브리핑에 참석한다. 이때 브리핑에 참여하는 그룹은 객실과 운항그룹인데 각각 자체 브리핑을 한 다음에 본 브리핑에 합류한다. 본회의 참석 대상은 객실 승무원까지 약 20명으로 그중에는 미국 쪽 비행 시에는 미국 승무원, 일본으로 비행 시는 일본 승무원 등 서비스 차원으로 고용한 외국인 여승무원도 있다.

회의 주관은 기장이 하며 서로 인사를 한 후에 비행하는 동안 함께 생사고락을 해야 할 조직이기 때문에 해당 비행에 관한 전반적인 내용을 전파하고 특기할 사항이나 강조 사항을 주지하는 것으로 마무리한다.

인천공항 1청사 전경 앞쪽은 공항철도 역사와 주차장 시설, 길게 뻗어 나간 통로형 건물에 손가락처럼 연결된 항공기 탑승구가 있다.

이륙 전 절차와 이륙

    비행을 위해서 회사에서 인천공항으로 승무원 전용 셔틀버스를 타고 이동한다.

    공항 도착 후 승무원 전용 출국 신고대를 지나 곧바로 항공기가 주기된 GATE로 가거나 아니면 면세점에 들러 외국 체류 중 필요한 물건을 사고 주기장으로 가기도 한다. GATE는 커다란 공항 터미널로부터 마치 손가락 뻗어 나오듯이 여러 개가 나와 있다. 이것은 항공기 손상을 방지하고 승객의 탑승 편의를 위한 것이며 통상적으로 항공기 앞문을 GATE에 접속한다.

    항공기의 도착과 출발이 비교적 짧은 시간에 연이어 연결되는 관계로 해당 항공기에 도착해 보면 정비, 지상조업, 기내 청소, 케이터링(기내식), 기내 면세품 팀별로 모두가 분주하게 움직이고 있다.

    승무원들은 객실, 방송 담당, 기내 판매 등의 역할과 위치(First,

Business, Econ') 등에 따라, 보안 장비, 서비스 품목, 면세품 등의 필수 Item을 점검하고 확인하며 이상이 없으면 이상 유무를 경로를 거쳐 기장에게 보고한다. 그동안 부기장은 곧바로 2층 조종석에서 금일 비행에 필요한 비행 데이터를 항공기 컴퓨터에 입력하고 필요한 장비를 가동하며 필수 Item을 점검한다.

항공기에 도착한 기장은 곧바로 항공기의 외부 점검을 나선다. 자세히 점검 후에 기내로 올라와 급유된 연료량을 확인하고 그밖에 외부 점검 시에 발견한 항공기 결함을 정비사와 협의하여 승객 탑승 시기 및 수하물 탑승 여부를 운항 관리사와 상의한다.

목적지에 도착 후에 발견된 항공기 동체의 찌그러짐이나 파손 또는 돌출부의 탈락 등

외국에서 체류 중 호텔에서 못했거나,
연결편 비행 시 기내에서의 합동 브리핑 장면

은 기장이 책임져야 해서 조종사는 출발 시 외부 점검에 여간 신경 쓰이는 게 아니다.

기장의 다음 임무는 조종실 비행 전 점검으로 기내에 실려 있는 각종 책자와 긴급 상황 발생 시 필요한 비상 장비 도구들을 점검한다.

그리고 계기들을 마치 물 흐르는 것과 같이 순리대로 확인을 시작

한다. 가장 윗부분 정비 패널부터 시작해서 머리 위쪽 회로차단기 패널을 거쳐 각종 스위치 패널과 각종 계기 패널, 조종사 자동 경보장치 등을 암기된 대로 점검해 나가는 것이다.

모든 내부 점검이 끝나면 현재의 기상 상태를 알기 위해 '자동 공항 정보통신 서비스' 해당 주파수를 듣는다.

기장은 또한 조종석에서 비행기 상태를 알려주는 정비기록을 살펴보고 만약의 상황을 위해 비행기 성능에 지장을 줄 만한 결함들을 메모해 둔다. 비행에 필요한 계기가 고장일 경우 규정상 정비 후 비행해야 한다. 이때 많은 시간이 지체될 경우는 출발 지연을 야기한다. 그러므로 승객들에게 다소 불편을 초래하더라도 안전을 생각하면 이런 불편들은 조금 무시되어도 될 것이다.

매 비행 후 조종사는 비행 관리 컴퓨터로 결함 사항을 저장할 수 있으며 정비기록의 아랫부분에 나타나 있는 상태 메시지와 관련 번호를 기록한다.

최근 만들어진 비행기는 최저 수명이 보통 25년이며 매일매일 지속되는 비행도 끄떡없이 견딜 수 있을 만큼 견고하게 제작되었다. 현기상 상태와 활주로 길이, 장애물 돌출 여부를 점검하여 최대 이륙중량을 산출한다. 이때의 이륙중량은 만약 한 개의 엔진이 불시에 꺼졌을 때, 비행기를 이상 없이 안전고도에 올라 양력 보조장치를 넣고 무사히 비행기를 가속할 수 있을 만큼의 무게이다.

가정 온도나 속도와 같이 이륙에 대한 정보들을 부기장에 의해 산출되고 기장이 다시 재확인한다. 이때쯤이면 기장은 조종실의 계기 패널의 점검을 끝내고, 계기비행 출발 절차를 검토한다. 그리고 컴퓨터에 항로를 입력하고 이륙을 위한 양력 보조장치 숫자를 입력한다. 이 절차는 기장에 의해 재확인된다.

출발 허가는 엔진 시동 요구 전에 나오며 그 밖의 출발을 위한 정보들은 기상제공 주파수 청취해서 컴퓨터에 입력한다. 또한, 조종사들은 소음규제 및 바람 방향이 갑자기 바뀌어 출발 절차가 바뀔 수 있으므로 모든 공항의 출발 절차에 익숙해야 한다. 이때는 신속히 컴퓨터에 바뀐 정보들을 입력할 수 있어야 한다.

B747-400 조종석 앞 화면

비행기 한 대를 출발시키기 위해서는 수많은 인력과 장비들이 동원된다. 연료는 지상에 매몰된 연료관을 통해 주입되고, 엔진오일과 유

조종사가 들려주는 비행 이야기

압유는 정비사에 의해 대부분 보충되며, 식수 탱크가 채워지고, 화장실은 말끔히 청소되고, 수하물 및 cargo가 실리고 Galley는 음식으로 채워지며, 객실은 새로운 손님을 맞기 위해 청소되며, 전 비행에서 생긴 결함은 고쳐지고, 겨울에 눈이 왔을 경우 비행기 표면의 눈들은 깨끗이 제거된다. 이 모든 과정이 일사불란하게 이루어져야 한다.

이상이 발생하면 기장은 이를 반드시 알아야 하며, 각 승무원은 비행 이륙 단계에 필요한 'Chart'를 준비하고 자기의 비행 구간별로 수행해야 할 임무를 마음속으로 되새긴다. 연료 주입을 마치면 연료 주입 담당자는 조종실에 올라와 최종적으로 비행 계기판부터 확인하고 계획된 연료량과 일치하면 기장의 서명을 받는다.

이때쯤 사무장에게 승객 탑승을 지시하고 나면 오늘의 지상 업무는 끝나고 비행 임무가 시작된다.

기장과 부기장이 각자의 출발 준비를 끝내면 출발 15분 전쯤 출발 전 점검을 시행한다.

이때 부기장이 읽으면 기장은 해당 계기 확인 후 답변하는 방식을 따른다. 다음으로 기장이 이륙 및 출발 절차에 대해 브리핑함으로써 끝을 맺는다.

시동과 이륙

출발 10분 전이 되면, 관제소로부터 최종 비행 허가 내용을 주파수로 받는다.

예: "ASIANA 222 Clear to NEWYORK 'G'-DEPARTURE(이륙 후 항로와 연결되는 중간 연결 종류) G597(항로) than as filed FLT Level 330 DEP'Frequence 124.8 SQUACK 4232(식별코드) OVER." 하면 조종사들은 받아 적고 부기장이 복창한다.

출발 2~3분 전쯤 최종 비행 자료-실제 탑승객 수와 위치도, 수하물, 총 무게 등이 개재된 데이터 자료-를 가지고 공항 주재 운항 관리사가 조종석에 들어온다. 자료를 항공기 컴퓨터에 입력하면서 비교 검토하여 이상이 없으면 사인하고 한 장은 보관용으로 기내에 둔다.

관제소로부터 시동과 출발 허가를 받은 후 기장은 지상의 모든 장비가 안전한 위치로 철수되었는지를 지상 직원에게 재확인한다. 접속됐던 탑승구가 이탈되었는지도 육안으로 확인하고 지상 직원에게 PUSH BACK을 요구한다.

PUSH BACK 트럭에 의해 으르렁거리면서 비행기는 서서히 뒤로 움직이기 시작한다. 엔진의 시동이 모두 이루어지면 비행기는 TAXI 할 수 있는 지점에 다다르게 된다. 시동 후 체크리스트가 부기장에 의해 읽히고 모든 계기가 재확인된 후 TAXI 요구를 한다.

기장은 BRAKE를 풀고 엔진의 출력은 이때 가급적 최소로 하는

데, 그 이유는 주기장 지역의 장비나 인원은 엔진의 후류 때문에 쉽게 손상되거나 부상을 입기 때문이다.

이륙을 위해 전진하는 동안 객실에서는 승객을 대상으로 비상시 행동 사항을 객실 스크린 화면이나 데몬스트레이션으로 소개도 하고, 객실장은 비행을 위한 준비가 되었는지 여부를 각 위치의 객실 승무원들에게 보고받는다.

조종실 모니터에서 객실 각각의 출입문에 'A'가 나타나면 수동에서 자동으로 전환되었음을 확인할 수 있다. 자동의 의미는 긴급사태가 발생 시 승객들이 탈출하기 위해 문을 열면 자동으로 SLIDE(항공기 높이 때문에 대형 미끄럼틀형으로 제작)가 펼쳐져 안전하게 비행기를 이탈할 수 있음을 나타낸다.

조종사들이 가장 긴장하는 시기가 이륙 단계이다. 왜냐하면, 항공기 무게가 가장 무겁고, 저속으로 움직이기 때문에 이 단계에서 심각한 결함이 발생 시 순간 판단과 비상에 대해 적절한 처치를 하기가 매우 급박한 상태이기 때문이다.

'Tower'로부터 이륙해도 좋다는 허락을 받고 난 후, 기장은 오른손은 각 엔진 추력 조절기를 잡고, 왼손은 조종간을 잡고서, 순간 판단으로 이륙 단념(Reject)상황을 복습하면서 이륙 절차에 들어간다.

바퀴가 땅에서 떨어지고 상승이 확인되면 기장의 'GEAR UP' 지시에 의해 바퀴가 올려지기 시작한다. 항공기가 안전고도에 도달하고 안정 상태에서 Auto Pilot Engage 하여 자동 비행 상태로 전환한다.

이때 비로소 기장은 비행이 수동에서 자동으로 바뀐 것을 확인하고 조종간에서 손을 뗄 수 있게 된다. 이 순간부터 기장은 조종간이 아닌 조종 관련 스위치를 이용하여 비행하게 된다.

상승 단계와 순항

밀리서 보면 적란운은 아름답게 보인다. 가까이 접근해서 관찰하면 전체가 푸른빛을 발산하며 번개까지 치고 있어 공포감을 느끼게 한다. 전투기 탈 때 적란운에 들어갔던 경험에 의하면 항공기가 이리저리 튕기듯 밀치는 힘이 엄청나다. 빠져나오는데도 한참이 걸리고 항공기가 분해될까 봐 두렵기까지 했었다. 그래서 기체가 큰 여객기의 경우는 다수의 승객 중상으로 비상 착륙하였던 사례가 여러 번 있었다.

타워로부터 DEP 관제사와 통화하라고 지시받으면 주파수를 맞고 변경해서 DEP 관제사를 부르면, 이때부터는 DEP 관제사로부터의 관제가 시작된다. 10,000 FT 아래에서의 최대 속도는 250 KT이므로 이 속도를 유지해야 하며, 필요시에는 요청하여 속도를 더 늘릴 수도 있다. 또한 항공기 기상 레이다를 켜고 비행에 영향을 줄 수 있는 적란운이 있는가를 살핀다.

만약 항로상에서 커다란 적란운에 들어가면 심한 기체 동요를 유발할 수 있어 이를 발견할 때는 관제사의 허가를 받아 회피 비행을 해야 한다. 적란운에 들어가면 항공기가 갑자기 흔들려서 안전벨트 미착용 승객 대부분이 부상 사고가 발생할 수 있기 때문이다.

따라서 10,000 FT를 통과하면서 비행 중 실제 기상 상태를 판단하여 시트벨트 사인을 꺼준다. 이때까지는 조종석 임무가 바쁘고 엄중하여 객실과도 통화도 엄격히 통제한다.

시트벨트 사인이 꺼지면 비로소 객실에서 첫 번째 식사 제공을 위한 서비스에 들어간다. 시트벨트 사인이 계속 ON 되어 있다는 것은 계속 또는 앞으로 항공기 요동이 예상된다는 뜻이다. 또한, 목적지 도착 시간을 계산하여 회사 중앙 통제실에 항공기 출발시간과 도착 예정 시간을 알려주고 항공기 상태나 특기사항을 보고한다.

배당된 순항고도에 도달하면 순항 계기 상태를 다시 한번 점검하고 비행계획서의 각 지점 통과시간을 계산해서 기록한 후 기장 방송을 한다. 방송 내용은 현재 순항고도와 속도, 총 비행 예상 시간과 목적지 도착 시간, 항로 기상 상태 등이다.

통상 기장 쪽 라디오에는 비상 주파수인 121.5를 선택하고, 중간에 있는 라디오에는 공대공(다른 항공기 조종사 간에 정보교환용: 가끔 농담도 가능한 주파수로 사용도 함)인 128.95가 선택된다. 관제사와 송신 및 수신을 하는 주 라디오는 부기장석 쪽 라디오인데, 2개의 주파수를 선택할 수 있다. 한 개가 송수신할 때 다른 한 개는 조종사의 편의를 위해 다음 차례의 주파수를 선택한다.

상당한 시간이 지나면 이제 비행기는 출발지 한반도를 지나 일본 열도를 뒤로하고 태평양 상공으로 접어든다. 객실은 그동안 계속 식사 서비스 및 면세품 판매 등을 하는데 워낙 서비스 내용도 다양하고 복잡하여서 전, 후단 서비스만 하는 데도 각 2~3시간씩 소요된다.

관제사로부터 가능할 때 FL370으로 상승해도 좋다는 허가가 나오면, MCP(main control panel)의 고도창에 370을 선택하고, 스위치는 누름으로 비행기는 FL370으로 향해 상승을 시작한다. 현재 연료량과 계획상의 연료 확인이 완료되고 도착지에서 최소 잔여 연료량도 확인한다.

비행기가 이륙한 지 벌써 3시간이 넘게 흐른다. 그러면 가장 바쁜 시간을 지나 처음으로 휴식 시간을 취할 수 있는 시간이다.

최소한 한 명의 조종사는 좌석에 앉아 계기를 관찰하며 라디오에 응답해야 하고 나머지 한 명은 좌석에서 일어나 팔도 뻗어 보고 간단한 손 운동을 할 수 있게 된다.

이제부터 주요 임무는 계기를 관찰하고 비행계획서에 진행 상황을 기록하는 것이다. 순항고도에 올라올 때까지의 그런 바쁜 순간들은 없을 것이다.

순항 단계에서는 단지 아랫부분 모니터를 간헐적으로 확인하여 비행기 전반의 시스템을 골고루 살펴보고, 라디오 위치 보고를 해야 할 때 송수신하고, 비행계획서에 기록하며, 도착지 및 대체공항 기상을 수신하는 정도의 일을 수행하는 것이다.

승무원은 명절이나 기념일 관계없이 연중 스케줄에 따라 근무하는 특성상 비행 중 생일 축하받을 때가 있다.

조종사는 넓은 하늘에서 생활하다 보니 마음도 넓고 여유가 있을 것 같은데 오히려 그 반대 성향이 많다. 그것은 좁은 조종석에 갇힌 채 실수를 허용하지 않는 타이트한 생활을 하는 탓이 아니겠나 싶다. 계기판을 점검하고 밤하늘에 빛나는 수많은 별이나 오로라 현상과 같은 자연현상을 목격하기도 한다.

오로라: Nymph 요정처럼 갑자기 나타나서 춤추듯 밤하늘에 너울대다 또한 슬며시 소멸해 버리는 현상을 자주 볼 수 있으며, 승객의 수면에 지장이 없으면 기장 방송으로 소개도 한다.

저기 보이는 별은 40억 년 전의 빛이라는데 지금은 존재하는지 모른다. 어떤 것은 별 같은데 쏘아 올린 위성인지 이동하고 있다. 작동 위성이 삼천 개나 있고, 죽어서 떠돌이 신세 위성이 삼만 개나 있다는데, 충돌로 조각이 되었거나 추적이 안 되어 죽은 놈이 더 무섭단다.

그나마 미국 쪽으로 갈 때는 올 때보다 비행시간이 1-2 시간 짧아 덜 지루하다. 그것은 지구가 자전함으로써 일어나는 기상 현상으로 고고도에는 항상 서에서 동으로 강한 편서풍(JET STREAM)이 불기 때문이다. 항로는 보통 폭이 10 NM 정도 되는데, FMS(flight management system)가 장착된 비행기는 거의 항로 중앙을 따라 비행할 수 있다.

오늘 캐나다 영공 통과료는 얼마쯤일까? 작년까지 유럽에 갈 때 러시아 상공 통과료가 편당 1만 US$이었다. 그 수입도 어마어마한 부수입인데 이왕이면 나라도 크고 볼 일이다. 요즘 비행기는 같은 항로를 고도만 다르게 해서 분리하기 때문에 정확히 머리 위로 지나갈 때가 많다. 이런 때는 약간 공중 충돌의 위험을 느낀다.

비행기는 충돌 방지용 붉은색등과 항법등을 항상 켜놓고 다녀야 한다. 몇 년 사이에 각국이 운항하는 항공기 대수가 너무 많아져서 공중 충돌에 대한 우려가 심각해졌다. 특히 동남아시아 쪽 비행 시에는 하늘을 꽉 채운 듯 항공기가 떠다녀 구역 관제사들도 여유 있는 정보제공이 전 같지 않아 조종사의 주의집중이 더 요구된다.

급격히 증가하는 중국인 여행객이 단 1%만 더 증가해도 매년 1백 대 이상의 항공기가 추가되는 형국이다. 아시아 승객 증가만으로도 하늘은 몸살을 앓는데, 지구 곳곳의 상공이 하얗게 비행운으로 차폐되어 가는 오염을 볼 때마다 환경이 걱정된다.

목적지나 대체공항의 날씨는 보통 고출력 통신을 통해 수신되는데 30분 간격으로 UPDATE 한다. 만약 도착지 기상이 착륙 최소 기상보다 나쁠 때는 대체공항으로 회항해야 하는데, 이때는 미리미리 기상을 수신해서 가급적 빠른 결정을 내리는 것이 좋다.

ETP(Equal Time Point)는 바람을 고려해서 계속해서 목적지 공항을 향해 운항할 것인지 혹은 대체공항으로 되돌아올 것인지 결정해 주는 중간지점이다. 이 지점은 대양 비행에서는 비상사태를 대비해서 반드시 점검하면서 비행해야 한다.

조종사는 6개월에 한 번은 SIMULATOR(이하 SIM)로서 비상사태를 대비하는 표준 절차를 유지하기 위해 반드시 훈련받는다. SIM 위치를 이동하는데 자유롭고, 훈련하고 싶은 부분에 따라 집중적으로 할 수 있기 때문에 효과적이고, 모든 비행 상황을 가상으로 시현할 수 있으므로 현실감 넘치는 훈련 장비이다.

SIM 훈련은 효과적이고 안전하며 또한 비용 때문에 요즘 대부분의 항공사가 이용하고 있으며, 평생에 한 번도 경험할 수 없는 위기 상황들을 SIM 훈련을 통해 맛볼 수 있기 때문에 환상적이기까지 하다.

비행 기록 장치는 비행 중에 몇 가지 중요한 데이터를 저장한다. 또한, 조종석 대화 녹음은 30분 간격으로 비행 중 조종실에서의 대화 내용을 녹음한다. 이 녹음장치는 비행기에서 가장 강한 재질로 구성된 꼬리 부분에 장착되어 500 lbs(파운드)의 충격이나 1,100℃의 열과 100G(중력)를 견딜 수 있을 정도로 단단하게 만들어져 있다. 소위 'BLACK BOX'라고도 불리는데, 눈에 잘 띄게 하도록 오렌지색이며, 자체에 작은 발신기가 부착되어 사고 시에 구조대가 쉽게 찾을 수 있도록 해 준다. 사고나 준사고 시에는 자세하게 분석하여 원인을 찾아내는 데 결정적인 단서를 찾아낸다.

비행기에 이상이 생기거나 계기 고장 시에 조종사에게 경고를 주기 위해 시각적인 경고와 음성적 경고장치가 조종실에 설치되어 조종사에게 알려준다. 미세한 결함일 경우 노란색으로 스크린에 메시지를 띄우고, 중대 결함 시에는 빨간색으로 나타나 조종사에게 정보를 제공한다. 어느 부분의 결함 발견 시, 그 결함의 수정은 CHECK-LIST를 따르며, ENG FIRE나 항공기 탈출 같은 긴급을 요하는 수정 절차는 암기한 상태에서 절차를 먼저 수행 후 나중에 점검표를 따르는 것도 있다.

야간 착륙 시 앵커리지 비행장이 보이는 모습

착륙과 도착 후

착륙할 때는 현재의 기상을 확인하고 뉴욕 주재 회사원과 정보를 교환하는 순서를 거쳐 접근과 착륙 준비를 한다.

바람의 방향에 따라 어느 활주로를 사용하고 어떤 착륙 기술을 구사해야 할까를 생각하며, 착륙 후 주기장까지 진입 절차를 연상해 본다. 이륙이 상대적으로 위험한 반면, 착륙은 기장의 비행 기량을 내외로 평가받는 것이기 때문에 어떤 면에서는 조종사들은 더욱더 예민한 상태가 된다.

공항 근처에 적란운과 같은 악천후가 있다면 벼락을 맞거나 우박을 맞고 동체가 파손되거나, 버드 스트라이크(조류 충돌), 다운 버스트(바람이 위에서 아래로 강하게 불어 내려오는 현상) 같은 변수들도 착륙의 중요 고려 사항이다. 실제로 이로 인한 사고 사례가 많이 발생했다. 그래서 이륙 후 3분, 착륙 전 8분이 항공기에서 가장 위험한 순간이라고 한다.

착륙하고자 하는 공항이 굉장히 크고 바쁜 곳이라면 하늘에서 좀 기다려야 할 수도 있다. 보통은 선회하면서 기다리는데, 조종사뿐 아니라 관제탑도 바빠지기 때문에 체공이 길어지면 당연히 잔여 연료가 부족해지게 되어 위험할 수 있다.

착륙에도 순서가 있는데, 먼저 들어온 항공기가 먼저 착륙하는 게 원칙이긴 하지만, 기체 연료 부족, 기내 중환자 발생, 국가 원수나 VIP 탑승 항공기, 군사 작전 등의 경우 우선순위가 주어진다.

이렇게 착륙 시간이 임박하면 이때부터 조종사뿐만 아니라 기내의 모든 승무원이 바빠지며 친절하던 승무원들이 상당히 엄격해지는 모습은 볼 수 있다. 조종사가 방송으로 착륙 준비를 지시하면 면세품 판매와 음료수 서빙 등 기내 서비스가 모두 중단되고 화장실이나 복도에 있는 승객에게 자리로 돌아갈 것을 요청한다. 보편적으로 기장이 직접 안내방송을 통해 승객들에게 곧 착륙하니 자리에 앉고 좌석 벨트를 착용하라고 지시한다.

승무원들이 돌아다니면서 승객들에게 등받이를 수직으로 세우고, 안전벨트를 착용하며, 테이블을 접고, 창문 가리개를 열어두고 자리에서 일어나지 말 것을 지시하고, 복도를 오가면서 착륙 준비가 미흡한 좌석이 있는지 직접 확인하고, 문제가 있는 좌석은 재차 지시한다.

착륙을 위해 하강 시 기내 객실 전등이 전면 소등되며 이 모든 상태를 점검한 후 최종적으로 승무원도 자리에 돌아가 벨트를 매고 앉는다. 이러한 일련의 과정들이 꽤 복잡한 만큼 비행 중 가장 위험한 시간이고 모두 안전을 위한 조치이니 승무원의 지시에 잘 따라야 한다.

착륙 시 랜딩 기어는 활주로로부터 상당히 먼 곳에서부터 미리 내리는데 이때 타이어는 회전하지 않는다. 즉 회전하지 않는 상태에서 300km/h 전후의 상대속도로 활주로와 접촉하며, 그와 동시에 엄청난 비행기 중량을 견디는 것이다.

접지 순간 타이어 표면의 온도는 200℃까지 급상승하며, 흰 연기와 마찰음이 나는 것도 그 때문이다.

타이어는 질소가스로 충전되어 있으며 활주로에는 이 타이어 자국이 남게 된다. 공항의 항공 사진을 보면 활주로의 끝부분에 길게 검은 자국이 선명하게 나타나 그것이 바로 착륙할 때의 마찰과 타이어 회전에 의한 자국이다.

착륙을 위해 타이어가 활주로에 닿는 순간 굉음을 내며 충격과 진동이 발생하는데, 어느 정도의 충격이 승객에게 전달된다.

남유럽 국가나 구소련권 국가들에서는 비행기가 착륙했을 때 손뼉을 치는 풍습이 있다. 초기 비행기 시절의 전통이 이어져 온 것인데, 특히 장거리 비행기에서 자주 목격할 수 있다.

간혹 착륙 시도 중 심한 터뷸런스(요란)가 발생했거나 여러 번의 복행 끝에 비행기가 착륙하는 등, 어려운 조건 속에서 기체가 무사히 착륙에 성공했을 때 박수를 보내기도 한다.

항공기 타이어가 멈춘 상태에서 지면과 첫 접촉 시 발생하는 장면

비행기가 부드럽게 착륙하는 때도 있지만 '쿵'하고 지상에 찍으면서 착륙하는 경우도 있다. 갑자기 측풍이 많이 불거나, 돌풍, 전방기 후류에 진입했을 때 등의 착륙 조건이 까다로운 경우에다가 조종사의 실수까지 겹치면 발생하는 현상이다.

또한 항공기에 이상이 있어 급히 비상 착륙을 해야 할 경우나, 항공기 접지 속도가 많은데 활주로 길이가 충분치 않은 공항에서 착륙할 때는 차라리 경착륙이 예상되더라도 강하게 활주로에 착륙하여 안전을 선택한 조작인 경우도 있다.

이러한 경착륙에 관계 없이 승객들도 착륙 직전에는 충격 방지 자세를 잡을 필요가 있다. 예를 들면 좌석 손잡이에 팔걸이 상태에서 접지 순간에 체중을 다리와 팔걸이에 분산시킴으로써 허리에 온전히

올 수 있는 충격을 줄이는 식이다.

승무원들은 무방비 상태에서 계속되는 허리 충격이 누적되어 허리병으로 고생하기도 하는데, 승무원들한테 많이 발생하는 직업병이 되기도 한다.

내가 부기장 때 착륙 조작을 하다가 실수로 강한 경착륙을 했던 적이 있었다. 승객분들뿐만 아니라, 착륙 기회를 배려해 주신 기장님한테 엄청 죄송하여 한참을 쩔쩔맸던 기억이 있다.

[웃음코너]

부기장이 착륙을 담당하고 내리던 중 Bouncy Landing(항공기 바퀴가 지면에 통~통~ 몇 번 튀어 오르다가 접지하는 착륙) 하였다.
기장이 착륙 후 기내 방송을 하면서 "오늘 부기장 착륙 중 몇 번째 착륙이 가장 마음에 드셨습니까?" 하고 멘트를 날리셨다.^^

착륙 후 주기장으로 들어올 때는 승객도 장시간 비행에 지루하고 기다리는 친지를 빨리 만나고 싶은 마음에 항공기를 세우기도 전에 모두 일어서는 것은 세계 어느 나라 손님이나 공통된 모습이다.
승무원이 방송 등으로 계속 앉아 계시라고 말리는 모습은 항상 반복된다.

여객기가 착륙하자 승무원이 안내방송을 했다. "비행기가 완전히 멎을 때까지 자리에서 일어나지 마십시오, 우리는 누구도 비행기보다 먼저 공항에 도착하는 것을 원치 않습니다"

드디어 목적지 공항에 도착 후에는 (정비사, 운항 관리사, 지상조업사, 케이터링, 청소 등등으로) 다시 한번 기내는 혼잡해진다.

승무원들은 다음 연결편 팀들을 위해 자료를 정리하고 메시지를 남기고, 비행 임무를 마치는 만족감으로 서둘러 입국 수속을 위해 항공기를 떠난다.

승무원은 일반 승객과 다른 입국심사와 세관 검사대를 지나 간단히 마치고 나온다. 그러나 마약이나 범죄율이 높은 라틴 아메리카, 일부 아프리카 나라 출신의 승무원은 별도의 세밀한 가방 검사를 받는 경우가 있다. 이와 같은 차별 대우를 받는 모습을 보면서 승무원 생활도 국가의 위상에 따라 영향을 받는구나 싶었다.

괌이나 사이판 같은 작은 공항에서는 출국과 입국 절차가 같은 장소에서 동시에 이루어진다. 그와 같은 공항에서는 도착한 승무원과 출발팀 승무원들이 만나게 되면 반갑게 인사와 소식을 교환하는 정도는 허용이 되나 서로 악수하거나 물건을 건네는 등의 직접적인 접촉은 절대 금지되어 있다.

호텔로 셔틀버스를 타고 가는 동안 간단한 디브리핑할 수도 있고, 비행 중에 일어났던 특이 사항이나 기내 서비스 중에 일어난 에피소드를 나누기도 한다.

에피소드 버스 안에서 아래와 같은 내용으로 하하거리며 호텔로 향한다.

* 막 기내 금연이 시행되던 시절 바둑 두기를 좋아하시던 일등석의 모 회장님이 계셨다. 같이 출장 가는 비즈니스석 회사 임원을 일등석으로 불러서 바둑 두시며 담배를 피우셨다.
승무원이 기내 담배 연기에 놀라서 회장께 거듭 금연을 부탁드리자,
"알았어! 알았어!~ ㅇ구(항공사 회장 이름)한테 잘 이야기할게!"
?
우리 회장님께 무슨 이야기를 하신다는 것인지?
회장님들끼리는 서로 잘 아시는 관계인지 존칭 없이^^.

* 또 한번은 퍼스트 클래스 담당 여승무원이 음료수 서비스를 하는데 어떤 회장님이 갑자기 여승무원 손을 잡으시며 "아가! 아파트는 있냐?" 물어보셨다고 했다.
"눈 질끈~ 감고 없다고 하지!~" 하며 여승무원들이 깔깔거리는 장면이 있다. 호랑이 담배 피우던 시절 호텔로 가면서 승무원들이 떠들던 장면 중에서.

호텔 도착 후 필요한 전달 사항을 교환하고 나서 비로소 정식 비행 종료가 선포되면, 각자의 방으로 들어가 밀린 잠을 자거나 개인 볼일을 본다.

90년대까지는 조종사는 기장의 취향에 맞추어 기장, 부기장이 같이 스케줄이 진행되었고, 객실은 사무장의 통솔 아래 끼리끼리 어울려 지내는 식이었다. 밀레니엄 시대로 접어들면서 각자가 알아서 지

내다가 출발 브리핑 장소에서 다시 보는 식으로 문화가 바뀌었다.

우스갯소리로, 우리 때 부기장은 사람 취급도 못 받았다. 그런데 요즘 부기장들은 실력도 있고 개인의 권리 주장에 익숙한 부기장들한테 기장이 오히려 꼰대 소리 안 들으려고 조심들 한다. 나는 이 모든 것을 긍정적인 시대의 변화로 받아들였다.

에피소드 옛날 기장들의 해외 체류형 분류

그 시절 부기장들끼리는 기장님들이 해외 체류하는 동안 어떻게 시간을 보내느냐에 따라 몇 가지로 분류하고 기장을 모셨다. 그때는 지금처럼 다양한 정보제공 받는 콘텐츠가 없던 시절이다. 때문에 혼자 시간을 보낼 수 없었고 그래서 함께하는 생활이 일반적이었다. 그때는 계급의식과 서열이 우선하던 시대라 지금 생각으로 이해하기 어려운 면이 있다.

음주 형; 술 좋아하는 기장분들은 장시간 비행으로 피곤에 지쳐있다가 도착 후에는 꼭 음주를 즐기셨다.

이분들은 숙소 도착 후 현지 식당이나 호텔 방에서 반드시 술자리를 가졌다. 장시간 근무로 피곤해 있다가도 술만 들어가면 얼굴에 화색이 돌고 금방 에너지가 충전되는 모습이 나에겐 신기하게 보였다.

이분들의 가방 속에는 항상 술이 있었고 장기간 해외 체류 비행

시는 부기장들에게 소주 몇 팩씩은 가져올 것을 원했다.

　그리고 술자리를 벌이면 끝낼 줄을 모르고 한소리 또 하면서 밤을 새웠고 호텔 측으로부터 조용히 하라는 경고도 받았다.

　술에 취해서는 상대에게 상처 주는 말도 했지만, 술이 깬 후에는 기억 못 했고 평소에는 좋은 선배였다.

　알코올 분해가 안 되는 체질의 내가 모시기 힘들었던 부류였다. 술 못 마시는 것도 큰 죄인 취급 받았고 그런 사람을 이해하려고도 하지 않았다.

　도박 형; 회사가 취항하는 라스베이거스나 애틀랜틱 같은 도시마다 도박장이 있었다. 도박을 좋아하시는 분들은 현지 도착하자마자 렌터카나 도박장에서 운영하는 전용 셔틀버스를 타고 찾아다녔다.

　이분들은 골프 같은 운동을 하면서도 내기가 걸리지 않으면 흥미를 느끼지 못했다. 무엇을 해도 얻는 게 있어야 한다면서 액수가 부담스러운 내기를 좋아했다.

　호텔에 돌아와서도 밤에는 포커나 고스톱이라도 치면서 시간을 보내야 직성이 풀리는 분들인데, 나이 들어 끝이 안 좋게 변하신 분들이 있었다.

　미국 도박장에서 노숙자로 변한 '전직 모 항공사 조종사'모습으로 한국 TV 뉴스에 나온 사람도 있었다. 이분은 뛰어난 머리에 바둑도 프로급이었는데 타고난 재능을 살리지 못했다.

부기장들은 며칠 동안 차량 렌트와 반납, 여행 준비, 골프채 처리 등을 하느라고 잠이 부족하고 피로한 경우가 많았다. 나는 비행 중 코피를 흘리던 자신에게 무척 미안했던 장면이 짠하게 떠오른다.

운동 형; 우리는 회사 항공기가 취항하는 도시의 여러 골프장을 찾아 골프를 즐겼다. 다녀 본 골프장 중에는 메이저 대회를 개최하는 등의 명문 골프장들도 있었다. 그때는 골프장 안내와 비용을 계산해 주는 교민들도 가끔 계셨다.

또한 걷기를 좋아하는 분들과는 숙박하고 있는 호텔 주변의 곳곳을 운동 삼아 찾아다녔다. 지금도 TV 화면에 외국의 도시나 장소들이 나올 때마다 보았던 곳이 많아서 추억의 자산으로 남았다.

앵커리지 같은 곳에서는 약 한 시간 거리에 있는 코스트코 같은 곳까지 운동 삼아 걸어가곤 했었다. 어떤 때는 눈 덮인 길 찾아 걷다 보면 무스(큰 사슴)도 만나고, 노르딕 스키 타고 지나가며 놀라는 현지인 모습이 생각나는 기억들이 있다.

내가 기장이 되어 젊은 후배들하고 함께 걷기를 몇 번 했었다.

그런데 요즘 젊은 부기장들은 "왜 이런 고생을 하시죠?" 하며 걷는 것에 흥미가 없었다.

후배 조종사들이 우리와 생각과 취향이 다름을 느꼈던 뒤로는 혼자 또는 동년배 기장들끼리만 다녔다.

선배들은 먹을 것이 부족해서 춥고 배고픈 시절을 보냈으면서도 체력과 정신은 강하고 술 마시는 주량이 많고 셌다.

반면에 좋은 환경에서 잘 먹고 잘 자란 젊은 조종사들은 덩치는 크지만 약골들이 많은 것이 궁금했다.

여행 마니아 형; 이 타입의 기장님들 덕분에 평소 가 보기 쉽지 않은 여러 장소를 여행해 보았다. 여행에 관한 정보를 찾기가 어려운 시절에 어떻게 아셨는지 체류지 시골구석까지 조사한 교통편과 준비물 등을 갖추고 출근하신 기장님도 계셨다.

한번은 런던에서 체류 중에 이집트 카이로까지 '스타 얼라이언스'(글로벌 항공사 네트워크로 상호 동일 혜택)를 이용하여 여행 갔었다.

그런데 돌아올 때는 유상 손님이 많아 할인 티켓으로 여행 중인 우리는 우선순위에 밀려서 겨우 런던에 도착할 수 있었다.

우리는 바로 그날 히스로 출발 인천행 비행 임무였기 때문에 카이로에서 엄청나게 걱정했었다. 하마터면 비행해야 할 조종사가 나타나지 않아 국제선 운항 취소되는 대형 사고를 칠뻔해서 지금 생각해도 식은땀이 난다.

퇴직 후에 여행사를 운영해 볼까? 꿈을 가졌던 어떤 기장님은 항공 여행의 시대가 올 거라는 예측을 일찍이 하셨었다. 그 기장님 말씀처럼 한 세대 만에 공항마다 넘치는 여행객으로 북적거리고 항로마다 비행기로 하늘이 꽉 채워졌다.

쇼핑 형; 이분들은 한국 출발 시 가방은 가벼웠고, 돌아올 때는 물건으로 가득 찬 쇼핑족이다. 수입품이 대접받던 시절이었기도 했지만 가끔은 부업 목적으로 사서 나르는 것이 아닌지 짐작되는 분도 있었다.

한번은 맨해튼 25번가 근처의 큰 창고형 도매점으로 어떤 기장을 따라갔던 적이 있었다. 그곳에는 온갖 도자기 그릇이 층층이 쌓여 있고 접시 하나에 몇백 달러씩 하여서 가격에 놀랐다.

명품이라는 개념도 없을 때였기에 나는 저걸 몇십 개씩 왜 살까 했었는데 나중에 알아보니 강남 부자들이 장식용으로 수집하던 "본차이나"같은 것들이었다.

나는 미련스럽게 정원 관리용 가위나 도구를, 아니면 햄, 꿀, 오렌지 등을 낑낑대고 들고 다녔으니 웃음이 나오는 나의 어리바리 추억이다. 지금은 물질이 넘쳐나는 우리나라가 되고 보니, 한 세대 전의 쇼핑 풍습이 애틋한 추억으로 남았다.

갈 때 봅시다 형; 기장님 중에는 "갈 때 봅시다!" 하고 호텔 방으로 가버리시는 기장들도 있었는데 부기장들이 보기에 쿨~ 하게 보였다.

지금이야 일상의 모습이지만, 당시는 부하를 함부로 대하던 문화였기에 신선한 타입으로 받아들여졌다.

몇 년 뒤에 기장으로 승급한 나도 "갈 때 봅시다!" 하고 흉내 냈었다. 그러자 "기장님! 저녁은 사주세요! 퍼듐(체류비)도 많이 받으면서?"

하는 부기장 요구에

"이~크, 알았어! 6시에 라운지에서 보자고!~"

이상, 그때 선배들이 들으면 기분 나빠할 기장들의 모습을 보복하는^^ 심정으로 일부러 기술해 보았다.

비행을
잘하려면

가정: "이륙 중 엔진 FIRE!" --

장면 연출) 기장(PF; Pilot flying)은 상황인식 즉시 그때의 속도를 확인하면서 "Rejected take off (이륙 단념)!"선포와 동시에 4개의 엔진 추력 레버를 줄임과 자동 추력 스위치를 차단하고, 역추진 장치 레버를 단계별 연속 조작으로 작동하며, 활주로 방향 유지와 부기장(PM; pilot monitoring)이 해야 할 call out 하는지 등의 점검을 하여 PM이 빠뜨렸다면 PF가 대신이라도 수행해야 하고, 항공기를 정지시킨 후 소화기를 작동시켜 엔진 불을 끄는 선조치 후 이륙 단념 시작 시의 속도에 따른 타이어의 화재 발생가능 상황까지 조치를 체크리스트 순서에 따라 재확인하고, 승객들에게 상황을 알려주어 승객 통제를 포함한 모든 절차가 정확하고, 순차적이며, 신속하게 진행해야 한다.

*위와 같은 사례의 경우가 발생했을 때를 가정하여 적절한 조작 절차를 수행하는 표준 절차 비행을 서술해 봤다.

머리와 온몸으로

말이 나와야 조작도 된다.

선포해야 할 해당 비상 제목과 call out 할 말이 즉시 나오도록 익혀라. 즉 "Reject take off" "contact tower!" 같이 지금 주어진 비상 조치 제목과 PM이 해야 할 사항을 공포해야 비로소 비상 처치 행동이 시작된다.

위와 같은 상황이면 뒤를 이어 "engine number 3 fire check list" 와 "tire cooling time, Engine number 3 inoperative check list" 등 정확한 standard call out을 중단없이 해야 한다.

생각만 했다가 실제상황 시 긴박해지면 무슨 말을 해야 할지 당황하면 절차 진행이 엉망이 된다.

영어 스피킹 공부할 때 암기만 하는 것보다 큰소리로 발음하고 외우고 상황을 연출하며 글로 써봐야 효과가 있다. 뇌와 어떻게 연계되

어 있는지 모르지만, 혀와 입술과 울리는 나의 귀울림까지 함께 익혀
야 내 것이 되고 실제 대화 시 자연스럽다.

항공기 안에서 진행되는 비상 처치는 호떡집에 불난 것처럼 요란
하고, 예측불허며, 산만한데, 막연히 외웠다고 생각했다가는 큰코다
친다.

혼자 방안 같은 장소에서 큰 소리로 떠들면서 상황 연출을 진행해
야 내 것이 되고, 그것을 보고 있는 자녀들이 아빠의 미친 듯한 공부
를 보고서 자극받는 secondary effect(부수 효과)까지 얻는다^^.

"말이 안 나오면 조작도 안 된다!"

에피소드

위 경우를 다른 실기시험이나 연출해야 하는 곳에 적용해 보면 의외로
효과가 있다.
나는 바다낚시나 해양스포츠를 즐겨볼 생각에 배 조종 면허 이론시험
과 실기를 보았었다. 2종 면허로도 취미 생활하는 데는 관계없지만, 요
트 클럽 운영 같은 영업행위를 하려면 1종 면허 자격증이 필요했다.
그때쯤 인천시에서 경인 운하 활성화 목적으로 중국 '웨이하이'같은 도
시로 위그선 운항을 검토한다는 이야기도 들었었다. 그래서 이왕 하는
김에 1종 면허에 도전하기로 했다.
1종 면허는 실기 합격하기가 특히 어려웠지만 전투기까지 탔던 사람이
까짓것하고 객기를 부렸다.
배 조종도 중요하지만 용어 사용과 연출력도 중요하다고 생각되어 전
문용어 몇 개를 익히고 배 조종 실기에 임했다. 나는 심사관 두 사람과

함께 배에 올라타서 심사관 한 분이 "기수를 180도로 정침하시요!" 하면 "예, 알겠습니다. 기수를 180도 정침!"목소리도 크게 복창하고 배를 조종한 후에 "STEADY HEADING 180!" 하는(그것도 일부러 영어^^) 식으로 절도있게 몇 번 했더니 심사관 둘이 서로 표정을 교환하더니 군말 없이 최고점수를 주었다. 분명 기수방위가 조금씩 틀렸던 것 같은데 보는 사람에 따라 고려할 만한 연출로 조그마한 에러는 이해하는 격이었다.

쉽지 않은 1종 조종 면허를 취득하고선 실제로 영종도에서 낚시용 배를 몇 번 타고 바다로 나갔었다. 그런데 나는 뱃멀미가 어찌나 심했던지 두 번 타 보고 선박 구매의 꿈을 접었다.

인천시가 추진했던 위그선 운항도 아직 소식이 없고 위그선 면허는 별도로 취득하도록 법이 개정되었다.

아무튼 연출이 필요한 실기시험 같은 경우는 표준용어로 절도있게 해야 하고 그래야 조작도 잘 된다.

청평호에서 배 조종 면허 실기 장면. 배의 속도에 따른 타성을 알아야 유리하다. 면허에 관한 정보는 해양경찰청 홈페이지 참조

절차를 온몸으로 익혀야

비행의 모든 절차가 저절로 나오도록 온몸으로 흉내 내면서 습관화해야 한다. 그러면 다음 절차가 생각 안 날 때도 몸이 기억하여 다음 절차가 중단되지 않는다.

외우는 것과 실제 행동은 전혀 다르므로 동작 하나, 제스처 모양, 호흡까지 세트로 진행되어야 진짜로 체득하는 것이다.

예를 들어 4개 엔진 추력 레버를 줄였는데 급하게 하다 보면 한 개는 안 줄여졌거나 다시 앞으로 증가하는 경우가 생겨서 절차가 반복되며 순서가 엉긴다.

그 외에도 확실하게 자동 추력 스위치를 안 껐거나, 역추진 장치는 unlock과 deploy 단계에서 버벅대거나 또한 그런 과정에서 활주로 방향 유지를 놓칠 수 있고, 엔진 추력까지 상실한 fire 경우는 급격하게 항공기가 한쪽으로 쏠림으로 활주로를 이탈하거나, 항공기를 정지시킨 후 확실하게 파킹 브레이크 세트 하여 세우지 못하거나, 콘트롤 타워나 다른 항공기가 듣도록 이륙 단념 상황을 알리는 Pm 역할을 확인하고 안 되었으면 대신하거나, 체크리스트 수행할 제목을 정확히 불러 주거나 등등의 초를 다투는 연결 중에 하나만 꼬여도 다음 단계의 절차가 중단되고 빠지는 실수가 생기며 결과적으로 비상처치 절차 수행이 만족스럽지 못하게 된다.

조종사한테는 항공 치매라는 것이 있다. 고공으로 올라가면 산소 부족으로 뇌 활동에 영향을 미쳐서뿐만 아니다. 공부하거나 연습한 것과 달리, 주변의 시끄러운 소리와 눈앞에서 변하는 환경, 추가된 생각할 것 등으로 예상했던 생각이 나지 않아 당황한다.

이럴 때 손과 발이 가면 생각도 자연스럽게 나는 법이니 온몸으로 기억하는 것만이 대안이다!

일어선 자세로 입으로는 큰 소리로 말하며, 손가락과 팔, 다리는 그 상황에 맞는 실제 조작을 하며, 눈은 보거나 확인할 계기를 따라가며, 몸은 항공기가 이동하는 것을 상상하며 걸어가 움직여 주고, 체크리스트도 실제 해당 페이지 열어서 신청하면 응답하는 식으로 온몸으로 흐름을 익혀야 한다.

  * "모든 운동, 연설, 행사, 실기 테스트, 남녀 데이트마저 그대로 적용해
    보라! 놀랍게도 효과가 있다!"

머리 비행을 해보라!

비행이나 시뮬레이터 심사를 앞두고 대부분의 기성 조종사는 머리 비행을 미리 여러 번 해보는 게 습관화되어 있다.

일종의 이미지 트레이닝을 뜻하는 것으로 올바른 기술 습득을 위하여 머릿속에 그 조작이나 동작을 그려보는 연습 방법이다.

머리 비행을 하다 보면 무엇이 이 대목에서 중요한지 문제점을 발

건하기 쉽다. 앞에서 언급한 온몸으로 익히는 것과 병행하면 효과가 극대화된다. 어떠한 기술이나 절차를 실제로 연습하기 이전에 그 기술에 대한 정신적인 이미지를 형성하고, 머릿속에 그것을 반복해서 그려보면 뇌가 기억하고 체화과정과 연결된다.

신체와 정신이 유기체라는 관점에서 보면 효과가 있다는 것에 근거가 있어 보이고 실제 효과가 있다.

그러면서 'Think ahead'를 하고 있으면 다음 절차까지 자연스럽게 연결되고 생각할 시간이 확보되어 여유가 생긴다.

에피소드

월남전 때 한 미군 전투기 조종사가 미사일에 격추당해 월맹군 포로수용소에 수용되어 있었다.

그는 미래를 알 수 없는 긴장과 고통의 수용소 생활하는 동안 행복했던 추억을 되새기거나 즐거웠던 골프 플레이를 상상하며 수용소 생활을 견디었다. 이 조종사가 자주 다니던 골프장 18홀 코스를 매일 머리로 라운딩하며 끝까지 생존해 있다가 정전회담으로 극적으로 풀려났다.

대대적인 귀국 환영식 때 수용소 지옥에서 견디는 힘을 주었던 골프를 제일 먼저 하고 싶어 했다. 몇 년 만에 쳐보는 골프 핸디캡이 그 조종사의 전성기 스코어에 차이가 없었다고 전해질만큼 머리 비행과 같은 것은 효과가 있는 것이다.

THINK CASUAL 평소처럼

시뮬레이터로 비행 중이라고 가정해 보았을 때, 그때 주어진 비상 상황을 특별한 별개의 절차로 받아들이면 조치가 생소하게 느껴지고 뭔가 평소와 다르게 하려고 한다. 비행 중에 일어난 실제상황으로 인식하면 평소에 하던 것처럼 절차가 수행되고 빠뜨려 먹는 실수를 범하지 않는다.

예를 들면 실제상황인데 관제소에 알리지 않거나, 승객 대상으로 기내 방송을 안 할 수 있겠나? 자기 생각이 현장에 없으면 엉뚱한 실수를 범한다. 반대로 비행 중에 긴급한 사태가 발생했을 때는 시뮬레이터에서 훈련했듯이 진행하면 심리적인 안정감이 생기고 혼자만 바쁜 것처럼 허둥대지 않는다.

에피소드

나는 화물기로 인천공항에 착륙하기 위해 강하 중이었다. 그때 적재 화물 중에는 제빙용 액체가 담긴 200리터 큰 드럼통이 20여 개 있었다. 그런데 강하 중에 드럼통 내부의 기압 차가 발생했는지 단발적으로 쿵~쿵~ 하고 작은 폭발음이 들려왔다. (부풀어 있던 드럼통 뚜껑이 여압의 변화로 쪼그라들면서 내는 소리로 판정됨)
나는 그때까지 드럼통 생각은 못 하고 엔진이 불규칙 진동을 동반한 굳는 현상으로 판단했다. 그래서 엔진을 끄기 전에 빨리 내려야 한다는 마음이 앞섰다. 마음이 급해지자, 시간 단축을 위해서 자동비행장치를 끄고 수동으로 비행 조작을 하면서 속도를 증가시켰다.

관제소와 컴퍼니에 상황을 전달하고 체크리스트를 하는 등 꽤히 바쁘다 보니 "well bellow, well above"(매우 낮다, 매우 높다)를 반복하며 비행장 전체를 소란스럽게 만들면서 착륙했던 적이 있었다.

시뮬레이터에서 훈련하듯이 자동 비행 상태에서 했으면 전혀 문제없는 상황을 혼자 흥분하고 큰일이 난 것처럼 오버해서 만든 해프닝이었다.

한 달 뒤쯤 비행 기록 장치에 근거한 '위험한 비행 상태'경고장을 받는 수모를 자청했었다.

다시 한번 말한다. "실제는 훈련처럼 훈련은 실제처럼 하라!"

착륙은 비행의 마지막 화룡점정(画竜点睛)이다.

"끝이 좋으면 다 좋다!"라는 말이 있듯이 비행의 마무리 단계의 착륙은 모든 지식과 테크닉의 종합예술과 같다.

그러나 실제로 비행이나 시뮬레이터로 많은 경험을 할 수 없으니 학생 때는 다른 방법으로 요령을 터득하는 것이 필요하다.

내가 추천하고 싶은 방법은 조용한 주택가나 외진 장소의 도로를 찾아, 이미지로 앞의 어느 곳까지 활주로를 가정한다. 그리고 양팔 벌린 상태로 항공기 날개처럼 생각하고 마지막 접근단계부터 착륙 지점까지 몸으로 이동하며 비행해 본다.

이때 목측은 무릎을 점점 낮추면서 맞추고, 착륙 조작 때와 똑같이 조종간과 파워를 줄이는 시늉을 하면서 착륙을 반복해 보라.

여기서 제일 중요한 포인트는 초점이 활주로 끝단에 있으나 주변시로 활주로 전체가 보이는 변화를 느껴보라.

눈이 속도계기와 활주로 주변등을 보다가 초점이 활주로 끝단으로 옮기는 시기는 본인이 정한다.

초점이 활주로 끝단으로 옮기는 시기는 이제까지 속도 유지를 위한 속도계기 확인해 왔던 것을 무시하고 착륙 조작만 신경 쓰는 시기라고 얘기하고 싶다.

눈의 초점이 활주로 착륙 지점에 '절대 절대' 와서도 안 되고 주변시를 놓쳐서도 안 된다.

실제 착륙할 때 초점을 활주로 끝단에 두고 활주로 전체가 포근하게 안기듯이 다가오는 느낌을 한 번만 체험하면 그다음 모든 착륙은 같은 원리로 반복할 수 있다.

다만 속도, 바람 상태, 파워 줄이는 빠르기에 따라 침하가 변하고 그에 따라 자세 변화도 따라서 해 주어야 한다.

섬세한 변수들을 전부 다 설명할 수 없지만 큰 핵심은 이것으로도 충분하다.

초능력을 키워라!

동시 다중처리 능력

동시에 multi(여러 가지) 수행하는 능력을 평소에 키워라!

우리 뇌는 한 번에 한 가지씩 처리하는 게 익숙해져 있지만, 놀이와 훈련으로 몇 가지를 동시에 할 수가 있도록 개발할 수 있다.

학생 중에는 음악을 들으며, 왼손으로 연필을 돌리고, 짬짬이 오른손으로는 음식 먹으면서 공부하는 모습을 볼 수 있다.

한가지 공부에만 집중할 것을 지적하는 어른들 뜻과 달리, 학생 본인은 'coordination (공동 작용)' 해야만 뇌가 활성화로 편하다고 할 만큼 뇌는 사용에 따라 차이가 크다.

평소에 왼쪽 손가락을 하나씩 펴면서, 오른쪽 손가락은 접는 역조작으로 셈을 해보거나, 움직이는 공을 치는 탁구, 축구 같은 운동으로 뇌를 자극하는 것도 공동 작용에 도움을 준다.

"운동 잘하는 사람이 비행도 잘한다!"는 통념은 이론적으로도 맞다.

대체로 전투기 조종사는 동시처리 능력이 매우 발달하여 있다.

공중전을 가상한 Dog fighting 전투에는 적기를 포함한 전투기 4대 또는 8대가 공중에서 뒤엉켜 서로 꼬리물기 하듯 싸운다. 이때는 적기 위치와 아군 또는 나의 요기 위치를 계속 이동하는 3차원 공간을 시야에 한꺼번에 두고서 싸워야 한다.

내가 요기의 생존을 위한 조언과 나의 무장 발사 취급을 하면서, 전투기 속도 고도를 고려한 조종과 상황판단 등이 동시다발적으로 이루어지며 생사를 다투는 긴박한 순간들이다. 이때는 누가 더 공동 작용 능력이 앞서는가에 따라 승패는 몇 분 만에 결정 난다.

이 모든 기량도 피나는 훈련으로 배양되는 경험을 하고 보면 초능력의 범위도 얼마든지 넓힐 수 있음을 알게 된다.

과거 김포공항에 공군 1개 비행대대가 주둔해 있었고 가까이 육군 공수여단 부대가 있었다.

지휘관끼리 재미 삼아 부대 간 축구 시합을 시켰다. 20여 명에 불과한 조종사들과 공수여단에서 선발한 선수들 시합에서 특전사가 번번이 패했다. 그때마다 공수여단 장병들이 포복으로 기합받으며 귀대하는 장면이 반복되었다.

공군 조종사들은 운동 결과에 따라 기합받는 육군 장병이 마음에 걸렸다. 그 뒤로도 친선경기 신청이 있었지만, 조종사 쪽에서 시합을 보이콧했다.

조종사들은 3차원 공간에서 훈련받으며 어느 정도 능력이 개발되고, 재능을 검증받은 사람들이다. 그래서 각자가 공동작용 능력이 특별나게 발달하여 있어, 주어진 상황에 빨리 대처하고 능동 응용력이 뛰어나서 일어난 결과다.

* 나는 대위 때 공지 합동학교에 교육생으로 입과 했었다. 40여 명의 육
  군 장교들과 7명의 공군 조종사가 피교육자였는데, 주 1회 체력 단련
  시간 때마다 군 대항 축구, 야구, 족구 등 시합이 있었다.
  축구 같은 인원수 부족한 조종사 팀에는 육군에서 빌려온 선수가 있었
  다. 그런데도 육군 팀이 시합마다 지자 그들은 화나 보였고, 우리는 진
  심으로 미안했다.
  위 두 가지 사례에서 보듯 coordinator로 정예화된 조종사는 어떤 상
  황을 줘도 상황 분석과 핵심을 금방 찾은 후 멀티플레이어로 변하는
  능력이 체화되어 있다.
  그때 참다운 군인으로 보였던 육군 장교들에게 본의 아니게 미안했었다.

힘을 빼라!

모든 운동의 핵심은 '힘~ 빼!'이고, 비행도 잘하려면 조종간에서 힘
을 빼야!

운동을 하는 동안에는 힘을 빼고 있다가 필요한 순간에만 사용해
야 하듯, 비행도 힘이 들어가면 조종간으로 전달해 오는 수정해야 할
차이를 느끼지 못하고 과잉 조작이 되어 비행기가 거칠게 움직이게
된다.

그러한 힘이 들어간 비행이나 시뮬레이터를 끝내고 나면 어깻죽지
에 피곤만 누적되는 경험을 하게 된다.

특히 움직이는 공을 치는 운동을 할 때는 힘을 뺀 상태에서 시작
과 폴로 스루까지 온몸을 사용하되 타격 순간에만 에너지를 몰아 준

다. 그래야 자기 몸 자체에서 오는 방해를 받지 않는 스피드가 가속되고 타점이 정확하게 맞는다.

힘으로 비행하지 말고 갓난아기 다루듯이, 느껴지는 저항만큼 수정하며 부드럽게 조종간을 조종하라!.

무아지경을 경험해 보라!

집중과 분산은 상반되는 뜻으로 동시에 사용한다는 것이 이율배반적 같지만, 훈련을 통해 동시에 할 수 있는 능력이 생긴다.

전체를 보는 습관을 지니면서 집중할 곳에 순간순간 시간 떼어주기를 할 줄 알아야 한다. 조종사가 하나의 현상이나 계기 등에 고정되고 몰입해 있으면 큰 것과 타이밍을 놓친다.

과거 비행사고를 들여다 보면 너무 한 곳에 눈과 정신이 팔려서 사태를 악화시키고 회복 시기를 놓쳐서 사고 난 사례가 많다. 비행 사고로 고인이 되신 분들을 욕되게 하는 것이라 사고 사례를 들어 설명할 수 없지만 따져보면 연관이 있다.

무아지경에 들어가면 두 가지 성질이 조화롭게 하모니 되어 완성도 높은 결과를 얻는 경험을 할 수가 있다.

나는 군에서 권총 사격대회에 참가하여 참모총장상을 수상한 경력이 있다. 그때 무아지경으로 몰입해 본 희열을 지금도 잊을 수 없다.

사격 시에 총구에서 나가는 탄알에는 사람의 어떠한 힘이 실려서는 안 된다. 그래서 사수는 완벽하게 힘을 뺀 상태에서 오직 방아쇠 격발만 시킬 수 있어야 한다.

권총은 발사 순간, 총에 작용-반작용 힘으로 사수의 손잡이 쥐는 상태를 흔들어 놓아 힘을 뺀 상태로 손 모양을 계속 유지하기가 힘들다. 특히 속사(두 개의 타겟에 번갈아 연속 사격)를 하는 경우는 선수들에게 그것이 가장 큰 난제다.

발사 때 반동으로 권총 손잡이가 튀어 올라서 다시 잡거나 수정해야 하고, 시간은 초를 다투며 목표를 바꿔가며 조준해야 하고, 격발은 힘을 뺀 상태로 해야 한다.(테크닉 설명은 장시간 필요해서 생략).

나는 사격대회 4일 동안 정성을 다하기 위해 금연했고, 첫날 완사(2분 30초 내에 5발씩 쏘는 것)를 다른 사람과 공동 1위를 했다.

변수가 큰 속사(25초 내에 5발 쏘는 것)를 앞두고서 긴장을 놓을 수 없어 한숨도 못 자고 사격 리듬을 이미지 트레이닝하며 3일밤을 새웠다.

마지막 속사 시합 날 새벽까지 호텔 외진 정원에서 혼자 탕~탕~ 빈손으로 이미지를 반복하고 있었다. 그러던 중 어느 순간 힘을 뺀 상태로 격발 순간과 동시에 권총 손잡이를 꽉 쥐어 손바닥에서 빠져나가지 못하게 하면서 다른 탄착점으로 이동하는 과정에서 핵심이 번뜩 떠올랐다.

몇 달간 합숙 훈련하며 터득한 요령을 무시하고 퍼뜩 떠오른 시도는 엄청난 모험이었다. 그것도 맨손으로 이미지 사격했었는데 말이다. 당일 사선에 설 때까지 오직 탕~탕~ 하며 떠올린 포인트만 반복하고 있었다. 시합 당일 나는 아무 생각 없이 소란스러운 현장 총소리 속에서도 혼자만 고요했었다.

어떻게 시간이 흘러갔는지 모른 상태에서 마지막(5발씩 4회) "사격~~

끝!" 통제 방송을 듣는 순간, 나도 모르게 "나는 먹었다!" 하는 소리가
튀어 나왔다. 그때 나는 뭔가에 홀린 듯이 사선에 서서 악을 쓰고 있었
다. 왜 그랬는지 모르지만, 환희 같은 것에 몸이 떨려 왔다.

20여 명의 부대 대표 선수들이 늘어선 사선에서 드디어 한 놈은 미쳤
구만? 했을 것이다. 그때쯤 나의 탄착점 아래 대피호 속에 있던 진행자
가 깃발만 마구 흔들며 놀람을 표시했다.

사선을 벗어난 후 정신 차려보니 내 행동이 계면쩍었다. 한쪽 숲속에서
흥분한 마음을 진정하며 며칠 만에 담배를 피워 물었다. 꿈만 꾸다가
깨어난 것이었다면 창피할 것 같았다.

점수 계산하는 본부석에서 "노○○ 1등!" 소리가 들려왔을 때 '무아지
경'을 체험한 놀람에 감사의 화살기도를 했던 기억이 뚜렷하다.

사흘을 한숨도 못 자고 긴장한 상태로 지냈는데도 피곤을 느끼지 못했
다. 나는 방금 경험한 정신 집중의 현상을 앞으로도 살리고 싶었고 이
것이 무엇인지 생각해 보기로 했던 경험을 했다.

모든 선수가 어느 정도 고수가 되면 한 점 높이기가 무척 힘들다. 그때
사격 선수들의 속사 점수는 평균 60%대 기록이 대부분이었다. 나도
비슷한 점수로 발전이 없자 고민하고 있었는데, 신들린 그날은 까만 10
점 탄착점만 있는 93%라는 경이로운 기록을 세웠다.

이렇듯 '무아지경'에 들어가야만 공부, 바둑, 양궁, 예술 같은 섬세한
분야는 한계를 뛰어넘을 수 있다고 본다.

또 다른 관련 에피소드

박세리 골프선수가 출전한 어떤 LPGA(미국 여자 프로골프 리그)였는데,
박준철(박 선수 아버지) 씨가 TV 해설자와 함께 중계했었다.

시합 마지막 날 라운딩 중에 한 타 한 타 긴장된 장면들이 계속되고 있
는데 갑자기, "오늘 세리가 큰일 냅니다! 나만 압니다! 뭔지 모르겠지만

세리가 저 표정으로 들어가 있으면 자기 세계에 있다는 뜻입니다! 나만 압니다! 세리가 일냅니다!!" 선수의 아버지가 뜬금없이 주술 외우듯 하는 소리에 나는 온몸에 소름이 쫘~ 하고 돋았다.

그렇다. 저건 박세리 선수가 현실과 분리되어 있다는 말이고 그렇다면 엄청난 중압감을 이겨낼 수 있다는 뜻이다. 그것은 필경 박 선수가 '무아지경'상태라는 걸 나는 알아차렸기 때문이다. 그때 박세리 선수는 끝까지 자기 세계 속에서 흔들리지 않고 있다가 우승을 확정 지은 후에야 서서히 현실로 돌아왔다.

얼마나 많은 정신일도를 했으면 어린 나이 처녀가 득도를 체화했을까 하며 한편으론 안쓰러워 보였다. 무아지경에 이르기까지 엄청난 스트레스를 이겨내는 과정을 겪었다는 것을 의미했기 때문이다.

김영화 화백, 무아지경: 그림으로 보는 골프세상

전체를 보는 '주변시'를 개발하라!

주변시 본래의 뜻은 보고자 하는 대상물만 보는 것이 아니고 그 주변으로 불규칙하게 시선을 옮기면서 바라보는 것이다.

오랫동안 그 물체만 보고 있으면 상이 맺히는 눈 안쪽의 한 기능이 마비되어 컴컴해져 버리는 현상이 생긴다.

그런데 초점을 중앙에 맞추고 멍때리는 듯한 상태에서 이미지로만 초점을 왔다 갔다 하면 전체 풍경은 그대로 잡아둘 수 있다.

연습해 보면 조종석 자세계를 초점 중앙에 두고 주변 속도고도계, 엔진 RPM, MAG 컴퍼스, 엔진 온도계 등의 지시 바늘의 위치변화를 한 눈으로 모니터 하며 주의분배까지 할 수 있는 능력이 생긴다.

주변시 에피소드

사천 비행단 근무 시절, 집사람과 경부고속도로 상행선을 자동차로 주행하고 있었다.

충북 영동지역을 지나면서 "어! 방금 김ㅇㅇ 소령이 지나갔네! " 하며 반대 방향 쪽으로 지나간 사람을 언급하자, 집사람은 말도 안 되는 소리라고 믿지 못했다. 그러고는 김 소령이 지나간 사실을 전화로 확인한 후에 놀라워했다.

이렇게 주변시를 개발하면 고개를 돌리지 않아도 사방을 시야에 두고 변화에 빨리 대처할 수 있다. "만약 조종사가 VIP 자동차 운전을 담당하면 안전에는 딱 인데 비용이 너무 비싸서! ^^."

비행에
궁금한 것

왜 그럴까? 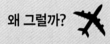 --------------------------------

언제가 가장 위험할지, 하늘에도 길이 있는 건지, 만약 길이 있다면 비행기는 그 길을 스스로 날아가는지, 그리고 비행기 창문은 왜 둥글고, 날개 끝은 왜 솟았는 지, 비행기를 타면 방귀는 왜 자주 뀌는지 궁금해서 물어오는 경우가 많다.

필자는 비행기 기장이 직업이었다. 비행기와 관련하여 일반인들이 궁금하게 여기는 생각들을 기장으로서 가지고 있는 지식을 총동원하여 알기 쉽고 재미있게 설명하려고 한다.

이륙과 착륙

언제가 제일 위험한가?

비행은 크게 보아 지상 이동, 이륙, 상승과 순항, 강하와 착륙 단계로 구분한다. 비행 안전 관련 연구에 따르면 이륙과 착륙 단계의 잠재적 위험이 가장 크다고 하며 이를 일컬어 "마의 11분"이라 부르기도 한다.

즉 비행 단계별 위험의 크기와 사고의 종류 그리고 부상과 사망자의 발생 수는 각각 다르다. 조종사들이 가장 긴장하는 비행 단계는 이착륙이고, 그중에서도 이륙이 가장 위험한 순간이다. 그래서 이때 조종사들은 극도로 정신을 집중한다.

이륙 단계에서 항공기는 탑재 연료 등으로 가장 무겁고, 최대 출력을 사용하며, 상대적으로 속도는 다른 단계에 비해 느리다.

이륙을 위해 활주로에 들어설 때는 기장의 모든 긴장감은 최고조에 달한다. 그 이유는 소모하기 전의 연료까지 포함하여 비행기가 가장 무겁고, 양력의 핵심인 속도는 느린데, 이때 비상사태가 발생한다면 처치할 일과 가장 바쁜 조종, 확인, 기재 취급 등이 한꺼번에 겹치기 때문이다. 여러 가지 임무가 동시에 이뤄져야 하며, 항공기의 상태도 저고도, 저속으로 비정상적인 상황이 발생할 경우, 순간적인 판단과 빠른 동작으로 100% 올바르게 처치가 되지 않으면 곧바로 사고로 이어질 수 있기 때문이다.

그래서 시뮬레이터 훈련 시 이륙 단계의 비상은 가장 집중적으로 시간을 배당하여 완전한 숙달을 도모한다. 또한, 다른 단계와의 차이는 체크리스트 없이도 이륙 단계의 특정 상황에 대처할 수 있도록 모든 점검 항목을 필수 암기하여 즉시 행동하도록 끊임없이 훈련하는 것이다. 거기에다 상황에 따라 해야 할 우선순위의 선택과 순발력이 그 어느 단계보다 중요하므로 이륙 단계의 시간은 늘 긴박감이 흐를 수밖에 없다.

가장 위험한 단계가 이륙 단계라면 그다음 위험 단계는 착륙 단계이다. 착륙 단계의 위험 요소로는 활주로의 길고 짧음이나 미끄러운 상태, 바람의 방향이나 속도, 안개 같은 시정, 그리고 낮이냐 밤이냐의 착륙 시간 등을 들 수 있겠다.

그러므로 이 단계는 그 어느 단계보다 이러한 착륙 여건에 대처하는 조종사의 조작 능력이 사고 발생과 깊은 관련이 있다고 나는 생각한다. 또한 이 단계에는 항공기 동체의 지상 접촉, 활주로 이탈, 불량 착륙과 비상 탈출, 타 항공기나 지상 장비, 시설물과 부딪힘 등의 위험 요인이 도사리고 있어 더욱 위험하다. 그래도 굳이 따지자면, 이륙 시의 위험보다는 착륙이 조금 덜 위험하다고 본다. 왜냐하면 비상 대비 대응 조치에 필요한 시간적 여유 때문이다. 이착륙은 비행의 전 과정에서 가장 위험한 단계인 것만은 사실이며, 이를 조종사들은 "마의 11분"이라 일컫고 있다.

기타 내가 조종사 생활을 하면서 위험한 단계로 대비한 것은 공중 충돌과 항공기 납치, 테러 등이었다. 나는 모든 비상사태는 훈련과 대비로 해결할 수 있다는 자신감을 가지고 임무를 수행해 왔지만, 공중 충돌과 테러에 의한 비행사고는 기장의 의지나 수행 능력 밖의 경우에 해당하기 때문에 세 번째 위험 순위로 보았다.

공중이나 지상 충돌 방지는 항공기 레이다로 부지런히 다른 항적을 탐지하고, 관제 통신을 모니터하여 육안 확인 등 어느 정도 관리가 가능하다. 그러나 언제 발생할지 모르는 테러에 대한 대비는 언제, 어디서 발생할지 모르기 때문에 전혀 다른 문제였다.

그래서 나는 조종석 문 잠금 장치 관리를 철저히 하였고 출입이 필요할 때마다 확인하는 절차를 거쳤다. 테러리스트에 장악되었을 때를 가정하고, 승객의 안전을 최우선으로 삼아 일단은 테러리스트의 요구에 순응하고, 착륙 후에 차선을 찾기로 나름대로 운항 원칙을 정하였다. 고공비행의 환경은 바람을 빵빵하게 불어 넣은 풍선과 같은 것이다. 그런데 제압을 위해 격투하고, 총 쏘고, 작은 폭발이라도 일어난다면, 그것은 마치 화약 창고에서 성냥을 켜는 일과 같다.

나는 국내선 기장을 할 때까지 보안 교육을 받은 후 청원경찰 임무를 겸하면서 리볼버 권총을 발목에 차고 있었다. 군에서 근무 시 사격대회 우승 경험자였던 나는 누구보다 사격에 자신 있었지만, 그래도 권총을 사용하는 것은 너무 위험해서 '나에겐 권총이 없다'라는 생각으로 마음 한쪽에 접어두고 다녔다.

사망 사고는 순항고도에서 가장 많이 발생했다는 통계가 있다. 그것은 평범한 이유로, 항공기 이착륙 시간은 짧고, 순항 시간이 대부분을 차지하는 비행시간 동안에 사고 연루 가능성이 많을 수밖에 없기 때문이다. 냉혹하게 항공기 사고를 들여다보면, 약 20%는 기계나 환경적 요인이고 80%는 인적요소이다. 즉 조종사나 정비사 또는 관제사 등 사람의 실수가 사고의 80%를 차지한다는 뜻이다. 따라서 나는 인적요소에 의한 사고를 줄이기 위해서는 비행하는 동안 이성적인 판단을 할 수 있는 정신을 어떻게 유지할 것인가가 가장 중요하다고 생각한다.

그래서 조종사들은 가정불화나 인간관계에서 오는 갈등에 연루되지 않기 위해 단순한 생활을 선호하면서 컨디션 유지에 신경을 쓰며 살아야 한다고 나는 생각한다. 마음의 안정이 절대적으로 필요한 특수 종사자들이기 때문이다.

항공기 기종별 시뮬레이터가 개발되어 있고, 컴퓨터에 입력된 상황별로 전체가 함께 움직이며 주어진 비행 조건을 실제 비행기와 똑같이 실현한다.

하늘에도 길이 있나

하늘에다가 선을 그을 수도, 신호등을 설치도 할 수 없는데, 서로 부딪히지 않고 다닐 수 있는 건 무엇 때문일까? 정해진 ICAO(국제 민간 항공기구) 절차와 규칙을 따르기 때문이다. 태평양 같은 대양이나, 러시아 지역처럼 큰 나라에는 육지의 4차선 같은 대 항로가 있고, 국가마다 2차선 같은 항로와 각 비행장 장주와 연결되는 세부 항로들로 연결되어 있다. 항로는 'Way point'라는 특정 위치를 지칭하는 일종의 가상 지점을 연결해서 만든 길이 항로이다.

웨이포인트의 명칭은 관할구역 국가에서 붙이곤 하는데, 우리나라는 국수(GUKSU), 독도(DOKDO), 다산(DASAN) 같은 이름으로, 일본은 기린(KIRIN), 라멘(RAMEN) 등의 웨이포인트가 있다.

항로의 고도는 ICAO가 비행방식과 비행 기수 방향에 따라 정해 놓았지만 실제로 비행할 때는 비행구역을 관장하는 해당 국가 관제 센터로부터 지시받은 고도로 비행한다.

예를 들어 고고도(26,000피트 기준 이상) 비행 시 고도 분리를 2,000피트 간격으로 정하였고, 실제 비행 시에는 동쪽으로 갈 때는 홀수, 서쪽으로 운항할 때는 짝수 고도로 배정한다.

군 전투기는 항적 정보와 임무 코드, 공역 제한이 없으면, 조종사 맘대로 초 저고도로 침투하거나 요격 미사일 회피 여유를 갖기 위한 고도를 선택하여 비행하여 관제사 통제로부터 자유로운 편이다.

인공위성의 정밀한 정보를 제공받으며, 배정 또는 지정 항로를 가다 보면 마주 오는 항공기가 정확히 머리 위, 아래를 지나 비행한다. 해군 함정끼리 경례하듯 고독한 기분을 전환하며 손을 흔들어 인사하지만, 서로 얼굴은 보이지 않는다.

때로는 항로를 벗어난 지점으로 비행할 경우가 있는데, 그때는 이름이 부여된 지점, 좌표로 지시받은 지점을 찾아 비행해 간다.

특별한 돌발 사태가 일어나 항공기 간에 정면으로 조우할 경우는 마주 오는 항공기를 좌측으로 보는 비행기는 무조건 상승 우선회, 마주 오는 항공기를 우측으로 보는 항공기는 무조건 강하 좌선회로 약속되어 있다.

그러나 비행이 항상 지정된 항로로만 진행되는 것은 아니다. 관제 지시로 인해 항로로부터 평행으로 벗어나 비행해야 하는 경우 또는 항로를 벗어난 특정 좌표지점으로 비행해야 할 경우가 생긴다.

요즘에는 인공위성을 이용한 GPS 등의 항공기에 내재된 항법장치가 발달하여 위 같은 경우에도 무리 없이 비행할 수 있다.

옛날 항법사가 조종실에 함께 탑승하며 수동으로 계산해서 특정 지점으로 비행했던 시절을 생각하면 꿈같은 현실이라 할 수 있다.

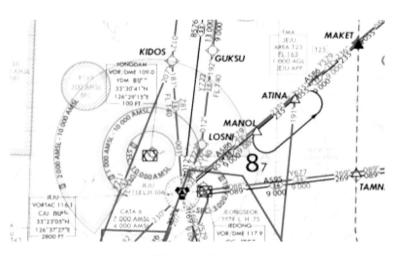

제주 VORTAC 항로 지도

항공기가 혼자 알아서 간다

맞는 말 같지만 혼자 알아서 갈 수는 없고, 사람이 입력한 데이터를 따라 비행하며 착륙도 가능하다.

자동 착륙을 위해서는 조종사 경력, 항공기 탑재 항법 장비, 비행장 시설 등의 등급이 요구조건에 충족되어야 한다. 조종사들이 시뮬레이터 훈련 시 CAT2, CAT3 자격을 갖추고, 항공기나 비행장 시설 등급도 요구조건 이상이라면, 조종사가 눈감고 앉아만 있어도 입력한 데이터와 브레이크 감속 강도 단위에 따라 착륙 후 항공기를 정지까지 시킨다.

좀 더 자세히 설명하자면, 항공기는 자동조종과 관련된 여러 계통이 하나의 단일 시스템에 통합된 것을 자동 비행 조종장치라고 부르며, 비행 계획을 미리 프로그램할 수 있는데, 각종 항법 장비, 비행 지시, 자동 추력 장치, 자동조종 착륙 장치 등이 하나의 시스템에 통합되어 있어야 한다.

활주로 시설로는 ILS라는 핵심 시스템이 특정 주파수의 신호를 보내주면, 항공기가 이 신호를 TUNE 해서 신호에 정밀히 접근해 내리는 방식이다. 좌우 방향, 상하 방향의 두 신호를 3차원적으로 해석해서 정밀하게 접근하는 방식이다.

가끔 보면 인천공항에 비슷한 시간대에 착륙하는 비행기들이 있는데, 어떤 여객기는 착륙하고, 어떤 여객기는 회항지로 돌아가는 경우가 발생한다, 이는 조종사의 실력이 부족해서가 아니라, 세 가지 등급 중 하나라도 빠졌을 때 벌어지는 현상이다.

자동 착륙을 한다고 해서 조종사가 아무것도 안 하는 것이 아니고, 감시하고 있다가 조건을 충족하지 못하면 그 즉시 조종사가 항공기를 조종 인수해야 한다.

자동 비행과 자동 착륙이 가능해지자, 무인 여객기 운영을 검토한 적이 있었지만, 테러와 보안, 외부 환경 변화로 비행 계획 변경 등의 변수가 엄연히 존재하며, 승객이 타고 있으므로 결국 보수적으로 안전을 위해 조종사의 감시와 모니터링 운영을 중단하지 않고 있다. 과연, 조종사 없는 여객기가 있다고 가정하면, 그래도 마음 놓고 여객기를 탈 수 있을까?

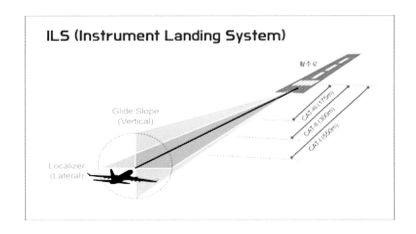

항공기가 ILS 수신을 받아 착륙하는 장면

활주로 번호 의미

비행기가 이륙을 위해 활주로에 진입할 때, 바닥에 큼지막한 숫자와 L 또는 R이 함께 적혀있다. 이것은 활주로 방향을 나타내는 것으로 북쪽을 기준으로 360도 방향을 의미하는데, 13은 130도, 18R는 180도 방향을 향해 있는 활주로 중에서 우측 것을 나타낸다.

활주로 번호를 확인함으로써 비행장 기상 악화 등으로 시정이 나쁠 때, 혼돈을 방지하는 역할을 한다. 필자가 야간에 정밀 접근 계기가 오작동되어 활주로를 육안으로 보고 내려야 할 때가 있었다.

하필이면 짙은 안개까지 서린 캄캄한 새벽이었다. 조지아 애틀랜타 공항에서 레이다 유도를 받아 접근하던 중, 활주로를 보았으면 착륙하라 하고서는 관제사가 자기 임무를 종료해 버렸다. 잔여 연료도 충분하지 않은 상태였다. 착륙 지점에 들어서는 순간 27L라는 활주로 식별표시를 확인하고 겨우 착륙 조작할 수 있었다.

하마터면 착륙 실패하나 싶은 단 몇 초 사이에 겨우 활주로 표시를 확인했다. 그때의 안도감은 이루 말할 수 없었다. 얼마나 다행인가? 활주로를 개방하면서 긴장감이 풀리며 숨을 몰아쉬었던 기억이 아직도 생생하다. 평소에 하찮게 보았던 비행장 시설물들이 하나하나가 중요한 것임을 그때 실감했었다.

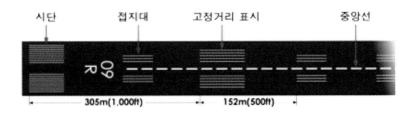

이착륙 때 창문 덮개를 왜 올려

강한 햇살 때문에 창문 덮개를 내리고 있는데, 굳이 올리라고 승무원이 안내하는 이유는 이착륙 동안이 가장 위험한 단계라서 사고를 대비하기 위함이다. 즉 승객들에게도 외부 사항을 빠르게 확인시켜 줌으로써, 만약의 사태에 신속한 이해와 동참을 바라는 뜻이다.

미래에는 창문 없는 여객기가 운항할 수 있다고 한다. 그렇게 되면 기체 외부에서 카메라가 촬영한 영상을 내부 디스플레이를 통해서 바깥 하늘의 전체 풍경을 감상할 수 있다고 한다. 창문 없는 항공기의 운항 목적은 항공기 기체가 얇아지고 가벼워지면서 연료 소모를 줄일 수 있을 뿐 아니라, 실내는 넓어져 승객들에게 더 넓고 안락한 좌석을 제공할 수 있기 때문이라고 한다.

이착륙 단계에서는 휴대전화를 왜 끄나

항공기에 탑재된 여러 장치가 서로 컴퓨터와 전기기기에 의해 연동되어 작동된다. 이런 장비와 항법 보조 계기들은 휴대전화 등의 전자파에 민감하게 간섭받을 수도 있다. 조종사가 가장 민감한 비행 단계인 이착륙 동안에는 비행에 무관한 어떠한 시그널 간섭도 배제하기 위해서이다. 따라서 승무원들은 미연의 사고를 방지하고자 승객들에게 휴대전화 전원을 끄거나, 비행 모드로 전환하도록 안내한다. 승객 자신의 안전을 위해서도 알아서 조심할 필요가 있는 상식이다.

기내 조명을 어둡게 하는 것도 안전과 연관 있는 조치로 위급상황이 생겼을 때, 승객들이 어둠에 빨리 적응하는 데 도움을 주기 위해서이다. 기내가 어두워야 비상구 표시도 잘 보이고, 비행기의 외부 상황을 보기도 수월하기 때문이다.

비행, 이것이 궁금해

긴 꼬리 모양 구름은 왜 생겨

항공기 엔진에서 배출되는 뜨거운 배기가스의 수증기와 매연 입자가 높은 고도에서 찬 공기와 만나면서 얼어붙어 생성되는 것이 비행운이다. 이것은 상공의 희박한 공기층을 비행기가 지나갈 때, 공기가 급격히 팽창해 날개 끝에서 공기 소용돌이에 의해서 생기기도 한다.

공기가 건조할 때는 금방 사라지고, 습도가 높을 때는 바람을 타고 넓게 퍼지거나 오랫동안 남아 있기도 한다.

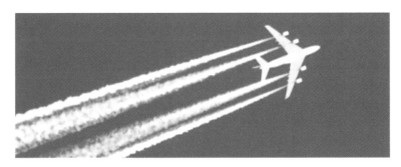

4개의 엔진에서 4줄의 비행운이 생성된 장면

엔진 개수만큼 비행운이 생기기 때문에 점보 항공기가 지나가면 4줄의 비행운이 보인다. 여행 승객 증가로 비행기 운항 대수가 많아져 유럽, 북미 대륙으로 비행 시 하얀 비행운이 거미줄을 처 놓은 듯 뒤덮인 하늘을 자주 볼 수 있다.

조종석 내부 별도의 기능과 부품

조종실은 cockpit이라고 하는데, (cock; 수탉) 닭장처럼 비좁고 복잡하다고 하여 붙여진 이름이다. 조종실 안에는 조종사가 잠자는 벙커가 있는데, 2층 침대로 되어 있다.

장시간 비행 시 비번 조종사들이 조종실 밖으로 나가지 않고 잠을 자기도 한다. 부기장이 주로 쓰는 2층 칸에 여자 부기장이 잘 때는, 아무래도 신경이 쓰일 때가 있어 나는 적당히 사용 시간을 조절하기도 했었다.

의료인만 사용하는 심폐 소생술 장비와 주사기 등이 들어있는 AED 가방이 비치되어 있으며, 사용할 때는 tag(꼬리표)를 뜯어야만 쓸 수 있어서 공항 도착 후 신제품으로 보충하여 다시 탑재하게 되어 있다.

조종석 출입문에는 객실을 내다볼 수 있는 장치가 부착되어 있어 조종실 문을 여닫을 때, 조종실 밖을 보안상 확인하는 절차가 있다.

비상 상태에서 조종실 문 고장 시 조종실 문을 파괴할 목적으로 도끼가 비치되어 있는데, 가끔은 낯선 장비로 느껴지던 비치물 중 하나였다. 요리나 온도조절 등 객실에서 사용 중인 모든 전력원을 통제하는 스위치가 있어, 이착륙 같은 중요 단계나 비상시에는 객실로의 전원공급이 차단될 때도 있다.

비상시에 조종사들이 조종석 창문으로 탈출할 때를 대비한 밧줄사다리도 있다. 대형기인 B-747 비상 탈출 훈련에 참여한 기장들의 소감에 의하면, 아파트 3층 높이에서 매달려 내려올 때와 같은 용기가 필요하다고 말하는 장비이다.

그 외에 화재 시 사용하는 소화기와 고글, 마스크, 보호 장갑, 손전등과, 보안 장비로 수갑과 포승줄 등이 구비되어 있다. 부득이한 경우에 무기류가 조종석에 맡겨지는 때가 있는데, 대통령 경호팀이 별도로 이동할 때나 사격 선수들, 그리고 환자용이지만 위험하다고 판단되는 것들이다.

항공기를 만드는 나라들!

비행기를 만드는 나라는 그다지 많지 않은데, 미국과 러시아 그리고 유럽이 단연 기술력에 앞서 있다.

이 나라들은 1, 2차 세계대전 때부터 사활을 걸고 군용기 개발을 해왔기 때문에 기술이 축적되어 있었다. 그중에서도 독일은 세계에서 최초로 제트기, 순항미사일, 탄도미사일을 개발했던 뛰어난 기술력이 있었지만, 패전 후 미국과 러시아가 독일 과학자들을 싹쓸이하여 기술을 인수받아서인지 두 나라가 그 후로 선두 주자가 되었다.

일본은 패전국의 책임으로 무기의 수출이 불가능하기에 일부 부품만 만들어서 납품하거나 자국용으로 제한된 상태이다. 그러나 핵심 기술은 부분적으로 최고 수준의 기술력을 많이 보유하고 있다. 특히 핵무기를 무력화시킬 수 있는 유일한 무기로 예상하는 laser 무기 개발은 미국과 이스라엘이 완성 단계로 일부는 일본 기술이 들어가 있다. 경보 시스템, 기뢰 제거, 사드 기술 등도 일본 기술이 가장 발달한 것으로 알려져 있다.

브라질은 중, 소형 여객기 시장에서 의외의 강자로 미국조차 중소형 여객기는 브라질 쪽의 기체들을 사다 쓰고 있다. 특히 브라질은 넓은 국토에 비해서 교통 인프라가 부족한 것을 소형 비행기로 해결하거나, 도시 내의 교통 혼잡을 헬기 등 에어택시로 극복하고 있어 항공산업이 잘 발달하여 있다.

중국은 꾸준히 기술을 개발하여 오다가, 최근 들어 전폭적인 개발비를 투입하여 전투기, 여객기 등을 생산해 내고 있으나, 현재는 경제성과 안전성 검증 과정을 겪는 중이다.

국토가 수많은 섬으로 이루어진 인도네시아도 항공산업이 매우 필요하여 60년대 수하르토 대통령 시절부터 관심을 가졌다. 인도네시아와 스페인이 합작으로 만든 CN-235 수송기를 대한민국 공군이 사용하고 있을 정도이다. 지금은 우리나라가 개발 중인 KF-21 초음속 전투기 사업에 인도네시아가 합작 형태로 참여하고 있는데, 개발 부담금 문제로 근래 뉴스에 자주 오르내린다.

우리나라는 최근 들어 부쩍 항공산업에 전력 질주하고 있는데, 이 제까지의 역량과 국민 근성으로 비추어 볼 때, 이제부터 장족의 발전이 있으리라고 기대한다.

대한민국 공군 CN-235 수송기

에어버스가 세계 무대로 뻗어가는데 우리가

유럽 항공기 대표격인 에어버스 본사는 프랑스 남서부 '툴루스'에 있다. 오늘날 에어버스 항공사가 세계 항공시장에서 활약하는 데는 우리나라와 깊은 연관이 있다.

지금도 우리나라 조종사들이 에어버스 항공기를 입고, 또는 출고

시키기 위해 방문할 때 한국인을 대하는 태도가 좋은 편이고, 대한항공에 대한 애정은 여전하다는 이야기가 있다.

'윌리엄 보잉'이라는 미국인이 설립한 항공기 제작회사 보잉이 우리가 타고 다니는 현대 여객기 원조 격인 제트 엔진 항공기를 만들었다.

그는 이전의 승객 수십 명 태우던 빈약한 프로펠러 여객기에서 수백 명 태우는 크고 빠른 여객기로 변화시켰다. 지금도 명작으로 인정하는 보잉 707부터 시작해서 727, 737, 767…… 등을 생산해 내면서 세계 항공시장을 장악했다.

이에 반해 유럽은 2차대전 이후 겨우 모든 면에서 재건하는 중이었고 여객기 분야는 침체되어 있었다.

잘 나가던 보잉사에 비해 10년쯤 지나서야 유럽 항공 제작사도 도약을 도모하고자 정상들이 모여서 '에어버스'라는 이름으로 협력 체계를 만들고 여객기 제작 사업을 시작했다. 안전 운항 등 이미 검증된 보잉사에 비해서 에어버스사는 1974년경에야 겨우 A-300을 개발했고 유럽 내에서만 운항하였다.

항공기 제작 사업은 중후장대할 뿐만 아니라, 각종 규정과 제약이 많고 특히나 시장에서 검증받아야 하는데 몇천억, 몇조 단위의 투자비와 관련도 있는 사업이라 모험하기 힘든 사업이다.

에어버스 항공기를 다른 나라 항공사에서 운항해 본 사례가 없었기 때문에, 에어버스 항공기는 유럽 내에서만 운항하는 한계를 벗어나지 못했었다.

이때쯤 한국에서는 묘한 기류가 만들어지고 있었다. 한국 해군 현대화 사업 일환으로 군함 미사일 대명사 격인 미국의 '하픈' 구매를 추진하다가 암초에 부딪혔다. 한국의 해군력이 강해지는 것을 어떤 식으로든 방해하기 위한 일본 로비스트 조직이 움직였다. 결국에는 구매하지 못하자 다른 곳에서 찾기 시작했고 우방국 미국도 그것마저 방해할 수는 없었다.

프랑스 남서부 툴루즈의 에어버스 최종 조립 공장

비슷한 성능의 프랑스제 '에소세'를 염두에 두고 프랑스가 거절할 수 없도록 패키지로 은밀한 협상을 이끌었다. 그 협상안에는 에어버스 여객기 대량 구매가 포함되어 있었고, 프랑스 쪽에서도 처음 대륙을 벗어난 거래에 숨 죽이며 살 떨렸을 것이다.

결과는 무기는 무기대로 가성비 좋은 구매였고, 여객기도 운영비가 적게 드는 장점들이 많았다. 처음으로 한국에서 에어버스를 구매하여 운영함으로써 모든 나라가 따라 하는 데 우리 기업이 선례를 만들었던 것이다.

이처럼 에어버스사가 세계로 뻗어 나가는 데 한국이 결정적인 역할을 한 셈이었다. 그래서 에어버스 항공사는 대한항공 조중훈 회장에게 감사 행사를 별도로 가졌다. 그때 태극기를 게양하고 카펫을 깔아 환영하면서 프랑스 대통령이 훈장 수여로 국빈 대접을 하였다.

이렇게 기간 산업이나 국책 사업도 우연히 풀리거나 돌발 영향을 받는 사례가 종종 발생한다.

가장 빨랐던 비행기는

지금은 운항이 중단된 콩코드기는 점보기 순항고도보다 두 배 이상 높은 고도로 운항하였다.

높을수록 공기 밀도가 낮아서 항공기가 앞으로 나아가는데 공기 저항이 작아 마하 초과 2.0 속도로 다녔지만, 반대로 마하 속도가 공기 압축과 저항을 유도하고, 고고도 산소 부족으로 엔진의 효율이 떨어져 엄청난 연료를 소모해야 하는 단점이 있었다.

당시에는 '뉴욕에서 런던까지 3시간 만에!'라는 뉴욕 시내 광고판이 시선을 끌 만했었다. 부호들의 일부는 출퇴근용으로 애용하였는데, 그때 편도 요금이 무려 9,000파운드(1,500만 원)였다.

우리는 관제소로부터 여러 가지 출발 허가 사항을 받아 적고 Read back(복창) 하느라 신경 쓰이는 일들이 많았는데, 콩코드 조종사한테는 "콩코드 출발 허가한다, 런던으로~, 끝!" 해서 부기장 때 그들이 엄청 부러웠었다.

콩코드기는 분명 일반 여객기와 다른 개념의 항공기였고, 대류권을 혼자만 벗어나 다니던 항공기였으며, 충돌 방지 경계도, 위치 보고도 필요 없는 독보적인 기종이었다.

문제는 콩코드가 이착륙 때 엄청난 소음을 발생하여 주민들의 항의가 많았다는 점이다. 게다가 제작비도 너무 비싸 총 제작 대수는 당시 20대

콩코드 비행기의 위용

에 불과했다. 그런데 에어 프랑스 소속 콩코드가 파리 인근에서 추락하는 사고가 발생했으며, 이 사고로 탑승자 전원이 숨지고 말았다. 존에프 케네디 공항을 지날 때, 가끔 주기장에 날렵한 모습으로 마치 학이

머리 숙인 듯한 모습을 본 적이 있었는데, 콩코드는 연료를 너무 사용한다는 경제적 논리와 추락 사고로 인하여 퇴출되었고, 결국 역사 속으로 '바이~바이~!' 사라지고 말았다.

미국도 갖지 못한 초음속 여객기라는 이유로 영국과 프랑스 국민에게 큰 자부심을 안겨주었던 콩코드는 현재 영국과 미국의 항공박물관 등에 뿔뿔이 흩어져 전시되고 있다.

항공기 창문이 왜 둥근 모양

항공기는 안전 때문에 사각형은 피하고 모서리가 타원형으로 디자인하여 제작한다. 초창기 비행기의 창문은 사각형으로 제작하여 운행하였다. 그러다가 동체 균열로 추락사고가 있었는데, 조사 과정에서 사각 창틀 모서리 파열이 원인으로 밝혀졌다. 고공 기내에서 엄청난 압력

모서리 없는 둥근 모양 창문

차가 발생 시 창문 각진 모서리는 외부 압력에 취약했던 것이다.

같은 원리로 해저 탐사선 창문도 원형으로 되어 있고, 우주선도 마찬가지로 원형이다. 그리고 창문은 얇은 세 겹으로 되어 있으며, 가운데 판에는 미세한 바늘구멍이 뚫어져 있다. 그것 또한 과학기술의 원리가 숨어 있는데, 공기를 순환하게 하여 온도 차에 의한 김이 서리지 않게 하는 역할을 하고, 압력을 균형 잡히도록 한다.

실내 쪽 패널은 방음과 보온의 역할을, 바깥쪽 패널은 동체 안팎의 압력 차를 견디는 역할을 한다. 비행기 창문 제작도 재질 강도는 높고, 가벼워야 하므로 아크릴판으로 만들어 압력 차이를 버틸 수 있도록 설계되었다.

기장과 부기장은 식사가 다르다

비행 전 기장과 부기장은 같은 식당에서조차 다른 음식을 먹으려고 한다. 이는 혹시 음식으로부터 오는 위험에 대비하기 위함이다.

만일 한 사람이 식중독 등으로 아프면, 다른 쪽이 대신 조종하는 방식으로 위험 상황을 헤쳐 나가기 위함이다. 그래서 부기장은 평소 비행할 수 있는 기술자격이 기장과 거의 같다.

세계적인 음료 회사인 코카콜라는 한때 원액을 만드는 비법을 알고 있는 소수의 임원이 같은 비행기를 타지 못하게 한 것으로 잘 알려져 있다. 여러 가지 이유가 있겠지만, 무엇보다 예기치 못한 사고로 인해 비법을 아는 경영진이 한꺼번에 사라지는 최악의 상황을 막기 위한 취지로 이해된다. 이러한 방식을 현재도 준용하고 있는 분야가 바로 항공 업계이다.

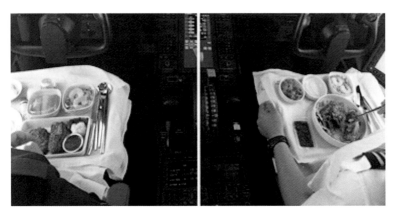

조종사가 서로 다른 메뉴로 비행하면서 식사하는 모습

기장과 부기장은 두 가지 메뉴 중에서 각각 다른 것을 택하는데, 두 가지 메뉴는 들어가는 재료가 다 다르고, 심지어 소스도 다른 것을 사용하는 것이 원칙이다. 조종사들에게 제공되는 식사는 좌석 기준으로 따지면 여객기 경우는 퍼스트 클래스나 비즈니스 클래스의 기내식 수준이고, 조종사들만 타는 화물기는 비즈니스 클래스 이상의 음식이 제공된다.

기내식 단가는 일등석 10만 원, 비즈니스 5만 원가량으로 고급 재

조종사가 들려주는 비행 이야기

료를 엄선해서 제공되기는 하나, 대부분 조종사는 장거리 비행 중에 한 끼의 기내식으로 만족하고, 목적지 도착 후 현지 로컬식당에서 식사하는 것을 좋아한다.

철갑상어알, 푸아그라(거위 간), 송로버섯 요리 등 최고급이라지만, 자주 먹어 질리거나, 조종사들의 입맛에 맞지 않아 차라리 값싼 시장 음식을 찾는 조종사들도 있는 편이다.

앗! 방귀를

비행기를 타면 이상하게 방귀가 자주 나오지 않나요?

실제로 비행기를 타면 방귀를 평소보다 많이 뀌게 되고, 자주 타는 사람들은 복부에 팽만감을 느낀다. 우리가 타고 있는 기내 기압은 약2,000m 산꼭대기에 있는 것과 같은 기압으로 조정된다. 즉 땅에 있을 때보다 기압이 낮은 상태이다.

기압이 낮아지면 몸속에 있는 것은 부풀어 오르기 마련이다. 공기가 많은 고기압인 뱃속에서 저기압인 기내로 가스가 빠져나가기 때문이다. 마치 공기압이 높은 자전거 타이어 바람이 상대적으로 공기압이 낮은 밖으로 새는 것과 같은 이유다. 그런데 방귀 냄새는 나지 않은 편이다. 이유는 비행기의 '에어 커튼' 방식에 비밀이 숨어 있다. 기내 공기는 수평이 아닌 수직 하방으로 흐르도록 기내 바닥에서 공기를 빨아들인다.

좁고 닫혀있는 실내에는 많은 먼지나 오염물질을 발생할 수밖에 없는데, 이것을 기내에 떠다니지 않도록 하방으로 공기로 빨아들여 끊임없이 필터링한다. 그래서 방귀 냄새나 바이러스가 주변에 잘 확산되지 않는다. 비행기의 공기는 신선하지만, 차가운 기내 밖 공기를 유입하여 고압으로 압축한다. 압축하면 밀도와 온도가 올라가는 물리학 원리로 200℃이상 뜨거운 열로 멸균 효과와 온도조절까지 겸한다. 즉 공기 순환이 잘되도록 먼지나 바이러스를 제거하는 공기정화 장치가 계속 작동되어 방귀 냄새까지도 잡아주니 방귀 소리만 조심하시고 염려 붙들어 매시라!

가끔 지상에서 매캐한 냄새가 날 때가 있는데, 그것은 엔진을 통해서 들어온 공기 중 일부를 믹스해 사용하는 과정에서 나는 현상으로 이륙하고 나면 금방 사라진다.

비행기 날개 끝에 깜빡거리는 빨강, 초록 불빛은?

항공기가 비행 중에는 공중, 지상 또는 수상을 항해하는 경우, 비행장의 이동지역 안에서 이동하거나 엔진이 작동 중인 경우, 항공기 위치를 나타내기 위해 항행등과 충돌 방지등을 점등하게 규정되어 있다.

그림과 같이 붉은색, 녹색, 하얀색이 전부 다 보이면 어느 방향에서 오는 것일까?
정답은 정면에서 오는 중.

항행등은 위치 표시로 좌적우초(좌측은 적색, 우측은 초록색)이며, 꼬리
는 백색이다. 이는 조종사가 마주치는 비행기의 진행 방향과 위치를
파악하는 데 도움을 주고자 설치된 장치이다. 예를 들어 앞쪽에 있
는 항공기의 항행등이 좌적우초면 같은 진행 방향, 우적좌초로 보이
면 내게로 다가오는 항공기로 판단하는 것이다.

해 질 무렵부터 동틀 무렵까지, 항공기의 항법 등은 반드시 켜져
있도록 정해져 있다.

날개 끝이 위로 꺾여 올려지는 모습은

'윙렛'이라고 불리는 것으로 날개 공기 흐름이 날개 끝에 가면 와류
가 발생하여 공기 저항이 생기는 것을 막기 위해 고안된 날개 종류의

하나이다.

날개 끝에 와류가 위로 말려서 저항이 발생하는 모양

　날개 끝에 수직으로 패널을 세우면 와류가 제어된다는 사실을 발견하고 특허 출원한 사람은 영국인이다. 와류는 항공기가 앞으로 나아가는 데 항력 작용으로 연료 소모를 증가시킨다. 즉 날개 끝 와류가 항공기 날개 위쪽과 아래쪽의 기압 차이를 줄여 양력을 감소시킨다. 이는 항공기의 상승력과 연료 효율, 그리고 조종 특성에 부정적인 영향을 준다.

　게다가 날개 끝에서 실속 현상이 일어나 이착륙 시 기수가 갑자기 들리는 불안을 유발한다. B-747 항공기에 '윙렛'을 장착하여 연비가 5% 가까이 증가하였고 이에 따라 항속 거리가 늘고 비용 절감에 도움이 되어 윙렛 장착된 모델이 대세가 되었다.

항로가 포화 상태다!

하늘에도 특정 지역과 특정 시간에 항공편이 몰리게 되면서 정체 현상이 발생한다. 세계에서 가장 붐비는 국제선 1위는 싱가포르와 쿠알라룸푸르 노선이고, 인천과 간사이는 6위로 조사되었다. 하루 평균 세계에서 가장 바쁜 노선은 한때 서울 제주 간이 1위로 선정되는 영광을 차지하여, 일 년 데이터 분석 시 하루 평균 178편이 운항했다고 발표된 적이 있다.

별도로 영공 통과료에 대하여 설명하자면, 항공기가 국제적인 운항을 할 때 다른 나라의 영토와 영해 상공을 비행하게 되는데, 이때 각 국가가 통과료를 책정하여 일정 금액을 부과하는 것이다.

연합국의 2차 세계대전 승리가 확실해지자, 미국은 동맹국들을 시카고로 불러, 국제 민간 항공조약을 맺었다. 골자는 영공 주권을 명시하고, 일정 조건을 갖추면 주권국의 사전 허락이나 동의 없이도 영해를 다닐 수 있는 선박과 달리 항공기는 허락을 얻어야만 통과할 수 있도록 규정했다.

2차 세계대전 직후부터 항공 수요가 폭증하면서 주요국들은 시카고 항공조약의 틀 속에서 외국 항공사들을 대상으로 영공 통과료를 받았다. 소련 시절 꽁꽁 묶었던 항로를 개방한 러시아는 짭짤한 영공 통과료 수입을 올린다. 영공 통과료만 보자면 한국은 그다지 많은 수입을 올리지 못하는 편이다.

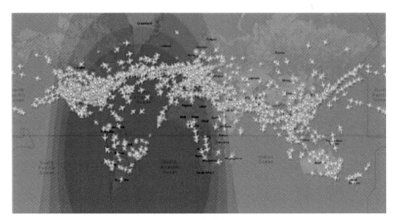

실시간 하늘에 떠다니는 항적(출처 Flight radar 24.com)

한국이 외국 민간 항공사들에서 받는 영공 통과료는 20만 원이 안되는데, 유럽이나 일본 등은 200만 원, 러시아같이 큰 나라는 천만 원이 넘기도 한다. 한국은 주요 항로상에 위치하지도 않을뿐더러 공역도 짧고 가늘어 많이 받을 수 없는데, 북한은 우리의 열 배를 받다가 그마저도 후에는 체제 유지에 불리하다고 판단하여 자신들의 영공을 통과할 수 없도록 차단해 버렸다.

그 외에도 톤당 계산하는 착륙료, 주기료 등이 있는데, 공항에 항공기가 24시간 주기할 때, 인천공항은 소형기 60만 원, 대형기 300만 원 정도의 주기료를 내야 한다.

비행기 탈 때 꿀팁, 의문

비행기 탈 때 꿀팁

⁂ **비행기 상승 중 귀에 통증이 올 때**

위로 올라갈수록 기압이 낮아지면서 고막 안팎의 공기압 균형이 잘 이루어지지 않을 때, 압력의 차이로 인해 귀가 멍한 느낌이 들거나 통증이 생긴다.

특히 감기 등 영향으로 귓속 '중이강'이 부었을 때, 공기 흐름을 원활하게 못 하면 증상이 심해진다. 보통은 시간이 지나면서 개선이 되지만, 아플 때는 침을 계속 삼키거나 하품하듯이 귓속 이관에 자극을 느끼면서 공기 흐름을 열어주면 도움이 된다.

또는 코와 입을 막은 상태로 코를 풀듯이 압력을 가하면 어느 순간 귀가 열리는 현상이 있는데 전투 기동으로 수시로 상승, 강하하는 전투기 조종사들이 사용했던 '발살바' 방법이다.

아기가 탔을 땐 아이에게 조금씩 물이나 우유 등을 삼키게 하면 간접적으로 귀 이관 움직임을 유도하여 도움이 된다.

❊ 기내에서 잘 보내기 위해서는

기내에서 잘 자는 것이 도착 후 컨디션도 좋고 여행할 수 있는 시간을 버는 셈이다. 수면에 도움이 되는 준비물로는 안대, 노이즈 캔슬러 헤드폰, 마스크, 여행용 베개 등이 있는데, 챙겨 두었다가 이용하면 도움이 될 것이다.

특히 장거리 비행 시는 기내용 편한 옷과 신발로 갈아 신어야 수면에 도움이 된다. 기내 온도는 항공기에 막 탑승했을 때와 순항 중일 때의 체감 온도가 다르므로 추위를 타는 사람은 별도의 패딩 같은 옷을 준비해야 한다.

기내 온도가 높으면 공기가 건조해지고, 코가 마르며, 피부가 꺼칠해지기 때문에 평균적으로 약간 낮은 기내 온도로 유지한다.

오래 걸어 다니다 보면 기내에서 신발을 벗었다가 다시 신을 때는 발이 부어 있어서 신발이 꽉 끼는 경우가 있다. 그래서 기내에서는 편한 신으로 발도 쉬는 시간을 주어야 한다.

기내에 있는 동안 피부와 안구를 촉촉하게 유지하기 위해서라도 물은 적당히 챙겨 마셔야 한다. 특히 콘택트렌즈 착용하는 사람은 간지러워지기 쉬우니 일반 안경을 준비했다가 임시로라도 사용하는 것이 좋다.

틈틈이 스트레칭도 하여 몸을 풀어주고 혈액 순환이 잘되도록 신경 써야 하는데 탑승하기 전에 공항에서 따뜻한 목욕을 하고 출발하면 좋다. 그러나 술기운으로 기내에서 잠을 자거나 하는 습관은 기관지나 피부에 가장 나쁜 편에 속한다.

장거리 여행이면 좌석 위치도 중요하기 때문에 비용 추가를 감수하더라도 고려해 볼 만하고 특히 화장실 옆처럼 사람들이 왔다 갔다 하는 곳은 피하는 게 좋겠다.

❊ 비상구 쪽 좌석은 특별석이다!

이곳 좌석은 승객의 신체조건과 언어 수준 등을 파악한 후에 배정하는, 선택받아야 하는 자리로 모바일이나 앱으로 체크인이 안 되는 자리이다.

동체 중앙에 있는 비상 탈출구는 항공기 날개 위로 걸어가 탈출하는 비상문이다. 항공기 폭발에 대비해 충분한 거리와 탈출 후 소방차 같은 구조 차량 눈에 잘 띄는 데 위치한다.

왜냐하면 비상 탈출 상황이 벌어졌을 때 승무원을 도와야 하므로 비상구 쪽 배정받는 승객은 별도 교육을 받는다. 그래서 휴가 중인 승무원이나 직원들이 배정받을 확률이 높고 좌석은 다른 곳보다 간격이 넓다.

최근 '아시아나 개문 비행' 사건의 재발을 방지하기 위해 몇 개의 대상 항공기(가까이 승무원이 착석하지 않는 기종)는 2023년 8월부터 항공기 비상구 좌석을 소방, 경찰, 군인, 항공사 승무원, 직원에게 우선 판매하기로 했다. 우선 판매 해당 시간 경과 후에는 일반 승객을 대상으로 판매가 가능하다.

비상구 개폐 레버 센서는 매우 예민해서 가끔 승객이 만지는 경우는 조종사가 모니터 중에 문 열림 경고를 수신하는 경우도 있다.

비행기에 대한 의문

⁂ 비행기 화장실 변기 사용 시 왜 요란한 소리가

변기 물을 내리면 폐수 탱크 근처에 있는 강력한 진공 시스템이 모든 것을 빨아들여 탱크 안으로 끌어들인다. 그것은 지상에서처럼 중력 작용이 안 되기도 하고 냄새까지도 빠르게 제거하기 위해 빨아들이는 힘이 강력하여 바람 소리가 요란하게 들린다.

물을 거의 사용하지 않기 때문에 대변을 볼 경우는 변기통에 흔적이 남아 있을 수 있어 신경 쓰인다. 그럴 때는 미리 변기통에 화장지 깔아두고 일을 본 후 물을 내리면 깔끔하게 빨려 들어가 다음 사람을 배려한 에티켓으로도 생각된다. 목적지 도착 후 탱크 내용물을 뽑아내는 정화 차량이 배수관을 연결하여 폐수 오물을 담아 간다.

가끔 화장실에서 저장 탱크 사이가 막히는 불상사가 생겨서 뜯어보면 "왜 이게 나오지?"하는 물건들이 발견되기도 한단다. 칫솔, 동전, 라이터와 의외로 생리대가 많이 발견된다고 들었다.

❊ 비행 중에 항공기 문이 열릴 수 있나

지상에서는 여압 차가 작아서 열 수 있다. 가끔 호기심 많은 승객이 도어 개폐 레버를 강제로 들어 올려서 승객 비상 탈출 슬라이드까지 터뜨린 적이 있었다. 이 경우는 슬라이드 한 개에 탈출 처리 불가능 승객을 비행기에서 내리게 하거나, 비행이 취소되는 사례도 있었다. 이런 경우는 피해를 유발한 승객에게 항공사는 손해배상을 청구한다.

그러나 비행기가 순항고도에 있을 때는 여압 차가 커서 사람 힘으로는 항공기 문을 여는 것은 거의 불가능하다. 조종실에서 모든 문의 상태를 모니터하고 있는데 도어 개폐 레버 센서가 예민하여 승객이 가볍게 건드려도 금방 알 수 있다. 착륙 후에는 조종사가 문을 열어도 된다고 판단되면 seat & belts 사인을 꺼준다. 이때 "띵!~" 벨 소리가 들리고 기내 표시등도 꺼진다.

그때야 비로소 승무원들이 자동 비상 슬라이드를 수동으로 변경하고 승객 하기를 위한 절차를 진행한다.

에피소드 비상 탈출구 열고 뛰어내린 사건

옛날 군 수송기는 여압장치가 지금의 여객기 시스템과 달라서 비행 중에 강제로 열 수 있었다. 60년대까지 우리나라 공군 항공기 C-CHECK(기체와 항법장비 정기 점검)를 대만, 일본에서 받았던 적이 있었다.

외제 물건이 대접받던 시절이라 출장 가는 요원에게 동료들이 귀국할 때 사 올 물건을 부탁하는 게 흔했다고 한다.

일본으로 다닐 때는 일제 물건 중 우리나라에서 한참 인기 있었던 구리무라는 화장품, 여자용 양산 등을 항공기 여기저기 숨겨 들어오곤 했었다. 어떤 경우는 부탁받은 수량이 많아지다 보니 대량으로 숨길 곳을 찾아보다가 연료탱크에도 숨겼단다.

한번은 비행 중에 기압 차이로 연료탱크에 숨겼던 분말 화장품이 터졌다. 항공기 도착 후 탱크 청소를 했는데도 한동안 항공기에서 화장품 냄새가 진동했다는 웃지 못할 전설 같은 에피소드가 구전으로 전해졌다.

이와 같은 부탁들이 점점 발전하더니 암암리 밀수 아닌 밀수를 조금씩 하게 되었고 주변 사람들로부터 부탁과 금액의 크기가 커졌다.

사건이 발생한 날은 대만에서 항공기 인수해 오는 임무로 갔던 정비사한테서 일어났다.

고참 중사가 금괴를 사 오는 욕심을 부리다가 불시 출국 심사에서 발각되었다. 주변 친인척 돈까지 끌어모아서 시도한 것이었던지 도착 후 감당할 벌과 폭망한 자괴감으로 비행 중 고통받고 있었다 한다. 그런데 밀수로 적발당한 중사가 동중국해를 지날 때 갑자기 항공기 비상구 열었다. 그리고 동승자들이 말릴 사이도 없이 뛰어내린 참사가 발생했다.

이런 전설 같은 이야기들을 선배들에게서 들었다. 지금 우리가 살고 있는 발전된 현실과 차이가 있어서 그렇지 그 시절에는 그럴 수도 있었겠구나 하고 격세지감을 느꼈었다.

가난이 유난히 힘들게 느껴지던 산업화 초기의 삶 중에서 돈으로부터 자유로운 사람이 있었을까?

서울 나우뉴스: 동동구리무 장수는 좌우 두 발로 북을 치면서 입으로는 하모니카를 불었다. 그리고 구성진 가락으로 장터 사람들을 모아들였다. 당시 동동구리무의 품질은 오늘의 크림과는 비교도 안 되겠지만 마을 여인들이 기다렸다가 사는 것으로 보아서는 그리 나쁘지는 않았을 것이다.

⁑ 승무원이 승객을 체포할 수 있나

체포할 수 있다. 과거에는 별도로 보안요원이 탑승했었고, 항공사의 필요로 탑승 보안요원 제도가 없어지면서 중간에 기장이 보안교육과 사격 실기까지 하고 권총을 소지한 상태에서 청원경찰 임무를 겸하면서 비행을 했다.

90년대 중반부터는 총기 소지 자체가 납치 발생 시 더 악화된 비상사태로 발전될 수 있어 수갑으로 대체하고 가능한 지상에서 해결하는 정책으로 개념이 바뀌었다.

기내에는 수갑과 포승줄이 탑재되어 있고 근래에 기내 난동이 빈번해지자 기장의 경고 없이도 법적 책임을 물을 수 있도록 항공 보안법이 강화되었다.

⁑ 비행 중에 항공기가 벼락에 맞으면 추락할까

직접적인 추락 원인은 없지만 천둥 번개는 난기류를 동반하여 항공기를 급작스럽게 요동치게 만들어 승객이 부상하는 사례가 많다. 또한 기내에서 근무 중인 승무원들의 잦은 부상의 원인이 되기도 하고 허리 고질병을 달고 사는 직업병의 원인이 되기도 한다.

조종사들이 기상 레이다로 탐색하여 그런 지역을 미리 피하도록 노력하고 있으며 만약에 벼락에 맞더라도 항공기에는 전류를 공기 중으로 흩트려 버리는 마치 지상의 건물에 있는 접지(earth) 같은 역할 장치가 갖추어져 있다.

나는 화물기로 모스크바 '도모데도보' 공항 접근 중에 엄청난 번개를 맞아 전자장비 몇 개가 오작동된 적이 있었다. 이런 경우는 연료계통 손상이 의심되어 이틀이나 정비가 필요하다 해서 스케줄에 없는 체류를 하였다. 덕분에 쉬는 동안 회사 주재 지점장의 수고로 '짜리찌노' 궁전 등을 여행했다.

짜리찌노(Tsaritsyno) 궁전. 에카테리나 2세 때 건축물로 현재 박물관, 분수공원 등으로 사용 중이다.

⁂ 화장실에서 사용한 물은 공중에 뿌릴까

마른하늘에 빗방울 같은 게 떨어질 때 그런 의심들을 한두 번 해보았을 것이다. 전혀 있을 수 없는 사실로 기내에서 발생한 어떤 오물이나 쓰레기도 반드시 지상에 착륙 후 처리한다.

2차 대전 때까지 일부 군용기는 오줌을 공기 중으로 처리했던 시설들이 있었다.

☀ 승무원 선발 시 키 제한이 있나

회사마다 조금씩 차이가 있는데 적어도 기내 천장 선반에 있는 화물을 다룰 수 있어야 할 만큼의 160cm~190cm 사이이다. 근래에는 arm reach(양팔 벌릴 때 닿는 거리)를 더 중요하게 다루는 항공사도 있다.

☀ 기내에 불길한 숫자열이 없나

나라별로 불길하게 여기는 숫자는 기내에 같은 숫자의 좌석이 없다. 서양은 주로 13열, 아시아나항공은 4열 등이 없는 경우가 많고, 좌석 말고도 인천공항에서 탑승구 4번과 13번도 없는 식이다. 미신 때문이라기보다 승객이 기분 나빠할까 봐 내린 조치다.

내가 겪은
사건 사고

다양하고 색다른 경험을 ---

수십 년간 기장으로 비행기를 조종하다 보니 많은 나라를 다녀 보았고, 각 나라에서 수많은 사건 사고들을 경험했다. 그중에는 내가 직접 경험한 것도 있고, 내 비행기의 승무원들이 겪은 것, 내 승객이 겪은 것 등 다양하고 색다른 사건 사고 경험들이 포함되어 있다.

이 장에서 전하는 이야기들이 다른 인종과 다른 문화들을 접하는 전 세계 여행객들에게 조금은 도움이 될 수도 있겠다는 생각이 든다. 도움이 되지 않는다면 그냥 재미로라도 읽어주길 바라는 마음이다.

9·11테러와 우리 항공기 강제 착륙

그날은 화물기 임무로 뉴욕 출발 인천행 비행으로 중간 기착지 앵커리지로 가는 중이었다. 캐나다 위니펙 관제하에 서부 유콘강 상공을 지나는데, 모처럼 날씨가 쾌청하여 그 풍경이 아름답기 그지없었다.

그런데 그날, 평소와 다르게 가끔 끼어들기식 통화 소리가 사용 중인 주파수에 간헐적으로 들렸다. 그러더니 갑자기 GUARD 방송이 들리기 시작했다. 경고 방송은 조난이나 비상사태 선포 시, 운항하는 모든 항공기가 듣도록 하는 비상 방송인데, 이 경고 방송이 멈추지 않고 지속되었다. 항공종사자들이 사용하는 표준 항공관제 용어가 아닌 일반 영어로 급하게 떠들고 있는 분위기가 신경 쓰였다.

얼마쯤 지났을까? 그 경고 방송은 납치당했을 때나 발송하는 예민한 Hijacking code(납치되었을 때 관제소 레이다로 발송되는 암호로 화면에

표시가 된다)를 맞추라고 누구한테 지시하는지 강압적인 관제 분위기로 변하였다.

이상했다. 무슨 일이 일어난 듯싶었다. 우리한테 구체적으로 지시하는 게 아니라서 무시하고 넘어갈 법했지만, 그래도 꺼림직해서 부기장 쪽에 있는 발신기 장치를 재차 확인했다. 그 결과 우리 항공기에 배당된 'SQUACK CODE'(식별코드)는 제대로 설정되어 있었다. 그러므로 모든 관제소 레이다 화면에 우리 항공기 식별 부호가 뜰 것이므로, 우리 화물기는 '이상 없음'으로 표시될 것이다. 시끄럽고 산만한 통화가 주파수마다 간섭되는 와중에 미국령 알래스카 영공을 담당하는 앵커리지 관제소로 우리 항공기는 이상 없이 이관되었다.

그런데 앵커리지 라디오 주파수를 변경한 후에, 첫 교신을 하기도 전에, 어느 관제 구역인지 국적항공사의 호출부호를 다급하게 불러대는 경고 방송이 시끄럽게 전파를 탔다.

'도대체 KAL기에 무슨 일이 일어난 거지?'

앵커리지 관제권에서도 이상 분위기가 전염된 탓인지, 우리와 무선 교신에도 무관심하고 관제사들끼리 주고받는 대화가 전파를 타고 이어졌다. 평소에는 "안녕하세~용~" 하고 한국말로 인사도 잘하던 사람들이었고, 가끔은 한국 교포 관제사도 한 분 근무하던 곳이어서 우리와 제법 익숙해진 관제소인데, 그날만은 마치 낯선 사람 대하듯 하는 것이었다.

한참을 그런 혼란스러운 교신을 들으면서 무슨 상황인지 파악도 안 된 상태에서 앵커리지 공항에 착륙하였다. 주기장에 도착 후 엔진을 정지하고 나니, 곧바로 2층 조종석으로 뛰어 올라온 현지 직원들이 사색이 되어 뉴욕은 지금 전쟁이라고 소식을 전했다.

'미쳤나? 킹콩이라도 나타났다는 건가?' 방금 그곳에서 왔는데 아무런 전쟁 징후도 없었는데, 갑자기 전쟁이라니? 그런데 지점 사무실로 이동해 오는 중, 사람들이 여기저기서 TV마다 같은 TV 채널을 보고 있었고, 불타는 북쪽 무역센터 옆으로 또 다른 항공기가 남쪽 건물로 관통하는 장면을 보여주고 있었다. 무슨 상황인지 모르겠지만, 큰일이 벌어진 것만은 확실했다. 그렇다면 아까 착륙하기 전 운항 중에 국적기(정부에서 운영하는 항공사가 아니므로 잘못된 표현이라 'Full service carrier'로 써야 하나 편의상 사용한다.) 호출이 빈번했고, 납치 코드를 언급하던 교신들이 정말 보통 일이 아니었구나 싶었다.

우리는 알 수 없는 혼돈의 소용돌이에 휩싸인 채 아슬아슬한 비행을 해왔다는 사실을 곧바로 알게 되었다. 지점 사무실에 들렀다가 호텔에 도착해 보니, 시카고와 뉴욕으로 가다가 긴급 회항한 조종사들이 TV 앞에 모여 있었다.

황당한 상황 전개에 모두가 할 말을 잃었다. 우리가 영화를 보고 있는 건가 하고 착각할 정도로 믿을 수가 없었다.

그때 비행 중에 왜 그렇게 긴박하고 혼란스러운 교신이 있었는지는 훗날 HISTORY 채널의 다큐멘터리 내용을 시청하고서야 알았다.

중무장 F-15 미 전투기까지 KOREAN AIR 격추를 위해 출격한 그 당시의 사건 관련 경위는 다음과 같은 것이었다.

대한항공기는 보잉 747 여객기였고, 도쿄에서 출발하여 알래스카 영공에 근접한다. 그즈음 대한항공은 관제 당국으로부터 9.11 테러 사건 정보를 전달받고 납치되었으면 적절한 코드를 설정하라는 지시를 받았다. 이때 어처구니없이 납치당하지 않았음에도 납치당했을 때 알리는 'Hijacking signal'을 송출하는 실수를 범하고 만다.

모두가 착륙하는 상황에서 대한항공만 '납치 신호'를 보내고 계속 비행하여 테러리스트에 납치당한 것으로 간주된다. 이 납치 신호는 미 동부에 이어 서부 방공구역까지 비상이 걸려 훨씬 심각한 상황으로 번진다.

즉시 중무장한 F-15 두 대가 출격하여 격추 태세를 갖춘다. 그런데 격추 직전에 미 공군 노튼 슈어츠 중장으로부터 발사 중단을 하달받는다. 발사 트리거를 당기기 전에 납치당한 것이 맞는지 여부를 최종적으로 확인해 보라는 명령이었다.

F-15기 한 대는 미사일 발사 스위치를 ON 시킨 채 여객기 후미 위쪽에 대기하고, 다른 한 대는 여객기 조종사와 육안 식별 위치에서 수신호와 무선 교신으로 상승과 강하 비행을 지시하면서, 민항기 조종사가 절차를 따르는 것을 확인하고 테러리스트가 조종간을 잡고 있지 않다는 것을 식별하게 된다.

그래서 안심한 F-15 조종사는 KAL기 착륙을 지시한다. 그 시간에 이 항공기가 착륙할 수 있는 주변 공항은 이미 포화 상태였다.

탑재 연료도 충분치 않아 캐나다 '화이트호스' 공항에 착륙하기로 하고 전투기 유도하에 비행한다. 화이트호스 공항은 소형 항공기 전용 비행장으로 항법 시설물이 미비하여 육안으로 활주로가 잘 보이는 시계 비행 상태에서만 이착륙이 가능한데, 그날은 다행히 날씨가 좋았다.

공항 당국은 보잉747 점보기가 착륙할 것이라는 교신을 받고 황당하게 여겼다가 곧 공포로 돌변하고 만다. 뉴욕 무역센터가 공격받고, 수천 명의 사망자 발생했다는 소식이 들어온 데다가 강제 착륙 중, 이 항공기도 폭파 가능성에 있다고 경고를 받았기 때문이다.

이런 소식은 소도시 화이트호스를 순식간에 난리로 만들어 타운의 주민들이 외곽지역으로 피신하기 시작한다. 학교와 관공서가 폐쇄되고 외곽도로는 차량 이동이 막혀서 교통이 마비 상태로 변하였고, 도시는 단시간에 유령 도시로 변하고 만다.

KAL기는 짧은 활주로에 성공적으로 착륙하여 명령에 따라 지정 장소에 세운 후, 승객과 조종사의 안전을 확인하고, 또한 항공기가 테러리스트에 납치당한 것이 아니라는 확인 절차를 거친다. 그렇게 대한항공기가 마지막으로 착륙하게 됨으로써, 그 당시의 미국과 캐나다의 영공은 이제 단 한 대의 비행기도 떠 있지 않게 되었다.

화이트호스에는 건물의 높이가 4층 이하로 제한되어 있다. 인구는 조금씩 늘고 있어 현재 약 3만 명이 거주한다. 유콘 준주의 주도이며 알래스카와 연결되는 고속도로가 지나간다.

사고조사 과정에서 대한항공 조종사는 '납치 신호' 코드 넘버 7500 송출은 테러리스트 사건 관련 내용을 접수했다는 의사 표시였다고 진술했다.

그것은 테러 사건과 관련하여 영어로 지시되는 명령어를 이행하는 과정에서 이해 부족으로 생겼던 전대미문의 엄청난 해프닝이었다. 내가 알기로는 과거의 비행 사고나 사건도 알고 보면 엉뚱한 실수가 겹쳐 일어난 경우가 대부분이었다. 구소련 연방 시절 사할린 상공 대한항공기 격추 사건 같은 엄청난 재난이 똑같이 일어날 뻔했는데, 미 방공사령관 한 사람의 신중함이 나쁜 역사 페이지 한 장을 찢었다.

만약 KAL기에 대한 격추 명령이 그대로 이행되었다면 어찌 되었을까? 생각만 해도 끔찍하다.

KAL기 강제 착륙 사건 후, 나는 기약 없이 앵커리지 호텔에서 발이 묶여 있었는데, 체류 경비와 생활용품이 떨어져 불편한 생활을 하던 중, 인천으로 출발 허가가 드디어 떨어졌다. 집으로 향하던 우리는 살았다 싶어 생기가 도는데, 반대로 시카고나 뉴욕으로 가다가 테러 사태를 만난 팀들은 그토록 실망한 표정을 지우지 못하고 있었다.

특히나 그중 한 팀은 뉴욕 착륙 후, 다시 대서양 건너 브뤼셀로 가는 화물기 편인데, 언제 비행이 재개될지 모르는 그 팀들은 서로가 말이 없고 소가 도살장에 끌려가는 모습의 분위기와 흡사했다. 그들에게 미안해서 웃지도 못하다가 공항에서 서울로 돌아가는 항공기에 탑승한 후에야 우리끼리 웃었다.

알래스카주 엘맨돌프 공군기지를 거점으로 실시하는 '레드 플래그 알래스카' 훈련에 참여하고 있는 대한민국 공군; 서울신문

내가 만난 강도들

센트럴파크에서 '어깨빵'

승무원이면 여러 나라 사정을 잘 알고 있음에도 가끔 다른 나라에서 범행을 당하는 경우가 있다.

나는 뉴욕에 머물 경우, 아침에는 습관적으로 센트럴파크를 산책하였다. 뉴욕의 아침이면 시차가 한국으로 치면 초저녁 밤이기 때문에 운동으로 컨디션을 조절하기에 적당하였다. 숙소 호텔에서 가깝기도 하고 시간을 내 맘대로 조절할 수 있어 곧잘 혼자 걷는 편이었다.

물론 처음부터 혼자 걸은 것은 아니었다. 그때는 조종사들도 흡연하는 사람들이 많았는데, 공원 숲속 한쪽에 옹기종기 모여 담배를 피워 댔었다. 나도 담배를 피우던 시절이었지만, 내 눈에는 공원 구석에 모여 함께 흡연하는 모습이 좋아 보이지 않았고 아무래도 이건 아니다 싶어 그들 사이를 빠져나왔다. 그들 대부분이 선배들이었지만 공공장소에서 때 지어 흡연하는 것이 공중도덕에 벗어나는 거라 생각되어 그들과 거리를 두고 딴청을 피우며 혼자 떨어져 있는 것이 오히려 편했다. 그렇게 습관이 되다 보니, 혼자라는 것도 나름 좋은 면이 있었다.

그러던 어느 날이었다. 그날은 공휴일 아침이어서였는지 평소 족보 있는 명견들을 대동한 견주들의 등장도 뜸했고, 젊은 부인들이 유모차를 앞세우고 싱그럽게 뛰는 구경도 할 수 없기에 다소 심심했다.

센트럴파크 웨스트사이드 쪽 숲길을 따라 사우스쪽으로 내려오면 작은 호수를 만나게 된다. 이 길에는 상수리나무가 많아 가을엔 떨어져 있는 굵은 상수리 열매가 숲길을 덮을 정도라 버려두기에 아까운 마음이 들곤 했던 호젓한 길이었다. 가끔 상수리를 담은 자루를 카트에 끌고 가는 동양인 노인들도 볼 수 있었던 곳인데, 그날 아침은 특별히 더 조용하고 호젓하였다.

센트럴파크 The lake 전경. 센트럴파크 존 레넌 기념관을 지나서 어깨빵 사건이 있었던 숲길이 있고, 그 우측으로 길 건너 자연사 박물관이 있다.

그때 중년의 흑인이 서류 봉투를 옆구리에 끼고 맞은 편에서 걸어 왔다. 평범하게 보여 별로 경계 의식도 없이 지나가는 순간 나는 그의 어깨와 부딪혔다. 순간 그의 손에서 유리병 하나가 보도블록에 떨어져 박살이 나고, 바닥에서는 흰 거품이 부풀어 올랐다. 갑자기 내 눈앞에서 벌어진 그와의 '어깨빵' 사건이었다. 느낌이 좋지 않았다. 머리 회전이 늦은 나였는데도, 이것은 단순한 부딪힘이 아니라는 게 느껴졌다. 한 방 치고 튀거나, 대화로 풀어야 하나 선택의 순간이라는 걸 직감했다.

어 어어~, 그러나 이미 시기는 놓쳤고, 미안하다는 말로써 해결해 볼까 뜸을 들이는데, 아니나 다를까? 그 흑인 남성의 흰자위가 커지더니, 미안하다고 할 일이 아니라며 자신의 의도를 노골적으로 드러내었다. 값비싼 코냑이라는 거였다.

"나는 내 길을 똑바로 가고 있었는데…"라고 별 도움도 안 되는 말을 하며 그를 관찰하니, 다행히 권총은 없는 듯하였다. 한쪽 주머니에 그의 손이 들어가 있는 품새가 기껏해야 칼이다. 나는 반바지 운동복 차림으로 앞 호주머니에 20불 뒷주머니에 100불짜리 한 장이 있었지만, 흥정했다.

"운동 중이라 20불밖에 없는데…"

나는 가까운 밀퍼드 호텔에 가서 100불을 더 주마고, 우선 그에게 20불을 건넸다. 그는 몇 초간 눈을 옆으로 찌그리며 말이 없더니, 저음으로, "You're lucky!" 하고 가던 방향으로 쿨하게 가 버렸다. 인간은 본래 '쿨한 척' 할 뿐이지 진짜 쿨하지 않다는데, 그놈은 실제로 쿨했다.

비행 임무로 출발 시 뉴욕 공항 화물기 청사까지 태워다 주는 기사가 교포분이었는데, 그 이야기를 듣더니 정색하며 말했다.

"큰일 날 뻔하셨네요. 왜 모험을 하세요? 그가 쿨하게 지나가서 망정이지, 한 번 실수로 생명을 잃을 수 있어요."

강도질하는 부류는 쏴 버릴까 말까? 단순하게 결정한다며, 항상 잃어도 좋을 만큼의 현금을 소지하는 것이 좋다고 기사는 조언했다.

나중에 곰곰이 생각해 보니 맞는 말이었다. 그래서 이왕 뺏겨도 뺏는 자 기분이나 좋으라고 그 이후로는 200불씩은 가지고 다녔다.

그 흑인도 쏴 버릴까 말까 했을까? 흑인 말처럼, 그날 "I was a lucky man!"이었다.

눈 빤히 쳐다보며 더듬는 소매치기 손

이탈리아 로마에는 화물기를 주 2편만 운항하기 때문에 도착 후 다음 연결 편까지 체류 기간이 길다. 근처 여행 기회로 애용하는 조종사들에게는 인기 있는 스케줄이기도 했다.

오랜만에 로마 스케줄이 잡혔고, 눈치 빠른 부기장이 로마 여행에 필요한 민박(다빈치 공항 주변. 스테이하는 호텔과 시내가 멀어서) 기차표 예약까지 준비해 왔으니 안전 비행 본연의 임무만 충실하면 그 예약은 특별 보너스의 기쁨 아닌가.

여행사를 통해 가족여행도 몇 번 다녀왔지만, 이탈리아는 언제 보아도 볼 것이 많아서 관광하기에 좋은 곳이다. 과거의 역사가 보편적으로 잘 알려져 있으며 남겨진 유물과 유적이 풍부한 로마가 아닌가? 그래서 사람들은 유럽 여행 시 로마를 가장 늦게 여행할 것을 추천한다. 로마를 본 후의 다른 나라 여행이 자칫 시시해 보일 수 있어서다.

로마로 떠나기 전 나는 카이사르의 '갈리아 원정기'와 시오노 나나미의 '로마인 이야기'를 읽었다. 그 책을 읽으며 퇴직 후에는 시간과 돈으로부터 해방되어 발 가는 대로 여생을 자연과 벗 삼아 즐기고 싶다는 생각이 들었다. 밀라노 부근에서 이탈리아반도의 장화 뒷굽인 브린디시, 앞쪽 시칠리아섬까지 여행하는 상상을 하곤 했었다.

로마 여행 첫날 바티칸 박물관에서 줄을 서서 입장을 기다리는 동안 익히 들었던 집시 여인네들이 팀을 이루어 주의를 분산시키고, 시선을 차단하며, 'PICK POCKET'(소매치기) 역할을 바꿔가며 실행하는 장면을 눈앞에서 다시 볼 수 있었다.

매일매일 같은 장소에서 같은 행위가 일상처럼 희한하게 반복된다. 다음날 시내 전철로 여기저기 다니는데 우리끼리 붙어서 교차 감시를 하며 소매치기와 눈이 마주치는데도 손이 노골적으로 주머니를

쑤시고 들어온다. 꽉 잡아 손을 팽개치지만 개의치 않는 당당한 눈초리의 소매치기들이다.

주머니 속에서 소매치기 손들과 잠시 엉켰던 느낌마저 찜찜한 기분이 들어 화장실에서 손을 씻고 있는데 거기서도 옆 노인 주머니를 거의 폭력으로 털어서 도망간다. 마음 같아서는 태권도 맛을 보여주고 싶은데 일이 커질 것만 같고 그놈들은 대수롭지 않게 곧 풀려난다고 한다. 고것 참 기막힌 치안 아닌가? 현지인한테만 피해를 주지 않는 범위 내에서는 소매치기조차 묵시적으로 허가를 받은 셈이라는데 그것을 어찌 이해해야 할까?

그러다 보니 이런 문제에 이골이 났을 여행사들은 여행객에게 고생할 필요 없이 경찰서에서 보험 신청서에 필요한 절차만 밟아 오라는 식의 사후 처리가 일상화되어 있다.

현지 이탈리아 사람들 처지에선 넘쳐나는 여행객이 귀찮은 존재일 뿐 물가나 교통 등 서민 생활에 불편만 끼친다고 생각하기 때문에 여행자의 입장을 고려하지 않는 것이다. 조상 잘 둔 덕에 그들은 역사와 문화를 팔아도 팔아도 닳지 않으니, 한편으론 부럽기도 하다.

눈뜨고 코 베어 가는 날강도

벨기에 브뤼셀은 유럽연합 본부가 있는 곳으로 작은 나라지만 유대인의 다이아몬드 가공 산업과 유명 다국적 기업 본사들이 있다. 그리고 GDP 국민총생산이 엄청 높고 과거 벨기에 땅보다 80배나 큰 콩고를 식민지로 지배했던 의외의 강소국이다.

도시 전체가 중세 시대 분위기를 지닌 아기자기한 곳이 많다. 한번은 여기저기 둘러보다가 마침 일요일이라 오래되어 보이는 크고 아름다운 성당 미사에 참여했었다. 주임 신부와 보조 흑인 신부 등 10여 분의 신부님들이 미사를 단체로 집전하였다. 그런데 신자는 나를 포함 10여 명의 유색인 신자들만 참여하여 성체성사 은혜를 오롯이 받은 적이 있었다.

명동성당 같은 대성당에서 몇 명의 신자를 위해서 많은 신부님이 합동 미사를 하는 격이라 안타까운 생각이 들었다.

유럽은 물질 만능과 안락함의 일상화로 신을 향한 절실함이 없어진 탓일 것이다. 이제는 신자들이 줄어서 문 닫은 성당이 점점 늘어나는 추세라 한다. "물질이 풍부해지면 악마가 조용히 찾아오고 사치와 환락으로 놀아난 인간은 끝에 가면 슬퍼진다."라고 독백을 한 사마천을 죽인 한 무제가 갑자기 생각났다.

많은 재벌이나 권력자의 자제들이 부족함이 없이 살면서 인간 사회에서 겪는 다양한 경험을 하지 못하고 사는 경우가 있다.

그런 탓에 쉽게 쾌락만을 탐하다가 공허함의 끝에 마약 등으로 뉴스에 자주 오르내리는 뉴스를 접한다. 일찍이 막스 베버가 괴테의 말을 빌려 "미래에는 영혼 없는 전문가, 가슴 없는 향락주의자가 최종 인간이 될 것이다."라고 예언을 했다.

　다시 본론으로 브뤼셀은 세계 여러 나라 사람이 유난히 다양하게 섞여 있는 도시이며 가는 곳마다 고풍스러운 중세 시대 건물이 가득하다. 운항 승무원이 스테이하는 'The hotel Brussels'의 위치가 명품 거리 '와떼흘루 가'에 있다. 이곳에서는 잘 차려입은 귀족 노부부들이 마실 다니듯 거니는 모습만 지켜봐도 고전 명화 감상하듯 흥미롭고 눈이 즐겁다.

　"나도 노후는 저런 모습으로 멋지게 살 거야!"했었다. 그런데 몇 년째 은퇴자 생활을 하다 보니 수염을 깎지 않는 날도 있고 제대로 갖추지 않는 모습으로 나다니고 있는 내 모습을 보게 된다. 그래도 향수는 뿌려서 노인네 냄새는 신경 쓰고 있다.

호텔 가까이 왕궁에서 왕립 기마대 사열식을 자주 볼 수 있었고, 많은 여성 기마 대원의 말 탄 모습이 유난히 멋있어 보였다.

승무원 숙소 호텔에서 5분 거리의 왕궁에선 각국 왕족이나 수상급 국빈들의 방문 행사가 끊임없이 이어져 수시로 왕궁 기마대 사열을 관람할 수 있다.

호텔 식당에서 아침 식사 중에 옆자리 거창하게 차려입은 흑인 부부가 있길래 건성으로 눈인사했던 적도 있었다. 그런데 알고 보니 그가 아프리카 어느 나라 대통령인 경우도 있었다.

반면에 중앙역이나 광장 주변엔 집시 계열 여자들이 애를 업고 구걸하는 모습이 흔하다. 역 뒤쪽으로는 동유럽 여자들이 쇼윈도에 진열장 마네킹처럼 서 있다가 우리 같은 동양인한테도 반가움을 표해서 우리를 놀라게 하는 경우도 있다.

중앙역 뒷골목 발길이 붐비는 홍등가 담벼락에 부착된 생뚱맞은 소변기에 사내들이 바지춤을 내리고 깔겨대는 장면들이 낯설다. 나는 오줌 방광이 빵빵해도 지나가는 눈을 의식하지 않고 오줌을 쌀 수 있을까? 쳐다보는 사람도 깔겨대는 사람도 단련인지 아니면 포기한 상태인지 자연스

유럽에 가끔 이런 남녀 공용 화장실이 ^^

럽다는 것이 오히려 이상하다.

브뤼셀은 이렇게 여러 가지 문화와 풍습이 어지럽게 혼재되어 교차하는 그런 곳이다.

호텔 가까이 거창한 중세풍 법원 건물은 10년째 보수 중이고 내부는 출입 제한 없이 재판 중인 수십 개의 법정이 있다. 법정에 들어가 앉아 참관만 해도 재미있는 장소로 곳곳이 심심하지 않은 살아 있는 건물이다.

브뤼셀의 이러한 환경 조건이 외국 주재원뿐 아니라 관광객들까지 불러 모으는 이유이다. 그런 곳의 많은 사람 중에 어둠의 자식들도 많은 법, 곳곳에 기부금 유도하는 삐끼, 형사나 경찰인 척하는 사칭범이 대상자를 찾는 모습을 볼 수 있는 곳이다.

내가 아는 기장 한 분은 평소 명품 시계나 음향 장치에 조예가 깊고 취미로 수집도 하시는 분이라 지갑에 항상 현찰(옛날에는 흔히 할인 협상용으로)을 몇천 유로씩 가지고 다녔었다. 이 기장분이 '생캉트네르' 광장 쪽으로 걸어가던 중 두 명의 사복 경찰로부터 불시 검문을 받았다.

신분증과 지갑 제시를 요구했고 지갑을 열고 눈앞에서 현찰을 세면서 액수까지 확인하고 조심하라는 충고까지 하면서 보내더란다. 의심할 사이도 없이 엉겁결에 진행된 일이었다. 혹시나 해서 돌아서서 오던 중 현찰을 확인하니, 그사이에 몇백 유로가 사라졌더라는 것이다. 눈앞에서 척척 셌고 이상할 틈도 없었는데 말이다.

　속지는 말고 살아야지 하면서 세계 여러 나라를 나름대로 조심하고 다녔는데 어이없는 일을 당했다. 우리는 스스로가 똑똑한 척들 하지만 꾼들이 보면 단순한 먹잇감에 지나지 않다는 생각이 들었다. 퇴직 후에 이런저런 사람들을 만나보고 여러 가지 일들을 하다가 겪어 보는 사회는 훨씬 더 복잡한 곳이었다.

　요즘 같은 지능적인 '보이스 피싱' 시대에는 누구도 진화하는 사기 수법으로부터 안심할 수 없다. 우리 같은 단순한 직업의 사람들은 항상 한 번 더 짚어가며 살아야 싶은데, 늙어 판단력을 잃어버리면 어쩌나 걱정이다.

환전소, 그놈

　오스트리아 빈 공항 길 건너에 승무원이 스테이하는 NH 호텔이 있는데 그곳은 아침 식사가 매우 훌륭하다. 합스부르크가의 궁정 음식 같은 메뉴를 즐기는 것만으로도 하루가 기다려지고 행복했다.

　어쩌다 식당에서 즐기다 보면 오랫동안 자리를 차지하고 있게 되어 식당 종사자들에게 미안해진다.

　그래서 기념일 같은 날은 감사 표시로 가벼운 선물을 건네다 보니

빈 공항 청사 부근 NH 호텔. 좌측에 관제탑이 보이고, 우리는 그곳을 우스갯말
로 농협 호텔이라 불렀다.

서로 친해지게 되었고 특별 메뉴를 선보이는 날은 일부러 주방장이
우리에게 음식 소개도 하는 관계로 발전했다.

그 호텔 바로 앞 공항 청사에서 체코, 슬로바키아, 헝가리 등 인접
국가 도시로 출발하는 교통편 등이 발달하여 유로화를 환전할 일이
많다. 그런데 공항 청사 내 환전 센터를 찾을 때는 우선 누가 환전업
무를 보는지 확인해야 하는 경우가 있었다. 이유는 미화 100불을 받
고는 유로화 주기 전에 미화를 안 받았다고 딴청을 피우는 공휴일 담
당 어느 인도계 직원 사례가 있어서였다.

경찰에 신고해도 여러 절차가 까다로우니 그저 조심하라는 말을
들을 뿐이었다. 그래서 유로화를 확인 후 받으면서 100불을 건네는

식으로 대처했다. 비슷한 요령이 다른 여행지에서도 필요한 경우가 더러 있었다. 특히 조그만 구멍으로 돈과 물건이 건네지는 편의점 같은 곳은 적어도 물건 확인과 돈 지불이 동시에 이루어져야 한다. 때에 따라서는 잔돈을 먼저 확인하고 큰돈을 건네는 지나친 신중함이 요구되기도 하였다.

브뤼셀 중앙역에서도 어처구니없는 경험을 한 적이 있었다. 유료 화장실에서 동전이 없어 의심의 눈초리로 불안해하며 20유로를 내밀었다. 돈을 받는 이가 마귀할멈 같아서 돈을 건네자마자 아차 싶었다. 아니나 다를까 동전 코인만 몇 개 능청스럽게 돈통 테이블에 올려놓는 거였다. 나는 예의도 절차도 필요 없이 꽥! 소리를 질렀더니 우~웨 우~웨 노친네가 죽는 척하면서도 끝까지 10유로만 내주고 버티고 있다. 그래서 나는 그만 웃고만 적이 있었다.

소변 한 번에 밥값을 치른 셈이었다.

단일 유로 통화에 관하여

유럽 통화연합(EMU) 가입국은 새 단일 통화로 2002년 7월을 기하여 각 국가의 지폐와 동전은 법정 통화의 효력을 잃으며 유로화로만 유통이 되고 현금 지급기도 갖췄다.

7종의 지폐와 8종의 동전으로 제작 발행은 각 나라가 독자적으로 실시하고, 2022년 현재 유럽연합 27개 회원국 중 20개국에서 유로화가 유통되고 있다.

영국(현재 탈퇴), 덴마크, 스웨덴, 불가리아, 체코, 헝가리, 크로아티아, 폴란드, 루마니아는 자국 통화를 아직 사용하고 있다. 특이하게도 유럽연합 회원국이 아니면서 유로화를 사용하는 국가는 모나코, 산마리노, 바티칸 시국, 안도라, 코소보, 몬테네그로 등 13개국이다.

한때 우리나라와 중국, 일본 동북아 3국 총리급이 1:2:2 지분으로 단일 통화를 구체적으로 토의한 적 있었다. 원활한 통합을 위해 한국의 지분을 파격적으로 고려한 셈이었다. 요즘 같은 환율방어에 민감한 시기에는 큰 도움이 되었을 것으로 간주되는 추진이었다. 또한 북미나 유럽연합 경제권에 버금가는 동북아 경제권의 탄생은 언젠가 필요할 것이고 추진 전 단계로 단일 통화는 우리나라에 득이 많은 협상 시도였다. 하지만 우방국 미국을 의식해야 했고 복잡한 역학관계로 아쉽게도 미완으로 끝나고 말았다.

우째, 이런 일이

이크, 장물아비가 될 뻔!

앵커리지 시네마크 센추리 극장과 월마트 슈퍼 센터 있는 곳에서 걸어가면 이십여 분 거리 내에 한국 식품점, 구제품 가게 등이 있고 좀 더 가면 운동 마니아들이 즐겨 찾는 스포츠용품 전문 매장이 있다.

그중에서도 '영빈관'이라는 한국 식당은 본국보다 더 토속적인 음식 맛에 승무원이 매번 찾는 곳이었다.

사람 많은 단체에는 별별 사람도 있는 법이라 식당에 몰래 가져가 마시는 술 문제 등으로 식당과 승무원 사이에 트러블이 있었다. 어느 조직이나 그들의 교육 수준과 관계없이 품위를 지키는 것은 무관하 듯 우리중에도 별난 사람들이 있었다.

승무원과 식당 사람들 사이가 뻘쭘해졌어도 나는 개의치 않았고 그동안 현지 음식에 물린 입맛을 달래는 시간을 영빈관에서 자주 가졌었다.

알래스카주는 인구 유인책으로 주 정부에서 지원해 주는 혜택이 많아서 애매한 경제활동으로 생활을 꾸려가는 사람들도 많았다.

풍부한 지하자원 등의 수입이 많아지자 주 정부는 일정한 분담금을 부여하여 영구기금을 만들었다 한다. 그리고 매년 배당금을 한 사람당 얼마씩 특별 지원금으로 지급하고 있었다. 보통 때는 한 사람당 2천 불 정도 되어서 아이들 많은 집은 그런대로 생활이 가능하다고 했다.

배당받는 시기가 되면 앵커리지 상점마다 흥청망청 공짜 돈 쓰는 열기를 우리도 느낄 수 있었다.

그래서 일하기 싫어 애만 낳는 부류도 있다는 우스갯소리도 있는 곳이어서 대충 사는 사람들도 많았다.

어느 날 나는 여기저기 일 좀 보다가 영빈관에서 늦은 점심을 혼자 먹고 나와 식당 입구에 서서 담배를 피웠다. 그때 한쪽에 서 있던 차에서 흑인이 내리더니 내게로 다가오는 품새가 담배 좀 얻으려는 수작으로 짐작하였다.

우리가 피우다 남은 몇 개비 정도의 담배는 인심 쓰듯 주는 경우가 많았던 터라 우리 같은 사람에게 오는가 싶었다.

두리번거리면서 경계하는 그의 태도에도 위험하다고 생각하지 않았던 것은, 여차하면 여러 사람 있는 식당 안에는 피할 수 있기 때문이었다.

그런대로 막돼먹은 흑인 같지 않았고 차 운전석에는 여자가 지키고 있는 게 다른 뜻이 있어 보였다. 남은 담배를 건네려고 준비하는 나에게 그 흑인이 조심스럽게 뭔가를 흥정해 왔다.

바셀린 워치를 오천 달러에 줄 수 있다는 그의 말에 "미친놈이, 발뒤꿈치 바르는 바셀린을 뭔 소리야?" 하면서 더구나 오천 달러의 크기를 알고나 하는 소린가 싶었다.

행색으로 보아 허튼수작 같지는 않지만 무슨 곡절인지 선뜻 이해할 수 없었다.

손에 쥐고 있던 시계를 보여주는데 가격 태그까지 달려 있었고 굳이 가격표를 보여주었다.

아예 관심조차 없었고 그런 얼치기 꾼들에게 이골이 난 승무원한테 하나 마나 한 시도로 치부해 버렸다. 내 곁을 떠나지 않은 그에게 기가 차서 떨어지도록 100달러면 모를까? 했더니 진짜로 실망하는 자세로 보아 가짜는 아닌가 싶어 호기심이 생겼다.

그때야 가격표를 다시 보자니까 105.--- 라는 숫자가 의미하는 게 그대로 믿어도 일만 오백 달러인데 반값은 받겠다는 것인가?

아무튼 그런 큰돈은 10분 거리에 있는 은행에 가야 했고 그러나 사고 싶은 생각은 일도 없었다.

나는 현금 이백 불 정도밖에 없으니 주든가 말든가 장난을 했더니 여자가 기다리는 차로 갔다 온다는 신호를 하고는 갔다가 왔다.

이번에는 다른 손목시계를 두 개 가져왔는데 일천 불에 주겠다는 것이다. 자동차 이름 닮은 여자 시계가 예뻐서 이백 불밖에 없다고 고집했더니, 끝내 실망하다가 돌아서는 무거운 발걸음으로 보아 진짜와 관련한 사연이 있어 보였다.

그날 밤 호텔 방에서 잠을 자고 나서 show up 때까지는 시간이 남아서 낮에 시계를 살 뻔한 일들이 생각났다.

이런저런 짐작과 항상 그렇듯 미련은 버리지 못하고 상상으로 오늘도 이랬으면 어땠을까? 했었던 사실은 이랬다.

얼마 후에 다시 앵커리지 들렀을 때 한인 식당에서 지나간 지역 신문을 보았다.

뉴스 중에는 'JC PENNEY' 백화점 부근 주얼리 샵에 도둑이 들었었다는 지나간 뉴스가 있었다. 그 대목에서 시계 팔려고 흥정하던 부부 장면이 회상되었고 분명 관련이 있었다고 짐작되었다.

그렇다면 그때 물건들이 진품이었을 것으로 생각되어 명품 시계에 관해서 자료를 찾아보았다.

고가 시계 중에는 바셀린 연고를 연상시켰던 '바쉐론 콘스탄틴' 브랜드 시계가 있었고, 일만 오백 달러 가격표는 시계 브랜드로 보아 십만 오천 달러가 아니었을까?

백 불에는 말도 안 되는 소리였을 것이고 자동차 이름 같은 시계는 '피아제'를 뜻했을 것으로 짐작이 가서 뒤늦게 자료를 찾아 뒷북을 쳐보았다.

그 주얼리가 장물들이 맞는다면 그때 자동차에는 여자와 함께 상당한 귀중품들이 있었을 것이다.

내가 만약에 은행에 들러서 돈을 인출했으면 미화 만 불에 몇 개는 건질 수 있었을 것이다. 도둑들은 훔친 물건의 가치를 알았지만, 앵커리지는 미국의 다른 주처럼 비행기 이용 아니면 외부로 자유 왕래가 쉽지 않은 섬 같은 곳이다.

여객기 탑승하기 위해서는 정밀한 검색대 절차를 거쳐야 하니 물건을 외부로 인출은 어렵다. 앵커리지 내에서 그런 고가의 훔친 물건을 파는 것은 "나 잡아가시오!"하는 격이라 파는 것도 만만치 않았을 것이다.

그래서 도둑들도 고심 끝에 찾아낸 거래 대상이 공항 출입하는 승무원이나 관광객이 아니었을까? 그런데 물건의 진가를 알려주기 위해 출처를 설명할 수도 없는데 상대가 믿지를 않고 가짜 시계 취급하며 푼 돈으로 장난하고 있다. 도둑들은 절도 사건이 잊힐 훗날을 기약하며 땅에다 묻을 만큼 인내심도 없었을 것이다.

화물기 조종사한테 앵커리지는 불시검사 외에는 가방 검사 없이 자유롭게 드나드는 곳이라 보석 가지고 출국은 누워 떡 먹기였다.

죽은 자식 불알 만진다는 속담처럼 아까웠다는 공상과 한편, 만약 샀다면 필시 강도 물건을 구매한 장물아비 범법자가 되어 구속되었을 수도 있었을 것이다.

그러면 알래스카 차디찬 감옥에서 내가 싫어하는 추위에 고통받으며 알 수 없는 운명을 탓하고 있겠지?

나의 기억 속에 빼곡히 들어찬 사건 중의 하나를 꺼내어, 나는 오늘도 다시 그때의 시절로 들어가 보았다.

에피소드 명품에 관한 이야기

모건스탠리 발표에 따르면 한국의 1인당 명품 소비는 세계 1위로 2022년 결산 기준 1년 만에 명품 소비액이 대폭 증가하여 170억 달러가 되었다.

정작 해당 기업이 존재하는 유럽 현지에서는 최상류층 외에는 잘 구매하지 않는다. 우리나라는 국민 대다수가 무리해서라도 구입해 남에게 과시하지 않으면 무시당하고 소외된다고 생각하는 거 같다.

그뿐만아니라 그 정도를 넘어 해당 기업들의 한국 내 가격 인상 정책과 맞물려 재테크 수단으로까지 변질되어 버렸다.

이런 현상은 아시아 국가에서 경제발전이 가장 이른 일본에서 처음으로 시작해서 한·중·일 전체에서 일어나고 있으며 이런 동북아의 호구들로 인해 프랑스 크리스챤 디올의 회장이 2023년 초 포브스 세계 1위 부자가 되었다.

동료 기장이 "남자의 기호는 시계와 구두야!"라며 일천만 원대 시계를 차고 다녔다.

문제는 명품 시계는 몇 년마다 수리와 청소를 해야 하고 수리 기간이나 비용도 만만치 않았다. 내가 차고 다니던 일제 스마트워치는 LA 교포 상가에서 200달러에 샀었다.

자동으로 시간도 맞추고 승무원에게 필요한 세계 시간과 알람 기능도 있으면서 정확하기까지 하였다. 이 실용적인 시계를 비행 중에 화장실에서 세수하면서 풀었다가 한참 만에 아차 싶어 찾아보니 없어졌다.

아무튼 남자의 기호품으로 명품 시계는 포기하고 명품 구두는 많았지만 나이 들고 보니 정장 입을 기회도 없어지고 말았다.

또한 이런 해프닝도 있었다. 유럽을 비행 다니면서 여자들이 좋아할 만한 명품을 가끔 집사람한테 사다 주었던 것이 유일한 나의 보상 행동이었다.

한번은 "기장님, 이 가방 너무 예뻐요. 사모님 사다 주시면 딱인데!" 우연히 같이 들렀던 명품점에서 여승무원들 감탄 소리에 그만 혹해서 예쁜 가방을 샀다. 허영을 냉소하는 집사람이었지만 그래도 속으론 좋아하겠지 싶어 기대하며 건넸다. 포장을 열어서 가방을 보더니 깔깔깔 한참을 웃고 있는데, 같은 웃음도 뉘앙스가 있어 보여 또 불안했다.

"영감님! 이건 젊은 아가씨들 가방이야~ ."란다.

할 수 없이 나중에 며느리들한테나 주어야지 하며 한쪽에 모아 두었다. 애~고 이번에도 실패했구먼. 내 안목 없음에 대한 자격지심으로 그 뒤로는 사 올 일이 없어졌다.

뭔 놈의 가방에도 젊은 년, 늙은 년 용이 따로 있나 싶었다.

십여 년 세월이 흘러갔고 어쩌다 건물 관리에 필요한 건조용 대형 선풍기, 청소기 등을 구하면서 아내는 당근 마켓을 알게 되었다.

이중 살림 했던 탓에 겹치는 물건들이 많았다. 그런 살림 중에 필요 없는 물건을 정리하는 과정에서 쌓아둔 가방들을 한꺼번에 매물로 올렸다.

당근에 파는 물건으로 올리자 갑자기 밀려오는 구매자와 문의 전화로 아내는 귀찮아졌다. 그래서 가방을 커피숍에 쌓아두었으니 알아서들 하라 했다.

발 빠른 도착자 몇 명이 가방을 열어보고 뭔가를 확인하더니 허접하게 생각했던 것마저 싹쓸이해 갔다. 그리고 얼마 후 당근에 올라온 몇 배는 비싼 가방들이 틀림없이 눈에 익은 가방들이었다.

아내는 무엇 때문에 이 난리들인가 싶어 브랜드 중 하나를 그때야 자세히 알아보았다. 예를 들면 베네치아 여행 중 이름도 없는 브랜드 가방을 몇 개 구입했던 것들이었다. 그 가방들이 이십여 년이 지난 지금에서야 우리나라에서 명품으로 알려진 것들이었다.

아내는 그런 변화가 있었구나 할 뿐 크게 아까워하지 않았고, 나도 건물 매도로 마음대로 쓸 수 있는 돈이 생겨 가방 건 같은 것은 안중에도 없던 시절의 한 토막 이야기다.

앵커리지에서 동사할 뻔

앵커리지는 우리나라가 속해있는 아시아 대륙과 북미 대륙을 연결하는 가운데에 있어 많은 항공기의 중간 기착지로 사용했다.

화물기도 조종해야 하는 옛날 운항 승무원에게 앵커리지는 생활 중의 추억이 많은 곳 중 하나였다. 줄인 연료 무게만큼 화물을 더 실을 수 있는 payload(유상 탑재)와 관계가 있으므로 최소한의 연료만 가지고 운항하다가 중간 기착지 앵커리지에 내려서 연료를 보급받았다.

이런 절차가 필요하여 앵커리지는 조종사가 자주 들르는 편이고, 그 때문에 항공 화물 처리로는 세계 세 번째로 큰 허브공항 역할을 한다.

나의 개인적인 느낌을 소개하자면 앵커리지 도착 후 마시는 공기는 상쾌하다고 할 만큼 확실히 신선한 청량감을 주었다.

5월쯤 시내 바닷가 해안선을 따라서 '테드 스티븐슨'(주 상원의원 이름) 공항 쪽으로 걷다 보면 온 천지가 야생화로 뒤덮일 때는 주변과 어우러져 아름다운 풍경화 보는 기분이 들었다. 독일 지정학자 '카를 하우스호퍼'(히틀러 중요 심복 인물 중 하나였다가 전범 재판 중 자살했다. 개인적으로 이 사람의 책 상당 부분이 흥미 있었다.)의 '지정학 개론'을 읽어보면 동식물도 극지방으로 갈수록 강하고 화려하다 했다. 짧은 시간에 활짝 펴서 벌도 유혹해야 하고 열매도 맺어야 하므로 야생꽃이 한꺼번에 들판을 채운다. 이 학자 주장으로 보면, 곰이나 호랑이 또는 사람도 적도에서 작았던 몸집이, 극지방으로 갈수록 커지고 강하고 화려해진다. 주목을 끌었던 인류 역사를 빗대어 설명하는 대목이 인상 깊었다.

모든 전쟁은 이런 생태계 현상으로 통상 북쪽이 강하고 싸우면 이기는 경우가 대부분이었다. 그래서 남쪽의 제국이나 민족은 항상 북쪽에 의해 침략당하고 멸망했다는 것이다. 인도, 유럽, 중국 역사를 대입해 보니 그럴싸했고 미국의 남북전쟁뿐 아니라 내가 그 책을 읽을 때쯤 월남이 월맹한테 망했다.

그래서 남북이 대치하고 있는 우리나라를 생각하니 걱정이 되었고 같은 처지의 다른 나라를 떠올려 보았다. 예멘, 한국, 수단, 키프로스와 통일된 나라들도 내부 갈등이 존재하는 국가는 북쪽이 대부분 강했던 것 같았다. 그랬는데 남예멘마저 북예멘으로 흡수되어 이를 어쩌나 싶어 방법이나 타개책을 생각해본 적이 있었다.

우리나라는 태생적으로 외부 세력을 적절히 이용하며 경제력 증대와 군사력 강화를 하는 등의 부지런해야만 한다. 그러나 망할 수밖에 없는 북한 독재 체제와 형편없는 북의 수준 차이가 다행이기도 하다.

또 한 가지 책 내용 중에 지정학적으로 매우 중요한 핵심 4군데 육지와 해역이 있다. 우리나라와 관련 있는 "만주를 지배하는 자가 동북아를 지배한다!"라는 학설에 나는 한참을 생각했던 기억이 있다.

다시 앵커리지 이야기를 하자면, 군사 전략 차원에서 매우 중요해서 '엘멘돌프, 리처드슨'공군기지와 육군 부대가 주둔하여 군 관련 인구가 많다. 주의 수도는 '주노'이며 배로 캐나다 밴쿠버 가는 해안지역 중간에 있는데 공무원은 앵커리지에 주로 근무한다.

한번은 회유 철에 잡은 어린애 키만 한 연어를 주재 정비사가 신문에 둘둘 말아 선물로 주었었다. 한국에 가저와 적당한 덩어리 크기로 손질하는데 몸통뼈는 철삿줄처럼 억세고 비린내가 집안에 진동했다. 그래도 작은 냉동고가 찰 만큼 양이 많았고 술안주로 반 년은 즐겼던 거 같다.

앵커리지 사람들이 연어가 돌아올 때 잡아서 대형 냉장고에 쌓아두었다가 먹는다는 풍습이 재미있을 것 같았다.

한번은 앵커리지 스키장에 가기 위해 '턴 어게인 베이'옆길을 지나갔다. 탐험가 제임스 쿡이 해안선을 따라 올라오다가 더 이상 항해할 수 없게 되자 뱃머리 돌렸다 해서 유래한 이름이다. 승무원 상대로 영업하던 녹용업자가 이름의 유래를 설명해 주면서 스키장까지 태워 주었다.

그 업자한테 차가버섯을 사다가 여기저기 귀하게 선물로 주었었다. 나중에 개울 따라 걷다가 주변 활엽수에 흔하게 매달려 있는 게 차가버섯이라 하니 갑자기 약효가 없어 보였다.

효과에 관계 없이 귀해야 가치 있게 느껴지는 것이 사람 심리다. 생명의 근원인 물과 산소 등이 흔하다고 해서 고마운 줄 모르고, 사람 사는 데 전혀 지장 없는 보석은 희소성 때문에 죽고 못산다.

앵커리지는 겨울에 내리는 눈의 양이 많아 도로 옆에 작은 산처럼 쌓아 둔다. 여름에는 쌓아 둔 눈더미가 미처 다 녹지 않는 상태에서 다시 겨울이 시작하는 눈이 내리기 시작했던 기억이 있었다. 언제부터인지 여름철이 시작하기도 전에 눈더미가 다 녹아버려서 따뜻해졌다는 것을 실감한다.

시내에 뚱뚱보 유대인이 운영하는 모피점에는 각종 동물 가죽과 고급 모피가 진열되어 있었다. 세계 모피 시장의 60%를 이 가게가 장악하고 있으며 주 고객은 한국을 비롯한 아시안 부자들이라 하였다.

가게 주인은 서비스하는 녹용 차 한 잔에도 아까워서 신경쓰는 거 같다. 내가 상상하는 구두쇠 스크루지 닮은 유대인이 여기서도 돈 냄새는 기가 막히게 맡았구나 싶었다.

우리 조상들과 인연이 있었을 듯싶은 알래스카 원주민들의 수공예품은 가격이 비싸서 그들에게 도움을 못 주었다. 그들은 이 땅에 진정한 주인들이었는데 여기저기 취해서 쓰러져 있거나 풀린 눈동자로 누워있는 여자들도 보여서 짠했다.

깨어있지 않으면 개인이나 민족도 강한 자에게 휘둘리는 게 인간 세상이라 후손까지는 몰라도 나 자신은 오늘도 긴장을 놓지 않는다.

해안가 철로 길을 옆에 두고 걷다 보면 수어드(러시아에 알래스카를 구입해서 욕먹은 국무장관)행 관광열차와 가끔 만나고 그럴 때마다 나도 언젠가는 럭셔리하게 기차여행 하리라 했었다.

진짜 본론 이야기는 다음과 같다. 내가 기장일 때 3명의 부기장과 함께 매킨리 파크까지 갔다 오기로 했다. 인적이 없는 계속되는 대자연으로 들어가면서 대자연 경치를 즐겼다. 그리고 도착한 목적지 데

날리 호텔에서 식사 후 다시 앵커리지로 돌아오기 위해 출발했다.

줄어든 연료를 다시 채우고 갔으면 싶은데 운전대 잡은 부기장이 '오면서 보았던 몇 군데 주유소에서 넣지요.'하며 출발해 버린다.

알래스카는 대부분이 오지라 시내를 멀리 벗어나는 여행 시는 연료를 항상 채우는 습관을 지녀야 하고 어떤 경우는 예비 연료통까지 준비하고 다닌다.

그 시절 알래스카는 인구나 관광객이 없을 때라 민가나 시설물이 많지 않았는데, '아뿔싸!'계산에 넣었던 주유소가 문을 닫아 버렸고 컴컴했다. 통행이 없으니 밤에는 영업을 안 하는 것이었고, 부기장들 데리고 책임감이 있어야 할 기장 신분인 나는 큰일이 생겼음을 직감했다.

한참을 대책 없이 가는데, 이럴 때는 연료 계기가 유난히 빨리 줄어드는 것 같아, 얼마를 더 갈 수 있는지 자신이 없어지자 일단 시동을 끄고 방안을 찾기로 했다. 다행히 한참 후에 차량 불빛이 보이자 한 명이 뛰어나가 차를 세우고 도움을 청하기로 했다.

한밤중에 오지에 서 있는 아시아인들이 무서울 법도 한데 여자분이 혼자임에도 차를 세워 주었다. 그 여자로부터 들을수 있는 정보에 의하면 다음 주유소의 운영시간도 정확히 알수 없었다.

불안한 마음으로 다시 출발하면서 눈은 모두가 연료 계기판으로 쏠렸다. 우리는 연료가 떨어져 앵커리지에서 동사한 사고 뉴스를 들었던 적이 있었다. 그런 뉴스와 같은 사고가 일어날까 봐 걱정이 되는데 오늘따라 연료 계기도 빨리 줄어드는 것 처럼 느껴졌다.

나는 불확실한 정보를 가지고 무작정 가다가 자동차 엔진이 꺼지는 것은 피하고 싶었다. 그래서 조금 남은 연료를 아껴두고 그 자리에서 밤을 새우기로 했다. 그러자 부기장들도 나의 결정에 모두 동의했다.

여럿이 있는데 설마 동사했다고 뉴스에 나올까 싶다가도 차가운 냉기가 점점 느껴지자 모두가 말이 없어졌다. 시간이 한참을 지났을 때, 뒤쪽에서 차량 불빛이 희미하게 나타났다. 다시한번 부기장 이 도움을 청하러 차 밖으로 튀어 나갔다. 나는 상대가 겁먹고 지나칠 수 있으니 위협을 느끼지 않도록 하라는 주의를 주었다.

매킨리 가던 길에 빙하유람 했는데 빙하는 거대한 얼음덩어리로 중력과 높은 압력으로
천천히 흘러내린 눈으로부터 형성된 것을 말한다. 지구상의 모든 민물을 모아도 빙하가
품고 있는 민물 양의 반도 안 된다고 하여 신기했다.
*수수께끼? 그럼, 빙하를 포함한 민물의 총량은 바닷물의 몇%나 될까?

다행히 이번에도 백인 영감이 겁먹지 않고 의심 없이 차를 멈추어 주었다. 영감님 말에 의하면 20마일 더 가면 24시간 운영하도록 정해진 주유소가 있다는 것이다. 그러면서 우리가 따라오는지 살펴보면서 가는 게 보였고 우리는 얼마 안 가서 구세주처럼 불빛도 환하게 켜진 주유소를 보았다.

안내하고 떠나는 영감님 차량이 안 보일 때까지 감사 인사를 했다. 그리고 꽉꽉 눌러 담는 심정으로 기름을 채우고 나니, 그때부터는 부기장들 목소리가 커지고 이제는 세상 무서운 게 없어졌다.

나중에 우리의 사례를 듣던 교포분 말씀에 의하면, 앵커리지는 오지에서 도움을 청하는 사람이 있으면 무조건 도와야 한다는 법 조항이 있다고 했다. 그때 심정으로는 법이 중요한 게 아니고 어쨌든 외진 곳에서 무서운 줄 모르고 도와주려는 그들이 참으로 고마웠다.

사소하게 생각했던 것들도 실수가 겹치다 보면 사고가 되고 뉴스에 나오는 것 아닐까? 하마터면 "한국 조종사들 단체로 알래스카에서 얼어 죽다!" 하고 대서특필될 뻔했다.

항상 비상 탈출을 생각해야

"재난 발생 시 가장 많은 집단을 따라가야 정답일 확률이 높은 이유는 그쪽에 정보가 가장 많기 때문이다."라는 격언이 있다.

조종사가 들려주는 비행 이야기

LA 호텔에 체류 중이었다. 가능하면 한국시간으로 신체리듬을 맞추기 위해 아침까지는 잠을 안 자고 버티는 중에 건물이 흔들리는 지진이 발생했다. 만약을 위해 급히 계단을 통해 걸어 내려오면서 보니 층간 사이로 벽에 균열이 조금씩 보였다.

들기로는 이 호텔이 지진 설계를 반영해서 건축했고, 지진 대피소로 지정된 곳이라 해서 안심은 되었지만, 자연이 심술부리면 아직 인간이 자연 재난을 이길 수 없는 게 현실 아닌가.

호텔 밖으로 나왔더니, 곧이어 투숙객들과 반만 걸친 옷차림의 여승무원도 뛰쳐나와 단층 별관 쪽에 어리둥절한 표정으로 끼리끼리 서서 웅성거렸다. 당장 걸칠 옷과 신발이라도 제대로 챙겨 신고 나올걸 하는 아쉬움도 금세, 아차, 지갑이나 여권 가방까지 더 챙겨 나올걸 하는 후회로 이어졌다.

아무것도 모를 몇 초 뒤가 두려워 도망 나오는 순간에는 우선 뛰쳐나오는 게 먼저라 여겼었다. 그런데 막상 맨몸으로 나오고 나서는 불편한 현실에 맞닥뜨린 내가 참 바보 같다는 생각이 들었다. 이 사건에서 교훈을 찾아보니, 대피하기 위해 호텔 방을 나설 때 어디가 계단이었던지 잠시 머뭇거렸던 생각이 났다. 평소에 비상계단이 어디에 있는지도 모르고 살았었구나 싶었다. 화재나 정전일 때 컴컴한 어둠 속에서 첫 행동이나 방향 잡은 발걸음이 결과에 미치는 영향은 거의 절대적인 것이다.

항공기 비상 탈출 시 첫 번째 무엇을 할 것인가를 미리 생각해 둔 사람과 전혀 준비가 없던 사람과의 해답을 찾아 반응하는 시간이 5초 이상 차이가 났다는 연구 결과가 있다. 이때 5초는 죽느냐 사느냐에 치명적인 영향을 미친다는 것이다. 연기나 전기 차단으로 캄캄한 건물에서 뛰쳐나오는 것도 항공기 비상 탈출과 그 작용이나 절차가 비슷할 것으로 짐작된다.

그래서 호텔에 묵을 때 이왕이면 돈과 여권 지갑을 플래시 옆에 두고 잠을 청한다. 비상구는 눈감고 우측으로 몇 미터쯤 어느 쪽에 있다는 것을 기억해 둔다. 이러한 기억법이 의외로 비상 상황에 대처하는 요령이라는 것을 한 번쯤은 깊이 생각해 보아야 한다.

역사 이래 가장 긴 전쟁 없는 시대를 살다 보니 우리는 영원히 평화만 있었던 것처럼 착각하고 산다. 우리는 발밑에 뜨거운 쇳물이 용틀임하는 땅 위에 서 있고, 머리 위에는 떨어질 수도 있는 수많은 인공위성, 우주쓰레기, 유성들이 떠다니고 있다는 것을 잊고 산다.

인간들이 세계대전 후 너무 큰 후유증으로 고생하다가 다시는 이런 전쟁을 하지 말자고 법과 제도로 평화를 강제하였다. 그러나 처참한 기억이 희미해지고 약발이 떨어지는 때가 되면 전쟁의 역사는 반복되고, 빌미만 주어지면 전쟁은 인간의 본성인 듯 저지르게 됨을 경계해야 할 것이다.

그렇다. 사는 동안 만약의 위험이 있는 곳에 대해 생각을 해보아야 한다. 평소에 위기를 대하는 자세는 각자의 나름이지만 결과는 엄청나게 다르기 때문이다.

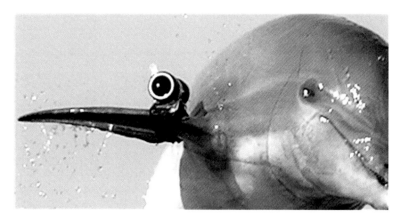

영화 MAX; 전쟁터로 끌려간 동물들도 보호받아야 한다. 위 사진은 걸프만에서 활동했던 돌고래, 아래는 군사용으로 훈련받은 군견

창피하게 이게 뭐야

일반인들의 해외여행이 흔치 않았던 90년대 시절까지 승무원들은

외국에서 물건을 사 오는 재미가 쏠쏠한 즐거움 중의 하나였다.

지금은 하찮게 여기는 버터나 치즈마저도 당시에는 크게 환영받았다. 오렌지 같은 과일도 한 가방씩 사 들고 왔던 그 시절, 며칠만에 집에 돌아왔는데 나보다 먼저 가방을 열어보는 재미로 식구들이 즐거워했던 때가 있었다.

귀국 보따리 내용을 시대별로 살펴보면 우리나라 발전의 변천사를 엿볼 수도 있다. 초콜릿, 커피, 과일, LA갈비 등 먹는 것으로 시작해서 의약품이나 공산품을 거쳐, 옷이나 가방 등 명품 쪽으로 바뀌더니, 밀레니엄 시대를 지나면서는 귀국 보따리가 갑자기 사라져 버렸다.

지금은 남미나 아프리카 쪽 승무원들이 옛날 우리 승무원과 비슷한 형태로 자동차 타이어까지 사 가는 모습을 볼 때 우리나라가 엄청나게 빨리 발전한 나라인 것을 피부로 느낀다.

공항 도착 후 검색대 세관원과 승객 사이에 실랑이하는 풍습도 차츰 변하고 소란의 빈도도 낮아지는 모습을 엿볼 수 있었다. 모처럼 찾는 고국 방문 교포분들의 옛 생각 정도에 따라 몰수되는 품목이나 숫자가 안타까워 보일 때도 많았다.

찾아내는 데 이골이 난 전문가들한테 들키지 않으려고 희한한 곳에 숨겨 오는 검색대의 풍경은 약간 들뜬 애환이 깃든 삶의 현장이었다. 검색대를 지날 때마다 슬쩍 보이는 모습들을 커닝하듯 구경하며 지나오곤 했다.

　진짜 재미있는 것은 도착 후 Tag(꼬리표)가 붙는 가방인데, 이미 출발지에서부터 제품에 대한 정보가 제공되어 검색대에서 기다리는 물건들이다. 검색대는 첨단과 원초적 본능이 교차하는 곳이다. 한번은 누군가가 '섹스 토이'를 사 왔다. 이것을 발견한 세관원이 검색대에서 이 바이브레이터를 높이 쳐들고 "이게 뭡니까?"라고 소리쳤다. 일부러 큰소리로 주변 사람들의 주의를 환기하여 면박을 주는 세관원을 보며 우리가 킬킬대었던 기억도 난다.

　'에어 소프트 건(게임용으로 개발된 공기총)'을 완제품으로 적발된 경우는 세관 유치 정도로 가볍게 끝나지만, 들키지 않게 하려고 분해해서 들어오다 들통날 때에는 불법 무기류 밀반입 시도로 간주하고 무거운 처벌을 받는다.

　즉, 사 올 물건이 애매할 경우 차라리 완제품으로 가져오는 게 유리하건만 숨기려는 의도가 분명하면 밀수로 적발되는 것이다.

　밀수와 덕후는 밀접한 관계가 있다. 나이프와 도검류도 식칼류(화물 운송 시)를 제외하고는 반입이 금지되어 있다. 특히 잭나이프는 총포급으로 취급한다. 중국이나 일본 보따리상, 그리고 미군 주둔 관련 밀수와 암거래 사례가 많은데 다음과 같은 흥미로운 사건도 있었다.

　서울대 수의학 교수들도 실패한 여우 인공 번식을 밀수꾼이 밀반입 후 여우 번식에 성공하여 밀매하다가 적발된 이야기이다. 엄격한 처벌 대상이었는데 번식 노하우와 기른 여우를 기증하는 것으로 무죄 처리되었다 한다.

'절대 하지 말아야 할 것'은 무료 해외여행 조건이나 금전을 제공받고 가방이나 물건을 운반하는 일이다.

운반 대상은 거의 100% 금지품일 경우가 많다. 특히 마약의 경우는 일부 국가에서 사형까지 당하는 인생 '종!'치는 행위이기 때문에 섣불리 조건을 받아들였다가 큰일 난다.

중국의 처형 전날 여자 사형수들 모습, 마약 밀수로 사형 선고를 받은 중국 우한시의 교도소 여성들의 모습을 공개. 처형 전날은 특별히 화장도 하고 특식도 제공하는 등 마지막 가는 길 배려. 처형 당일 상황을 깨닫는 순간 장면들에 숙연해진다.

나 역시도 실제 밀수와 인연을 맺을 뻔하다가 그만둔 사례가 있었다. 뉴욕 인도계 컴퓨터 상점에서 하자 있는 노트북을 샀는데 반품도 안 되고 수리도 되지 않아 애를 먹다가 용산 전자상가를 찾아간

적이 있었다.

90년대 중반까지 용산 전자상가는 세계에서 알아주는 컴퓨터 시장의 최신버전 시험장이었다. CPU-124가 세계에서 통용될 때 한국 고객은 134를 찾았고, 134가 주류로 시작되면 미국에서 생산 준비 중인 154를 찾느라 안달복달하는 한국은 '얼리 어답터'들의 세계였다.

미 반도체 사장단이 매년 시장 흐름과 반응을 살펴보기 위해 전용기로 방문을 마다하지 않은, 한국 얼리 어답터들은 그런 '이상한 나라의 앨리스' 같은 사람들이었다.

미국도 지하 시장이 존재하는데 그 CPU 시장은 시카고 마피아가 장악했다 한다. 샘소나이트 서류 가방에 그때 가치로 3억 원에 해당하는 CPU를 담을 수 있었다. 용산 전자상가는 몇 개 조직의 나눠 먹기식 '카르텔'이 형성되어 있었는데, 그때 나는 누군가로부터 우연히 제안을 받게 되었다. 내가 전달책이 되면 건당 2천만 원씩 배당해 준다는 것이었다.

'이 얼마나 매력적인 유혹인가?'

머리 회전도 안 되는 주제에 이 문제로 몰입해 보았다가 그 끝을 우연히 알고서 나는 기겁했다.

다시 본론으로 국외에서 직접 구매한 물건을 반복해서 되팔 때도 관세 포탈죄에 해당하는데, 당근 마켓이나 중고 나라를 세관원이 상시 들여다보다가 적발해 내곤 한다. 어떤 여승무원은 명품을 몇 번

거래하다가 처벌되었을 뿐 아니라, 회사에까지 통보되어 인사상 불이익을 받았고, 회사 내 소식지에 공시되어 체면에 치명상을 받은 사례도 있었다.

한편 자신의 음부에 필로폰을 넣어 밀수한 30대 여성은 여자 세관원 입회 아래 쪼그려 뜀뛰기로 발각당하는 수모를 겪었다는 소식도 전해 들었다. 세관원은 밀수를 찾아내는 전문 직업이고 오직 그것만 생각하는 사람들인데 무시하면 큰코다치는 것이다. 그러므로 법을 준수해야 한다.

우리만 보여 줬잖아

독일에서 'Baden'은 '목욕하다'의 뜻으로, 프랑크푸르트 주변에는 혼탕으로 유명한 곳이 몇 군데 있다.

숲속에 온천이라는 뜻의 비스바덴은 대표적인 휴양도시로, 괴테, 브람스, 네로 황제 등의 유명 인사들도 치료를 위해 비스바덴에 와서 온천을 즐겼다고 한다. 혼욕이란 남자와 여자가 함께 목욕하는 것으로 보통은 애인들끼리 또는 가족들과 함께 우리가 온천 가듯이 놀러 가는 곳인데 시아버지와 며느리도 함께 한다고 하여 너무 신기했다.

하긴 옆 나라 일본도 근대화 이전까지는 혼욕이 일상이었는데 특이하게도 남녀 맞선을 목욕탕에서 하는 경우가 있었다고 전해진다.

서로서로 알몸을 보면서 몸에 이상 유무도 확인하고 그들이 말하는 생산 공장(?)의 신체검사 차원의 행사를 했었다고 하니 웃기긴 하지만 그 시대의 실생활 문화가 그럴 수도 있겠다 싶었다. 일본인들은 세계에서 가장 목욕을 자주 하는 민족으로 유명하다. 일본인 단체 관광객이 호텔에 투숙하면 뜨거운 물이 부족한 일들이 많아 유럽 호텔은 이점을 고려해서 온수를 평소와 다르게 준비한다고 한다.

그래도 일본 여행객들은 조용하게 그리고 룸을 깨끗하게 사용하여 유럽 호텔을 대상으로 한 여론조사에서 가장 선호하는 투숙객 1위로 뽑힌다고 한다. 아직도 일본 남탕과 탈의실 청소를 대부분 여성이 하고 때를 밀어주는 세신도 여성들이 한다고 하니 참고하시라.

영국은 샤워만 하는 것이 일반적이다. 그래서 욕실에서 오래 지체하지 않거나 물이 샤워실 밖으로 튀지 않도록 하는 것이 예의다. 그 때문에 아시아인들이 영국 가정에서 홈스테이하는 경우, 이 부분에 있어 마찰이 많이 생긴다고 한다.

독일 혼욕 문화는 흑사병이 유럽을 휩쓸면서 대중목욕탕이 역사 속으로 사라지다가 19세기 독일 나체주의 문화를 통해 부활한다. 나체주의자들은 전라의 상태로 야외활동, 스포츠, 산책 등의 놀이를 통해 육체적, 정신적으로 건강한 경험을 하는 것을 중요시한다.

이런 문화 운동의 영향으로 독일뿐 아니라 유럽의 많은 나라에서 혼욕 사우나나 누드 비치가 부활했다. 하지만 독일 통일 이후 자유

주의 문화가 들어오면서 이러한 문화를 거부하는 이들도 생겼다고 한다. 그래서인지 타월로 중요 부위를 가리거나 가운을 입고 다니는 사람들도 제법 보였다.

우리는 탕과 사우나실, 수영장 등을 자연스러운 척 다녔지만 '브라질리언 왁싱'(털 깎아 맨살)을 안 한 우리만 눈치 보여서 슬금슬금 외진 곳을 찾아다녔다. 유럽 사람들은 왁싱을 보건적 청결 차원에서 한다고 하는데 그들 눈에 우리가 어때 보였을까? 신기해서 구경갔다가 되려 우리 것만 실컷 구경시켜 준 꼴이었다.

잠시 휴식도 필요하고 계면쩍은 심리 적응 시간도 필요해서 2층 소단위 룸 중 하나에서 쉬었다. 그렇게 시간을 보내다 본래 목적의 호기심 반 두려움 반으로 탐방 중에 어두운 사우나실에 스며들듯 들어갔는데, 내부는 순간 컴컴해서 조심스레 자리 잡듯 엉거주춤하며 어둠에 적응하는 순간, 몇 명의 여자가 키득키득 웃으며 급하게 나가 버린다.

"이런, 이런. 우째, 이런~."

같이 왔던 비행편 여승무원들이었다. 민망하게 얼굴 마주칠까 봐 한참을 지나서 나왔더니, 다행히 일찍이 가버린 모양이었다.

"우리만 보여 줬잖아?"

억울했지만 어쩔 수 없었다.

일본 도야마 온천장에서의 한때 '일본의 알프스'라 불리는 곳으로 3,000m급 고봉으로
산맥이 이어지고 열수가 솟아 료칸과 온천이 많으며, 일본식 식사가 제공된다.

당신, 비행기 타는 사람 맞아?

장거리 비행을 하다 보면 각 나라의 관제센터와 교신하면서 그 나
라의 영공과 영해의 크기를 새삼스레 의식해 볼 때가 있다. 유럽에서
흑해를 지나 우리나라로 올 때 중국 우루무치 관제사와 통화가 시작
되면 가도 가도 중국일 때가 있다.

중국을 지나올 때 특이한 것은 우루무치 첫 교신 때가 새벽인데
표준시는 오전 9시라 한다. 그 이유는 중국 전체가 북경 시각 하나로

통일해서 쓰고 있었다.

미국을 경유하여 유럽으로 가는 화물기의 경우에는 앵커리지 관제사와 교신하고 가끔은 날짜가 바뀌었는데도 아직도 미국 관할권에 있을 때가 있다. 그럴 때마다 그 나라의 크기에 질려 버린다.

이와 같은 개념으로 느끼는 일본의 크기는 의외로 광활해서 나의 일본을 바라보는 생각은 일반인들과는 조금 다르다.

일본은 우리나라 한반도보다 면적이나 인구가 두 배 정도 크거나 많다. 그래서 잘만하면 우리나라가 모든 면에서 앞설 수도 있다는 기대를 한다. 그러나 나는 그런 기대가 쉽지 않은 소망이라 생각한다.

왜냐면 일본이 관할하는 항공관제 구역이 유럽 대륙만큼 넓고 따라서 영해도 그만큼 넓다. 나는 영해도 국토만큼 중요하다는 생각이 들었다. 일본의 영해는 도쿄만 밑으로 이즈섬부터 시작해서 마리아나 제도의 사이판까지 점점이 난포 열도가 연결되어 있다.

대부분이 도쿄도가 관리하는 지역이다. 그 넓은 지역 중 사이판은 1차 대전 후 일본에 점령되었다가 2차 대전 후 미국 통치령이 되었다.

이런 역사적 배경이 있는 사이판에서 일어난 나의 해프닝을 소개하고 싶다. 이 지역이 또한 특별한 것은 사이판 가까이 '티니안'이라는 섬이 있는데 김 씨, 신 씨, 강 씨 성을 쓰는 조선인 후손들이 주민의 40%를 차지하고 있다.

망해가던 일본군의 징용자 학살을 피해서 깊숙이 은신해 있다가 여러 가지 이유로 귀국하지 못한 한국인들 후손들이다. 청소년 아이들 대부분이 지금은 BTS 아미들이라 한다. 우리가 관심을 가지고 도울 방법을 찾아보아야 할 후손들이 여기저기 얼마나 많은지 모른다는 것을 여기서도 느꼈다.

사할린, 우즈베키스탄 주변 나라에 강제 이송당한 분들의 후손들, 만주나 일본에서 점점 중국인이나 일본인으로 귀화해 버린 수백만 동포들, 멕시코나 쿠바 같은 곳까지 거슬러 올라가 보면 족히 일천만 가까운 민족이 한반도 밖에 존재한다. 측은지심을 가져야 할 핏줄이고, 전략적 가치도 어마어마한 재원으로 볼 수 있는데 우리가 다소 무관심한 것은 아닐까 하는 안타까움이 있다.

이스라엘은 2천 년 전 성경 구약에 나오는 솔로몬 왕과 에티오피아 출신의 시바 여왕 사이의 후손들로 추정되는 거의 전설로 치부해도 될만한 피부색도 다른 인연들도 유대인으로 받아들이고 있다.

어느 나라나 그 국가의 부흥 시기는 주변을 받아들이고, 합치고, 문호를 열 때 강국이 되는 것을 역사가 보여준다. 그런 면에서 우리는 재외 교포들을 바라보는 자세나 관심이 부족하고 소홀하지 않은가 반성해 볼 일이다.

허허, 나는 국뽕 취향이 있어 주제를 자주 벗어나 죄송할 뿐이다. 이제 본론 들어가려니 앞에서 나불거렸던 주절주절한 이야기를 이해하시라.

여기서 이야기하고자 하는 내용은 소형기 기장을 할 때 있었던 어이없었던 해프닝에 관한 것이다.

　사이판 숙박 호텔은 교통이 불편한 외진 곳에 있었기 때문에 회사에서는 공용으로 쓸 수 있는 승용차를 마련해 주었다. 그런데 5인승 새 차가 반년 만에 차대까지 휘어진 상태로 변해버릴 만큼 고물 자동차가 되어 있었다. 탑승 정원을 무시하고 한꺼번에 많은 사람이 타거나 승용차로는 조심해야 할 거친 도로와 산길을 관광하고 다닌 것이 이유였다.

　"Everyone is responsible for what no one is responsible for! (누구도 책임지지 않는 것에 대해서는 누구나 책임이 있다!)"는 말이다. 자동차 바퀴 휠까지 휘어진 승용차를 운전하여 사이판의 또 다른 섬 '마나가하'로 가기 위해 페리 부두로 이동했을 때는 점심때였다.

　저녁에는 비행 준비로 일찍이 배를 타고 나와야 했기 때문에 가벼운 옷차림에 호텔용 타월만 한 장 들고 갔었다. 그런데 해수욕하는 동안 소지품 둘 곳이 마땅찮아 두리번거리며 찾아보았다.

　보는 사람 없는 틈에 깔고 앉은 타월 밑 모래밭에 비상금 미화 백 불과 룸 키를 꼭꼭 묻어 두었다.

　바닷물에 신나게 놀던 중 열대 지방의 흔한 스콜(소나기)이 지나가는데, 물속에서 맞는 세찬 비는 묘하게 축하받는 샤워 같아 그때까지는 행복했다. 그 사이에 군에서 정년퇴직하고 늦게 민항에 입사한 군 선배 부기장이 비를 피해 야자수 밑으로 타월 자리를 옮겨 놓았다.

　이제 서서히 배 떠날 시간에 맞추어 사이판으로 갈 준비를 해야 했다. 그래서 원래 타월이 있던 자리를 눈대중으로 짐작하여 파묻은 돈을 찾았지만 쉽게 보일 것 같던 백 불을 아무리 찾아도 나오질 않았다.

넓은 해수욕장의 한 지점을 물속에서 짐작하였는데 가당치 않은 일이었다. 배가 뜰 시간이 다가오자 급한 김에 주변 휴양객들이 보든 말든 노골적으로 찾아보았다. 아무리 발로 모래밭을 뒤져도 모래사장은 내 돈을 내줄 생각이 없어 보였다.

하는 수 없이 눈물을 머금고 후퇴하지만 내 다시 돌아오리라 생각하며 서둘러 배에 올라탔다. 아쉽게도 그 후로 B- 747 항공기로 기종을 전환하여 다시 가 볼 기회를 얻지 못했다. 그래서 몇천 불보다 더 커 보이는 백 불로 영원히 내 기억을 묻을 수밖에 없었다.

지금 생각해도 참 어이가 없다. 푼수처럼 안 해도 될 모래밭 백 불 스토리를 우리 집 마님한테 얘기했다가 비행기는 어떻게 타냐는 둥 핀잔만 듣고 체면만 구긴 이래저래 커 보였던 백 불이었다.

'PARTIAL VIEW'(부분 제한 시야) 티켓

뉴욕 타임스퀘어 남쪽에서 볼 때 W 47번가 정면에 불과 몇 미터 넓이 광고전용 건물이 있다. 한때 삼성전자 광고가 펼쳐지고, 우측 건물엔 LG가 광고를 하던 자리이다. 광고비 수입만 연간 천만 불이 넘는 조그만 7층짜리 건물, 그 앞의 티켓 부스에서 그날 뮤지컬 표를 살 수 있었다.

인기 뮤지컬은 1년 전에 매진되는데 사정이 생겨 취소된 표들을 그날그날 부스에 알아보고 살 수도 있다. 8가에 있는 회사 계약 승무원 스테이 '밀퍼드 호텔'주변에 거의 모든 극장이 포진하고 있어 새로운 뮤지컬마다 찾아보고 관람하는 호사를 누렸었다.

오늘은 티켓 부스에서 무엇을 건질 수 있나 알아보던 중, 뮤지컬 'CHI-CAGO' 표가 나와 있었다. 'PARTIAL VIEW' 20불짜리 싼 티켓이 있어 구입하고 입장했더니 아뿔싸, 건물 기둥에 일부 무대가 가려진다.

'파샬~뷰' 발음이 예뻐서 생각 없이 샀는데 실상은 흉측한 콘크리트 기둥이 버티고 있을 줄이야.

즐기는 예술인 흉내를 내면서 관람하는 조건 자체가 맘에 안 들어 추가 요금을 생각하고 빈자리를 찾아보았다. 제일 앞쪽 중앙 150불 VIP 좌석이 몇 군데 공석으로 남아 있었다. 공연은 이미 시작되었는데 자리 주인들이 아직 나타나지 않았다.

돈은 써야 내 돈이라는데 주저 없이 앞으로 이동해 착석하고 극장 요원이 순회 시 기차표 중간에 추가 구매하는 심정으로 우선 앉고 보았다. 주변에서 혹여 알아챌까 봐 짐짓 태연한 척했다가 뮤지컬에 집중하게 되고 점점 즐기다가 끝내는 VIP 자릿값 과시하며 럭서리하게 즐겼다. 코앞에서 보는 출연진들의 몸짓과 숨소리, 표현 정도에 따라 울리는 무대 바닥으로부터 전달해 오는 울림까지 즐기며 시간 가는 줄 모르고 즐겼다.

섹시한 속옷 차림으로 거침없는 여배우들의 과시와 같은 남자로서 부러운 근육질인 남성 출연진들의 박력 있는 군무, 거기다 내내 심장을 자극하는 생음악 재즈풍 연출 장면들이 오래 기억에 남는다. 정신을 차려보니 커튼 막은 내리고 나는 현실 세계로 꿈을 깨듯 초기화 시간을 가질 필요가 있었다.

그동안 누구 하나 찾아와 묻거나 관심 가져 주는 이 없이 각자의 남은 감상에 젖어 좀비가 되어 걸어가듯 나간다.

이제는 자신감 있게 무게 잡고 천천히 걸어 나오는데도 VIP석을 즐긴 아시아인을 끝까지 알아봐 주는 사람은 없었다. 예술을 사랑하는 한 사람의 동양인에 대해 존경을 표해서였을까? 헐값 티켓으로 150불 VIP석에서 뮤지컬을 오롯이 즐겼는데^^.

알고 보니 유대인 큰 행사가 오늘로 갑자기 바뀌면서 빈자리가 생길 수밖에 없었던 거였다. 그날은 이래저래 참 '재수 좋은 날'이었다.

뉴욕 뮤지컬 '시카고' 공연장 브로드웨이는 영국의 '웨스트엔드'와 함께 전 세계 연극, 뮤지컬의 양대 성지라 할 수 있다. 극장 가까운 밀퍼드 호텔에서 숙박 중이던 우리는 공연 시작 전에 '러시 티켓'(공연 시작 전 선착순으로 구매하는)을 거의 공짜 가격으로 즐길 수 있었다.

기억에 남는
손님

내 기억 속 특별한 승객들 ✈ --

중·소형기가 담당하는 국내선에서, 또는 북미, 유럽, 동남아나 가까운 중국과 일본을 운항하는 B-747 항공기의 국제선에서 각양각색의 승객들을 만난다. 일반적인 여행객이나 비즈니스를 위한 승객이 있는가 하면, 고소공포증 승객, 술에 취한 승객, 성희롱 승객, 폭언 승객 등 여러 종류의 문제 승객들도 있다. 건강상의 문제를 가진 승객, 또는 이송되어 가는 죄수 승객까지 승무원들과 일반 승객 모두를 긴장하게 하는 예도 있다.

이 모든 승객을 망라하여 소개할 수는 없지만, 내 기억 속에 특별했던 승객 일부를 소개하고자 한다.

국내선에서 생겼던 일

갈 때는 둘, 올 때는 혼자

그날은 몇십 년 만에 한 번 오는 결혼 길일이라고 했다. 외국으로 신혼여행은 꿈도 꿀 수 없던 시절이라 신혼객이 동해안, 또는 가까운 관광지로 신혼여행 가는 것만으로도 만족해하는 시대였다. 제주도로 갈 수 있었던 커플은 그나마 호사로 받아들이던 시절인데, 그날은 제주도행 신혼객이 2,000쌍이 넘었던 기록적인 날이었다.

신랑 신부 친구들이 국내선 청사까지 환송을 나와서 노래하거나 신랑을 헹가래 치는 등 공항 청사는 대혼란이었다. 항공사들은 특별기를 준비하느라 그리고 휴식 중인 승무원까지 독려하여 편조를 짜느라 즐거운 비명이었다. 신혼 객들과 같은 또래의 여승무원들도 '신혼과 여행'이라는 단어에서 전달되는 원초적 들뜬 분위기로 덩달아 기쁘게 서비스하고 밤늦게 돌아와서도 에피소드를 품평하는 여운이 남아 있는 비행이었다.

여러 편의 제주행 특별기 기장들끼리 공항 청사 내에서 조우하면 잠시 담소를 나누곤 하는데 특별하게 북적대고 열기를 뿜는 분위기를 선배 기장이 언급하는 중에 그만,

"오늘 제주도는 피바다겠구먼!" 하고 말을 던졌다.

듣고 있던 우리는 피바다…? 순식간에 모두가 '빵~' 터졌다! 그분은 매사를 성(sex)과 연결하여 비틀어서 표현하던 선배 기장이었다.

며칠 후에 제주 출발 서울 항공기 편 역시 신혼객 운송을 전담하는 비행으로 편조가 대부분이었다. 조종석에서 출발을 준비하면서 보안을 강조하고 납치범 대응 절차가 적용되던 시절이라 혹시 모를 일에 대비하여 조종석에서 승객들의 탑승 모습을 유심히 바라보곤 했었다. 그중에는 별별 사람들이 다 있었다. 발걸음도 가벼운 사뿐사뿐 형, 혼자 바쁘고 탑승 후 기내가 덥다는 헐레벌떡 형, 늦게 도착했음에도 발권했는데 어쩔래 배 째라 형 등 탑승하는 모습도 다양하다. 며칠 만에 만리장성을 쌓아서일까? 열기 뿜는 신혼부부의 행복도 전달되어 언제나 기분 좋은 비행이다.

그런데 종종 홀로 슬프게 돌아오는 손님도 있었다. 왜 혼자일까 알아보면, 신혼여행지에서 첫날부터 심각하게 싸우고 갈라서기로 결판까지 낸 손님인데, 가끔 있는 사고들이라고 객실 사무장이 알려준다.

기내 서비스에도 반응없고 말도 없었다는 어떤 신부의 무거워 보이던 가방이 참 마음에 걸린 적도 있었다. 결혼은 혼자만의 인연들

이 아닐 텐데 어쩌다가 저렇게 되었을까? 그들의 속내를 생각하면 마음이 아팠다.

근래에는 결혼에 관한 생각과 풍속이 많이 변했다고 한다. 한양대 전영수 교수의 주장에 의하면, 부모 찬스 없이 결혼 조건을 갖추려고 기다리다 보면 나이 30대를 훌쩍 넘기고 만다는 것이다. 결혼 적령기를 놓친 세대들이 또한 비혼으로 생각이 바뀌고, 결국엔 인구 감소의 원인이 되는 악순환으로 이어진단다.

만혼으로 인공수정 시도가 많아 쌍둥이 출산이 많은 것도 사회 현상 중의 하나다. 둘이 합쳐서 경제 집중과 위기 리스크 분산이나 남녀 강점을 기대한 노동과 가사에 대한 역할 분담의 효율이 떨어져 버려 이혼율도 급증하고 있다. 그래도 이혼 딱지가 옛날과 같은 부정적 개념으로 정착되지 않고, 똑똑하고 영리한 세대의 선택은 애를 출산하지 않는다고 하여 인구는 줄어들 수밖에 없다.

부자나 출세자가 오히려 출산율이 낮은 것도 주변에 혼자 즐길 수 있는 환경이 널려 있고 나 혼자 쓰고 살기도 바쁜데, 굳이 N분의 1로 나누는 게 싫다고 한단다. 기성세대가 고민하게 되는 초고령 사회, 생산 인구 감소와 연금 재정고갈, 1인 가구와 유병, 그리고 노후 문제들까지 한꺼번에 메가 트렌드로 나타나는 모습이 오늘의 현실이다.

그래서 정부나 회사마다 ESG(환경 사회 지배구조)와 인구 구조에 대한 TFT(전담팀)를 설치하고 해결 방안을 찾기에 혈안이 되어 있다.

결혼에 관한 격언

* 결혼할 땐 스스로 이런 질문 해보라.
  "내가 늙어서까지도 이 사람과 대화할 수 있을까?"
  이 외의 것들은 모두 일시적일 뿐이다.

  -프리드리히 니체-

* 결혼에는 많은 고통이 있지만, 독신에는 아무런 즐거움이 없다.

  -사무엘 존슨-

* 함께 살 수 있겠다는 생각이 드는 사람과 결혼하지 마라. 없으면 도저
  히 살 수 없는 사람과 결혼하라.

  -제임스 톰슨-

* 아내의 말을 듣는 것은 인터넷 약관을 읽는 것과 같다. 도대체 무슨 소
  리인지 하나도 알아듣지 못하지만 항상 동의해야만 한다.

  - 미국 격언 -

기내에 두고 간 돈 가방

　사람들은 공항에 들어서면 가슴이 뛴다. 그렇게 심박수를 올리는
요소는 무엇일까? 아마도 'CIQ'(세관, 보안검사, 검역) 절차 등 평소에 접
해보지 않은 새로운 경험 때문이며, 여행이라는 설렘과, 출발을 기다
리는 사람들로 북적거리는 공항 자체의 혼잡 때문일 것이다.

　그 때문에 항공기 출발 후 조종석에서 승객들의 사정에 따른 난감

한 연락을 받을 때가 많다. 여러 가지 복합적인 상황에 따라 마음이 흐트러지다 보니 검색대, 면세점, 탑승구 대기실, 화장실 등 다양한 장소에 소중한 물건을 두고 오는 경우가 생긴다.

탑승 절차가 끝나고 나면 수백 명이 함께 해야 하는 집단이 되어서 한 사람의 편의만을 위한 기다림이 불가능하다. 또한 출발 절차가 복잡하여 비행 계획 변경도 어려운 상황이 된다. 이런 경우가 발생하면 회사 운항 지원팀 직원에게 전용 주파수로 상황을 전달하고 후속 조치를 이관할 수밖에 없다.

그와 반대로 도착 후 기내에 물품을 두고 가는 경우도 많다. 안경, 모자 같은 사소한 소지품부터 스마트폰, 시계, 지갑, 여권과 같이 이렇게 중요한 것도 두고 나갈 수 있나 싶은 경우가 발생하는 곳이 항공기이다.

승객 하기와 동시에 승무원은 좌석이나 천장 적재함에 두고 간 물건이 있는지 서둘러 점검한다. 물건 발견 시는 도착지 지상 직원에게 전달하여 승객이 공항 청사 밖으로 나가기 전에 찾아가도록 한다. 특히 외국 공항 도착 후 현지 기내 청소팀이나 정비, 보안, 케이터링 팀들이 한꺼번에 몰리게 되면 분실물 찾기가 힘들어진다. 이런 상황을 방지하기 위해서도 외국 공항에 도착 시는 담당 승무원들이 더욱 신경을 곤두세운다.

그날은 부산에 도착 후 다시 서울로 돌아가는 밤 비행이 있어서 서둘러 기내를 확인하였다.

그러던 중에 좌석 천장의 짐칸에서 커다란 가방을 발견했는데 내용물을 확인해 보니 돈이 가득 담겨있었다. 현지 직원에게 돈의 액수를 서로 확인하며 인수인계하는 데 수표 포함 1억 원에 가까운 거금이었다. 당시로 보면 집 한 채 값이었다. 얼마나 부자면 또 얼마나 정신이 없으면 그런 큰돈을 두고 내렸을까?

'아, 주인이 없으면 우리한테도 좋을 텐데…' 하는 아쉬움도 없지는 않았다. 헛된 꿈은 허망하게 깨어지듯 다행히 항공기가 출발하기도 전에 손님이 찾아갔다는 내용을 지상 직원에게 전달받았다. 그 손님은 술 마시고 항공기에 탑승했다가 잠이 들었단다. 김해공항 도착 후 엉겁결에 깨어나자, 깜빡하고 하기해 버린 것이 해프닝의 원인이었다.

알아두면 좋은 꿀팁

* 인천공항에서 유실물 찾을 경우 대표번호 1577-2600, 습득 물품은 법정기간 6개월 경과 시 국고 귀속 및 폐기, 음식물은 수 일내 폐기. 여권은 한 달 후 발급된 기관으로 이관.

* 여권을 집에 놓고 왔다면 여권 민원 센터에서 긴급여권 발급이 가능하다. 단 발급 받는데 두 시간 정도 시간이 소요된다. 꼼꼼히 챙겨도 빠지거나 보강할 일이 생기니 출국 시에는 항상 여유 있게 도착하여 만약을 대비하는 게 상책!

* 탑승 수속 중 보안 검색대에서 물건을 압수당했다면 출국장 접수대에서 택배 서비스를 이용할 수 있다. 또한 보관 서비스를 받았다가 귀국 시 찾아가면 된다.

*외국 공항에서 대처 방법
여행 출발 시 수하물 사진을 찍어 두었다가 사진 활용하는 요령 필요하고, 분실물 센터로 가서 접수하는데 연락처와 숙소 주소를 정확히 입력해야 한다.

'ASSIST CARD'(여행자 보험) 가입이 편리하다. 해외에서도 바로 고객센터 연결할 수 있을 뿐만 아니라 24시간 통역 기능이 큰 도움을 준다. '분실 접수증을 사진 찍어 카드사 알림센터에 보내면 수하물 위치까지 추적해 주는 서비스까지 한다.

더구나 긴급한 현지병원 입원 등으로 인한 병원비도 현지에서 지급되는 장점들이 많다.

인천공항 1, 2 터미널 청사 내 유실물 관리소가 따로 운영되고 있고, 연중 휴무 없이 운영시간은 07:00~22:00

정부 조직이 우리 손안에

첫 한·소 정상회담은 우리가 아는 것보다 실제로는 일 년 전에 '태백산'이란 암호명으로 두 달간 극비리에 추진했었다. 그리고 성사되자 미국 '샌프란시스코 페어몬트' 호텔에서 노태우 대통령과 미하일 고르바초프 소련 대통령이 만났다고 한다.

이제는 두 정상 모두 돌아가셨지만, 과거 공식적인 제주 정상회담 시 나에게도 에피소드가 있다. 노태우 정부 10여 명의 주요 각료가 정상회담차 우리 민간 비행기에 탑승했었다.

그때 대통령 전용기는 소형 '보잉737' 기종인 데다 VIP용으로 개조해 좌석 수가 부족했다. 그래서 일부 장관들이 우리가 제주로 비행하는 민항기를 이용했다.

"정부 조직이 우리 손안에 있다!"라고 기장님이 농담하셨다. 그때 부기장인 나도 좀 더 집중해서 비행했다. 역사의 흐름이란 우리 힘으로 바꿀 수 없는 예도 있다. 중요 시기마다 지도자들이 올바른 정세 판단으로 정책 방향을 잡아줄 때는 국력이 껑충 뛰는 효과가 있었다.

경제협력 차관 형식으로 30억 달러를 지원해서 논란이 있었는데, 이는 우리 정부가 보유하고 있던 보유 외환의 10%가 넘는 수준이었던 터라 국내에서도 논란이 있었다.

'국제법상 사라진 국가를 계승한 국가가 지고 있던 채무상 의무를 진다.'라고 명시해 둔 조약에 근거해서 러시아가 채무를 승계했었다. 러시아가 상환하기가 어렵게 되자 원자재와 방산 물자 등으로 대신하는 과정에서 '불곰사업'이 시작된다.

전차, 장갑차, 대전차, 미사일, 휴대용 대공 미사일 등이 들어오는 과정에 우리 군의 군수지원 체계에 문제가 발생할 수 있다는 지적도 있었다. 과정이 어찌 되었든 국내로 들어온 T-80U는 우리 군과 미군의 관심을 동시에 받았다. 당시 현대정공이 전차 한 대를 불하받아 연구 목적으로 완전 해체에 나섰던 적이 있었다. 이때 우리 군은 물론이고 미 본토의 '미 군사 전문가' 연구진들이 건너와 함께 참관했었다. 훗날 여기서 발전시킨 것이 'K-2'로 탄생한 흑표 전차다.

방산업체 관계자들이 T-80U의 자동장전 장치와 가스터빈 방식의 '파워 팩'(엔진과 주변기기 클러치, 변속기, 감속기 등이 한 묶음으로 된 것) 원리를 K-2 흑표와 K-9 자주포에 적용해 성공했다.

그 결과는 오늘날 한국 방위 산업체의 비약과 무기 수출을 하는 데 크게 기여하였다.

반면에 우리는 러시아에 공산품을 수출했는데, 당시 넘어간 제품들에 팔도 도시락, 컵라면과 오리온 초코파이가 포함되어 있었다. 두 제품이 이후 러시아 지역에선 국민 간식으로 자리 잡았고, 현재까지도 높은 인기를 구가하고 있을 뿐 아니라, 자동차, 가전제품, 휴대전화, 화장품 등 거의 모든 공산품이 브랜드 1위를 차지하게 되었다.

이런 일도 있었다. 푸틴이 대통령 되기 한참 전에 그의 둘째 딸이 한국 청년을 사귀었다. 그리고 한국 며느리가 되기 위해 양가 부모가 만난다는 소문이 돌았다. 그런데 아쉽다고 해야 할지 모르겠지만 푸틴의 갑작스러운 신분 변화로 한, 러 커플 탄생은 흐지부지되었던 일이 있었다.

러시아가 경제 제재로 어려웠던 시절에 한국 기업들의 신뢰까지 쌓여서 러시아 국민의 한국에 대한 호의적 감정이 한때 94% 이상으로 절대적이던 시대가 있었다.

얼핏 보기에 투박한 민족 같지만, 어느 나라 사람보다 의리와 자존심이 많은 러시아 사람이다. 그런데 러시아의 우크라이나 침공으로 한, 러 외교 문제에 우리의 입장이 곤란하게 되었다.

이제까지 정치적인 양국 정서도 상당히 우호적이었고, 미래에는 우리나라가 전략적으로 그들의 도움을 받을 수 있다는 생각도 해보았었다. 그래서 개인적으로는 우크라이나와 전쟁 중인 러시아에 한편으론 그 무모함이 원망스럽고, 그들과 함께 할 수 없는 우리의 입장을 보여야 함에 미안함마저 든다.

근래 소식에 따르면 우리가 차지했던 시장이 고스란히 중국제품으로 채워지고 있다는 것은 참으로 안타까운 일이다. 옛소련 연방국들의 시장도 엄청난 규모다. 분단된 한반도 남북이 양 진영의 첨병 역할이나 하고 있으니 답답하기 그지없는 우리의 신세다.

이런 우리나라 분단 원인이 일본에게 있었고, 그들은 수천 년 동안 한민족이 도탄에 빠지도록 몹쓸 짓을 수없이 했었다. 역사는 반복되는지 비슷한 모양새가 오늘날에도 계속되고 있는 것 같아, 이 또한 정말 안타깝다.

* 중요 인사 탑승 기억에는 이분도 있었다. 역시 국내선 부산행 비행이 있었을 때다. 마지막 탑승 시간에 승객으로 10여 명의 낯익은 사람들이 우르르 탑승했다. 한 분은 재산 국고 환납액이 부족해서 가끔 뉴스에 나오던 전직 대통령이셨고, 일행은 그때 함께한 중요 인사들이었다. 단체로 지방 골프 모임 가는 중이라는데 소요될 경비는 누가 처리하나 하면서 우리끼리 주제로 삼았었다.

그분이 탑승했던 비행의 편조 승무원들은 그분이 주최하는 회식에 초청받아 갔다 온 경우가 있던데, 나한테는 아직 초대 소식도 없더니 이제는 고인이 되셨다.

한때 제2 민간항공사 설립인가 시에 더 큰 재벌사를 제치고 아시아나항공이 특혜를 받았다는 소문이 있었다. 그런 과정에 그분들의 자본이 일정 부분 투입되었다는 둥 괴소문도 있었는데 이제는 모든 게 흘러간 과거가 되었다.

대통령 전용기에 관하여

고정익기 및 헬기와 관계없이 대한민국 대통령이 탈 때 콜사인은 'KOREAN AIR FORCE 001' 공군 1호기가 된다.

코드원은 국군에서 사용하는 암호명으로 콜사인과는 다른 개념이다. 국외 순방 시 주로 보잉 747-8B5 기종이 1호기가 되는데, 대한항공과 아시아나항공에서 임차하여 사용해 오다가 현재는 대한항공에서 전담하고 있다.

보잉 737이나 헬기는 정부 요인 출장에 차출되고 있으며 KC-330은 대민 지원에 투입되기도 했었다.

조종사와 정비, 관리는 민항에서 맡고, 훈련 및 세부 조율과 통제는 공군 35 전대 작전과에서, 임무를 대통령 비서실 항공 통제관실에서 하달한다.

객실 승무원은 민항과 공군 제257 소속 승무원이 동승한다. 이스라엘제 적외선 방해 장비와 유도탄 접근 경보 장비가 추가로 설치되어 있다.

전용기 승무원은 정비사, 조리사, 간호사까지 포함한 약 30명이고 현지 도착 후 휴식이나 관광에 나설 때 예외 없이 경호처의 보호를 받는다.

한때는 항공사 소유주인 회장까지도 함께 탑승하는 게 관행이었다. 전용기만의 특전 중에는 먹거리로, 해외순방 기간이 길기 때문에 한국 음식에 대한 그리움이 크다. 그래서 의외로 서민 음식인 김밥, 라면 등의 인기가 많아 무제한 제공된다.

국력이 신장하며 전용기도 대형기로 고급스러워져 옆에서 변화를 지켜본 우리 마음도 뿌듯해진다.

아시아나항공이 담당한 대통령 전용기-나무위키 자료에서

괜히 긴장하고 비행

경북 예천 비행장 출발 편 비행 때의 일이다. 예천공항은 그 시절 지역 실세 국회의원 때문에 잠시 운영되다가 현재는 폐쇄되었다. 폐쇄되기 전의 예천공항에서 있었던 오래전의 이야기다.

엔진 시동 후 출발하려던 순간, '띵동 ~~.'

급하게 객실 사무장으로부터 인터폰이 울렸다. 조종사가 가장 바쁘게 체크리스트가 수행하는 순간임을 객실 사무장이 잘 알고 있는 데도, 임무에 간섭하는 것은 비상사태 아니면 일어날 수 없는 상황인 것이다.

"기장님, 도저히 통제가 안 되어서 부득이."

손님 한 분이 공포에 떨면서 내려 달라고 울면서 기내에서 펄쩍펄쩍 뛴다는 거였다. 사무장이 오죽하면 그런 판단을 했겠는가? 나는 절차에 없는 불편을 감수하기로 하고, 관제탑과 회사 전용 주파수에 교신을 다시 하는 등의 번거로운 절차를 밟고, 그를 내리게 하는 조처를 했다.

외국으로 가는 국제선도 엔진 시동 후에는 손님 하기가 어려운 법인데, 하물며 국내선의 경우 어지간해서는 출발 취소 절차가 어렵다. 그럼에도 불구하고 나는 출발을 포기하고 엔진 시동을 끄고 계단용 차량을 연결했다.

그런데 관심을 가지고 내리는 승객을 쳐다보니 하필이면 청아한 비구니 차림의 스님이었다. 왠지 묘한 느낌이 들었고 승객만 이상한 기분이 든 게 아니고 보는 조종사들도 기분이 섬뜩했다. 보안과 위험물 방지 차원에서 따로 실렸을 화물이나 기내에 두고 간 물건이 없음을 재확인한 후에, 재출발 허가 및 지상 직원의 협조를 받아 재시동 절차 등의 번거로운 과정을 거쳐 이륙했다.

미국 유나이티드 항공이 덴버에서 이륙 후 승객이 기내 통로로 나와서 무릎을 꿇어가며 기도하는 등 이상 행동 때문에, 순간 위험하다고 판단한 기장은 비상 선언을 하고 급하게 비상 착륙을 했었다는 사례들도 있던 터라, 찜찜한 비행이 될 줄 알면서도 출발했다.

그날 김포공항 도착 때까지 묘한 공포감으로 바짝 신경 쓰이는 비행이었다. 공포 분위기가 전염되었는지 승객들도 운항 내내 이상하리만큼 조용한 침묵이 지배했다고 한다. 승객들에게 그날은 죄송했던 비행이었다. 그렇다고 기장 방송 시에 딱히 멘트하기도 애매하고, 어쨌든 그날은 이상한 비행이었고, 그 비구니 스님의 정체는 지금도 식별이 안 되는 승객이었다.

날카로운 질문

과거에는 비행 중에 기장이 판단하여 조종석 개방도하고 승객이 궁금해하는 것은 설명도 해 주었다. 조종석 개방은 요청하는 승객이

나 수학여행 같은 단체 손님이 있을 때 주로 이루어졌다.

그러나 9.11 테러 사건 후에는 모든 항공 보안 절차가 엄격해졌다. 조종석도 출입문 보안 시설이 보강되고 출입 절차도 강화되어 지금은 조종석을 개방하지 않는다.

이것은 조종석 보안이 강화되기 이전에 있었던 시절의 이야기다.

조종석 방문 승객 중에는 유명 인사들도 있었다. 한번은 연예인 부부가 들어왔는데 내가 그분들 이름을 몰라서 실수했더니 여자분이 서운해했다.

어떤 세련되게 차려입은 여성분은 항공기에 대해서 물어보다가 부기장이 미혼이라는 것을 알고 나자 작업 멘트만 끝까지 날렸다.

한 중소기업 사장님은 방문 후에 객실 승무원에게 회식비 명목으로 액수가 많은 금일봉을 남겼었다. 호텔 도착이 늦은 저녁 시간이라 승무원들에게 N분으로 나누어 주었던 일들이 있었다.

한 번은 과학고 졸업반 학생이 들어왔다. 보통은 건성으로 설명하는데 그 학생이 예리한 질문을 계속해서 허투루 대답해 줄 수가 없었다. '기내 여압이 안 될 때 일어나는 현상은?' '방사선이 조종사에게 미치는 영향?' 같은 질문에 행여 어설픈 설명으로 실수할까 봐, 부기장한테 슬쩍 대신 설명을 맡겼다. 그랬는데도 계속해서 질문하는 바람에 적당히 끝마무리를 위하여,

"조종사가 전부 알 필요는 없다. 꼭 필요한 것만 숙달하면 돼. 즉

모든 절차가 check list화 되어서 융통성을 배제하는 거야. 궁금한 게 많고 모험하기를 좋아하면 오히려 비행 안전상 위험 때문에 항공사는 성적 1등을 탈락시키는 전통이 있단다."

그 설명으로 질문은 마무리되었다. 그런데 그 학생이 참 궁금하다. 미 공과 대학 입학 합격 통지를 이미 받았고, 우주 공학자가 꿈이라고 했는데, 지금쯤 미국 NASA에 있을까? 이제는 과학자가 되었을 텐데…….

천재들의 공통점

내가 지켜본 천재라는 사람들이 실제는 노력파이었다. 친구나 동료들하고 같이 공부하는 경우가 몇 번 있으면서 옆에서 관찰한 생각이다.

내가 모르는 사이에 책상에 더 오래 앉아 있었고, 자기 집에서도 공부를 몰래 더 하였음이 분명했다. 정도의 차이가 있는 것이 나중에 커 보일 뿐 노력하는 만큼 결과를 보여주도록 신은 공평한 능력을 주셨다.

굳이 구분해서 특별하게 보였던 점은 그들이 대부분 대기만성 형이고 권위에는 도전하듯 반골 기질들이 있었다. 자기 잘난 맛에서 오는 치기의 일종으로 보였는데 그것마저도 멋있는 일탈로 보였다.

미국 핵 개발 책임자였던 오펜하이머의 경우는 너무 뛰어나서 비교 대상 범주를 벗어났다고 한다. 반대로 사회 적응에 바보 같은 부족한 모습이나 천재들의 공통병인 우울증 같은 게 한쪽에 있었다.

공부, 운동, 기술, 예술 등등의 총량을 계측할 수 있다면 '신은 공평하시도다!'를 깨닫게 될 것 같다.

오펜하이머가 12살 때 지질학자와 서신 왕래하며 보여주었던 높은 지식에 지질학회에서 연구발표를 부탁했다.

이때까지 어린애인 것을 모르고 학회 소개자가 "오펜하이머 씨를 소개합니다!" 짜~잔~했는데 어린애가 총총히 뛰어나와?

국제선에서 생긴 일

아가야! 미안하다

탑승객 중에 마음이 '짠' 해지는 아기 손님이 있었다. 홀트 아동복지 직원이나 항공 티켓 일부 지원을 받는 봉사자에게 안겨 미지의 세계로 입양을 떠나는 우리 아가. 그것도 아가 혼자서 가는 셈이었다. 이코노미석 앞줄 꼭 그 자리.

홀로 세상에 던져질 뿐 평생을 따라가는 눈길이 있을까? 버려지는 생명이 존재한다는 사실, 해외 입양이 차선일 수밖에 없다는 사실, 아직도 우리 수준이 그랬었다. 보건복지부 자료에 의하면, 최근 10년 사이 우리나라는 6만여 명의 아이를 입양 보냈다고 한다. 경제 자급을 위한다는 명목으로 보호가 필요한 아동을 입양 보냄으로써 해결했다는데 창피함을 떠나 잔인한 행위를 지금도 하는 것이다.

민간 입양기관이 해외 입양 부모로부터 성사 건당 막대한 입양 수

수료를 받아 연간 삼천만 달러를 벌어들였다는 보고가 있다. 더욱 기가 찬 노릇은 해외 입양이 기관의 경제적 수입으로 직결되면서 더 많은 입양을 위해 병원, 조산소에 돈을 주고 해외로 입양 보낼 아이 찾기를 게을리하지 않는다는 비극이 벌어지고 있다는 것이다. 더구나 부실한 서류 작성 등을 악용해 물건을 수출하듯 하고 있는데도, 우리가 같은 하늘 아래 잘난 척하며 살고 있다는 것, 이런 희극이 따로 없다.

이제는 국내 입양 가족도 경제적 어려움은 없는 데다가 국외 입양 아들이 인종 차별, 정체성 혼란, 사회적 멸시 등으로 어려움을 겪는 사례가 알려지며 이러한 인식이 많이 없어졌다.

또한, 혈연 중시 문화가 해소되며 국내 입양도 늘어나는 추세이고, 인구 유출을 막기 위해 입양 조건을 까다롭게 하고 있다. 그렇지만 아직도 국제 입양이 OECD 국가 중 가장 높은 국가로 알려져 있다.

더구나 국가나 정부의 관여 없이 민간 입양기관 주도로 이루어져 왔고 양부모 될 사람에 대한 조사를 포함한 대부분의 입양 절차를 민간 입양기관이 전담하고 있다. 유엔 아동 권리 위원회도 우리나라는 국제 입양을 국가가 주도하도록 권고하고 있다.

오늘 도착한 공항에서는 입양 부모인 듯한 젊은 백인 부부가 마중 나와 있었고, 아가를 위해 행운을 바라고 기원하는 것 같지만, 색깔 조합부터가 부자연스러워 그것을 바라보는 내내 마음이 여간 불편한 것이 아니었다.

그래도 눈빛이 부드럽고 사랑이 몸에 밴 듯한 분위기를 가진 입양 부모에게 안겨진다는 것이 다행스럽기도 했다. 그분에게 무조건 감사드리며, "아가야, 내가 너의 행복을 위해 기도하마!"

정지용의 〈백록담〉이라는 시 한 편이 떠올랐다.
"송아지는 말을 보고도, 등산객을 보고도 마구 매달렸다.
우리 새끼들도 모색(毛色)이 다른 이에 맡겨 울 것에 나는 울었다."

북한이 폴란드로 보낸 전쟁고아들 사진: 추상미 감독이 관련 영화를 만든 계기가 되었다. 유럽 중세 교회당 등에서 부모 잃은 어린아이들을 수용하게 된 것이 보육원의 태동이었고, 18세기에 페스탈로치가 고아 보호정책을 제창하여 전 유럽에서 주목받았다. 우리나라 최초의 현대적인 보육원은 구한말 언더우드 선교사가 서울 정동에 설립한 것이 최초

(과거 유럽 고아에 대한 한 단면)

장 자크 루소가 어려울 때 다섯 명의 자기 아이들을 고아원에 보냈다가 끝내 못 찾아서 죄의식에 시달렸다.

그 시절 프랑스 사회는 아버지 자격이 없을 때 흔하게 고아원으로 보내던 문화 수준이었고, 파리에 매년 약 6,000명의 아이가 버려졌다.

그래서 루소는 에밀(아이 이름) 이라는 가상 고아를 키우고 성장시키는 과정에 대한 생각을 썼다.

루이 16세가 감옥에 있을 때, 이 책을 읽고 볼테르, 루소 때문에 내가 왕좌에서 쫓겨났구나 탄식했다고 한다. 나폴레옹도 루소 묘소에 들러 우리 중 하나만 안 태어났어도 세상은 조용했을 텐데 했다고 한다.

사할린 동포

90년대 초반 고국으로 귀환하는 사할린 동포를 모셔 오는 임무에 투입되었다. 북한 영해를 통과할 수 없어 강릉 상공을 통과 후 일본 '니가타' 부근까지 나갔다가 '하바롭스크' 관제로 이관되었다.

한때 러시아 마가단(극동 지역의 한 주) 관제를 받으며 캄차카 반도를 통해서 북한 공해를 통과할 수 있었을 때는 항로가 단축되고 '핑~양 control' 호출로 교신하며, 서로가 묘한 관심과 호기심으로 신기했다. 그때 분위기로는 남북이 가까워지고 통일도 금방 될 것처럼 느껴졌다. 그러더니 얼마 못 가 중국 쪽으로 우회하는 항로만 허가되어서 아쉬웠다.

한민족끼리 어울려 가는 단계에도 까짓 속 좁은 핑계와 이유가 너무 많아 북한 영공 통과는 취소되어 아쉽다. 5천 년을 함께 살아온 민족끼리 어쩌다 외계인 보듯 공중 통화만으로도 작은 설렘이 있었을까?

구소련 연방이 해체된 지 얼마 되지 않아서인지 '유즈노사할린스크' 공항에 착륙하는 과정에서 관제사가 영어를 전혀 알아듣지 못해 반복해서 "아시아나 ○○○ Request landing, 아시아나 ○○○ Request landing!" 우리 의도만 계속 반복하면서 착륙 장주를 알아서 정했다.

다행히 러시아 전투기들이 알아서 비켜 주어 사용 중인 활주로에 착륙하는데, 블록형 콘크리트 활주로는 지면이 고르지 못해 항공기 속도를 줄이는 동안 '타~ 타~ 타' 하고 항공기 바퀴다리 타이어에 전달되는 진동이 심했었다.

'어깨 총!' 하고 서 있는 남루한 군복 차림의 병사들이 있는 곳으로 활주하여 항공기를 세웠다. 처음 보는 공산국가 회색빛 바랜 색깔의 비행장 시설 환경이 많이 낙후되어 놀랐다.

작은 공항 청사 밖에는 수백 명의 동포가 영구 귀국 부모를 환송하기 위해 나와 있었다. 처음 보는 한국항공기도 신기해서 나왔으리라.

국제선 개념도 없었던 공항이었던지, 뭐가 되고 뭐는 안 되는지 무심한 긴장감만 있을 뿐, 돌아다녀도 서로 눈치만 보고, 막아서는 사람이 없었다.

공항 청사와 경계선 구분도 어설픈 울타리 밖의 군중 앞으로 나가 보니, 뭔가를 주고 싶은 동포 후손들이지 싶은 꼬마들이 많이 보였다. 이런 상황을 예상했으면 학용품이라도 몇 박스 사 올 것을……. 쑥스러워 부모 품에 숨어 들어가는 꼬마들에게 미화 1달러씩을 주었는데, 평상시 팁용으로 항상 준비해 두었던 잔돈이 부족해 남은 지폐마저 나머지 애들에게 나눠 주라고 그들의 대표 격인 분에게 부탁했다.

'우리 슬픈 역사의 아픈 후손들!'

그때는 러시아가 공산품이 부족하고 열악했던 시절이라, 러시아 공항 관계자들이 기내 소모품을 원해서 가능한 한 나누어 줬었다. 관제탑에 콜라까지 보내고 나니 출발 허가가 떨어졌다. 돌아오는 비행 중 기내 화장실에 들렀더니, 바닥에 신문지 등이 널려 있고, 오물이 여기저기 쌓여 있어 기겁했었다.

동포들이 수세식 사용법을 몰라서 일어난 사태였고, 승무원의 짧은 시범 교육만으로 기내 시설물 사용법을 이해하였을 것으로 추측되는 해프닝이었다.

접해보지 않은 문화 때문에 낯설고 당황스러웠을 동포들에게 오히려 미안하고 안쓰러운 마음이 들었다. 30년이 지나간 그때 귀국 동포들이 안산 어딘가에 살고 있다는 소식을 들었다. 소외당하지 않고 고국에서 노후를 잘 보내시길 바랄 뿐이다.

사할린 관련 소식

사할린 주한인 협회에 따르면 3만여 명의 한인이 사할린에 살고 있다. 동포 1세는 500여 명, 2세는 5천여 명으로 추산된다.

2022년도 우리나라로 영구 귀국할 러시아 사할린 동포가 350명으로 확정되었다.

대한 적십자는 영구 귀국사업을 통해 여생을 고국에서 보낼 수 있도록 지원하고 지속적인 방문 지원 사업을 실시, 가족들과 만남을 추진하게 되었고, 정착지원을 위해서 귀국에 필요한 항공운임 및 초기 정착비를 지원했다.

· 거주 및 생활 시설 운영비 지원
· 임대주택 및 주거지원
· 동반 가족에 대하여도 일부 지원 등

미국에서 추방당한 승객

LA로 비행 중 술취한 승객이 계속 소란이라는 사무장 보고가 있었다. 젊은 사람이 벌써 술버릇이 저 모양인가 싶은 선입견으로 그에게 몇 번의 경고를 보냈다. 그래도 계속 신경이 쓰였다.

주변 좌석의 손님들이 시달리고 진정이 안 된다고 하여 결국엔 회사 전용 주파수로 관계기관에 통보했다. 착륙 후 탑승구에 연결하니 주변에 미국 수사관들이 보였고, 여객기 문이 열리자마자 소란자부터 연행해 갔다. 그리고서야 승객을 하기시켰다.

나는 크게 의미를 두고 조치했던 절차가 아니었기에 생각 없이 호텔로 향했고, 평소에 하듯이 나는 체류 일과를 보냈다. 다음날 출발을 하면서 공항 지점장한테 전해 들은 소란자 처리 결과를 듣고 나는 깜짝 놀랐다. 미국에서 그가 추방을 당했다는 소식이었다. 처벌이 너무 강력해서 아차 싶었다.

소란자는 미국에서 박사 과정을 밟던 사람이었는데, 논문 막바지에 과도한 스트레스로 힘들어서 일탈했다고 한다. 요즘은 한국도 그렇다고 들었는데, 특히 미국에서 석박사 과정 지도 교수의 영향력은 절대적이기 때문에 여간 신경 쓰이는 관계가 아니라는 말을 익히 들어 알고 있었다.

그는 항공 위협자로 분류되어 참작의 대상이 아니었기 때문에 무조건 추방 결정이 되었다고 한다. 개인 운명에 치명적인 영향을 미쳤으니, 원칙이라는 것보다 더 큰 무엇인가를 잃은 것 아닌가 하여 내 맘이 돌아오는 내내 착잡하였다.

같은 상황으로 돌아간다면 나는 다른 선택을 할까?

기내 난동 처벌법 강화

우리나라 대표적인 기내 난동 사례로는, 라면 상무, 땅콩 회항, 유명 가수, 리처드 막스가 제압, 개문 착륙, 비상구 개방 사건 등이 있었다.

현재까지 비행기 내 소란 등 불법행위에 대한 처벌이 약했고 엄벌했던 사례가 없었다. 개정된 항공 보안법이 시행되면서 비행기 내 소란에 대한 처벌이 강화되었다.

'기장의 사전 경고에도 불구하고'라는 문구가 삭제되어 사전 경고 없이 벌금 부과 상향, 업무방해죄 강화 등으로 처벌이 무거워졌다.

또 범죄를 저지른 범인을 해당 공항관할 경찰에 반드시 인도하도록 의무화했다. 이를 위반한 항공운송 사업자에게 과태료를 부과하도록 개정했다.

명마와 운명이 다른 말

회사가 운영하는 B-747은 화물기가 주류고, 탑재 화물은 반도체 등 공산품이 대부분인데, 가끔 생물이나 동물도 운송한다. 동물 운송은 살아 있는 생명체를 다루기 때문에 절차가 번거로울 뿐만 아니라, 도착 후, 즉시 유니폼을 세탁해야 할 만큼 배설물 냄새가 심하게 옷에 배어서 각오하고 비행에 임한다.

우리가 얻는 열량 대비 가성비가 좋기로는 옥수수가 제일 월등하고 쌀, 밀, 가금류, 돼지고기, 소고기 순으로 차이가 있다.

지불한 값에 비해 열량은 식물성이 가장 높은데, 자연 보호론자의 주장에 의하면, 소고기 1kg를 생산하기 위해서 25kg의 사료가 필요하고 50kg의 메탄 발생을 초래한다고 한다. 그래서 대안으로 배양육 연구가 활발한데, 현재는 배양육 1kg을 만들어 내는데 억 단위가 투입되지만, 점점 생산 단가를 낮추어 가고 있단다. 육류용으로 가성비는 단연 칠면조가 으뜸으로, 북한에서 식량 해결 목적으로 한때 칠면조 사육을 국가 정책으로 폈었다고 전한다.

그래서인지 우리나라도 90년대 후반에 칠면조 새끼 수입이 많았고, 품종 개량 목적으로 소나 돼지, 그리고 애완동물 애호가들이 많아져 희귀동물을 운송하는 종류도 다양해졌다. 동물을 운송할 때는 수의사가 함께하면서 진정제를 주사하는 등 상태를 점검하기 위해 탑승한다.

가끔은 동물 유통 업자도 동승하는데, 운송 기술의 발달로 폐사율이 낮아서 옛날보다 이윤이 좋다고 귀띔해 준다. 경주마 수입업자의 이야기로는 과거에 비용 절감을 목적으로 한 개의 컨테이너에 두 마리씩 수송했는데, 얼마 뒤 검증이 안 된 임신 말을 발견한 사고가 발생했단다.

어디에서 아비 없는 새끼를 뱄는지 서슬 퍼런 '명마 집안 문중회의'

가 열렸고, 추적해 보니 운송 중에 발생한 사고로 밝혀졌다고 한다. 뼈대 있는 명마 집안에 먹칠을 했다고 하여 족보에서 탈락시키는 결정을 내려서 큰 손해를 보았다는 웃지 못할 이야기가 전해진다.

명마 족보를 유지하기 위해서는 그 짓(?)도 인간들이 보는 데서 해야 혈통을 인정받으니, 명마 처지에서 보면 양반 체면에 '히이~잉~'이다. 그러다 보니 이제는 한 마리씩 수송할 수밖에 없게 되었는데, 신경 안정제 주사 등 수의사가 수시로 상태 점검을 하면서 보호와 감시를 받는다.

몇억 대 종마는 VVIP 대접을 받지만, 그러저러한 말들의 경우 미국 시애틀에서 일본으로 백 마리씩 한꺼번에 실려 간 예도 있었다. 하루는 단거리 비행 스케줄로 출근했는데, 확인한 화물기 적재물이 80마리의 말이었고, 다른 팀 조종사들이 미국에서 인천공항으로 운송했던 것을 다시 일본으로 운송하는 임무였다.

기내에 도착해 보니 냄새가 진동하고 유난히 시끄러워서, 수입업자에게 물어보니 육류용으로 팔려 가는 말이라고 했다. 말 고기도 먹냐고 물으니까, 일본에서는 육회용으로 인기가 있다고 그가 말했다. 그 말들을 태우고 이륙하였는데, 80마리 말들이 항공기 굉음에 스트레스를 받았는지 동시에 쿵쾅거리는 말발굽 소리와 진동 울림이 장난이 아니었다. 순항고도에 이르러 잠시 확인도 할 겸, 화물칸으로 내려가 키 큰 궤짝에 갇혀있는 말들을 보았다.

경주마들과 차이는 잘 모르겠고, 도살용이라 해서 괜히 짠해지는 마음으로 눈을 마주치니 애처로웠다. 촉촉하게 젖어 선해 보이는, 왕방울 눈을 가진 저 말들이 육회용으로 도살된다니, 어떻게 위로할까?

"애~고, 말들아! 말 발굽 쿵쾅거려도 내가 어찌겠니? 다음에는 춥고 배고픔이 있더라도 고삐 없는 말이 되어 초원을 마음껏 달리는 야생마로 태어나거라!" 하고 마음속으로 위로할 수밖에 없었다.

내친김에 잠시 명마 이야기를 소개한다. 투르크메니스탄에는 전신이 황금빛을 띠고 있어 '황금말'이라고 불리는 '아할테케'(AKHAL-TEKE)가 있는데, 가끔 쇼에나 보이는 희귀종이다.

프랑스 노르망디가 원산지인 페르슈롱(PERCHERON)은 힘이 세고 경쾌해서 운송용으로 쓰였고, 아름다운 갈기와 흑백이 교차하는 몸 색깔로 유명한 집시 배너(GYPSY VANNER)는 유럽 집시의 이동 수단으로 쓰였다고 한다.

영국의 토종말인 '러닝 호스'와 아랍의 씨 수말을 교배해서 나온 '서러브래드'(THOROUGHBRED)는 최고의 경주마로 통한다. 가장 오래되고 순수한 혈통으로 아라비아의 말을 '말 중의 말'로 자랑하고, 북아프리카 튀니지가 원산지인 바브(BARB)는 민첩해서 스페인 침공 때 활약한 것으로 유명하다. '안달루시아'는 잘생긴 근육질로 크고 당당해 고등마술이나 투우에 등장하는 스페인 말이다.

세상에서 가장 아름다운 황금말 '아할-테케'

그렇다면 세계에서 가장 비싼 말은 어떤 말일까? 바로 미국 켄터키 '더비'에서 우승한 말이다. 20마리의 경쟁 말이 2km의 주루를 달리게 되는데, 여기서 우승한 말 소유주는 우승 상금만 약 200만 달러를 받는다. 그 경기에서 3관왕을 차지했던 '아메리칸 파로아'(PHAR-OAH)가 제일 명성을 날렸다.

유명한 종마는 한 번 교배하는데, 20만 달러 이상이고, 하루에 평균 두 번씩이나 교배할 수 있단다. 최고를 기록한 종마는 연간 536번까지 교배한 기록이 있다.

혈통이 좋은 교배용 말은 투자 대상이 되기도 한다. 보통 마리당 2만~3만 달러에 분양받아 일 년만 잘 키워도 5만 달러 이상에 팔 수가 있다고 한다.

과천에 사는 나의 친구도 경주마에 투자하여 시합에 따라 배당을 받는데, 의외로 수입이 좋다고 나에게 투자를 권했었다. 그러나 애시당초 나는 행운과 거리가 있어 사양했었다.

전설의 '아메리칸 파로아'

나는 한때 광어 치어에 투자한 적이 있었다. 경남 남해 사는 후배가 500원짜리 광어 치어에 투자하면 2년 뒤에 kg당 1만 원 정도로 키워줄 수 있다는 것이었다. 나는 무려 5만 수를 가두리에 저축하는 셈으로 투자하고 기다렸다. 그러나 웬걸! 잘 크다가 태풍 한 방에 물거품이 되어 버렸다. 부자는 하늘이 내려 주신다는데, 하느님께서는 나에게 '일하는 만큼만 받아도 복인 줄 알라!'하시는 것 같았다.

고소공포증 승객

　출발 절차 준비에 어느 정도 여유가 생겨서 공항 청사 내 탑승구 쪽 주변에 승객들 모습을 구경삼아 살펴보고 있었다. 그때 한 젊은 서양 여자가 빤히 조종석 쪽을 바라보며 혼자 서 있는 모습이 눈에 띄었다.

　가끔 유리창 너머 시야에서 벗어났다가 이내 다시 나타나 뚫어져라 무언가를 찾는 것 같더니, 회사 영업 직원과도 함께 나타나곤 하였다. 모든 준비가 끝나고 직원에게 승객 탑승해도 좋다는 release sheets에 기장 사인을 주고 난 한참 후에 그 여자 승객을 다시 눈여겨보았다. 그런데 그 승객은 이제 조종석 쪽을 향해 손을 휘저으며, 왔다 갔다 유난까지 떨고 있었다. 기장인 나한테 반갑다는 제스처로 보기에는 결코 어울리지 않았다. 그래서 직원에게 물어보니 어제부터 난리를 쳤던 고소공포증 있는 손님이라는 거였다.

　오늘은 꼭 탑승하겠다고 약속했는데, 시간이 다가오자 저렇게 미쳐 날뛴다고 직원이 말했다. 직원의 말투가 내뱉듯 거친 걸 보면, 그 승객에게 그동안 많이 시달렸던 모양이었다. 목숨을 앗아가는 비행기 추락사고가 발생할 확률이 2천만분의 1인 데 반하여, 사람이 벼락에 맞을 확률이 1백만분의 1로, 비행기가 사고로부터 훨씬 안전하다고 통계가 말해주는데 말이다.

　심리적 공포가 큰 것에 대한 이해가 필요하다고 생각하면서, 출발을 위한 최종 체크리스트가 진행되었다. VIP 룸에서 별도로 안내받아 들어오는 일등석 승객까지 탑승하자, 도어를 닫겠다고 객실 사무장 인터폰이 기장 허가를 기다리고 있는 상황이 되었다.

그런데 백인 여자는 급기야 손발 제스처가 산만해질 뿐, 제자리걸음만 종종댈 뿐이었다. 그래도 어찌어찌 출발할 수밖에 없어 탑승동과 분리되고, 항공기가 탑승구로부터 뒤로 미는 'Towing'을 하는데, 급기야 유리창에 펄쩍펄쩍 뛰는 그녀의 모습이 보였다.

"애고, 저 백인 여자 집으로 가야 할 텐데, 한국에 올 때는 어떻게 왔을꼬?"

승무원은 날마다 고공으로 비행하고 다니는데, 어쩌다 한번 타는 비행기가 무서워 쩔쩔매는 고소공포증이라니. 미국까지 배를 타고 가는 방법은 없을까? 아니면 수면제라도 잔뜩 먹고, 식물인간처럼 항공기에 실리면 안 될까? 요가나 명상과 같이 평온한 활동은 공포와 불안감 억제하는 데 도움이 된다고 하고, 깊은 심호흡도 좋다고 하던데……. 그렇게 별별 생각을 하며, 기장인 나도 승무원들도 자신의 고국으로 가지 못하는 그녀를 안타깝게 여기는 것은 모두 마찬가지였다.

그녀는 그 뒤에 어떻게 되었을까?

고소공포증 극복

고소공포증은 다섯 명 중에서 한 명꼴로 일상생활에서 경험하는 중요한 문제이지만, 대부분 치료를 받지 않는다.

옥스퍼드대학 '프리먼' 교수가 개발한 VR(가상현실) 고소공포증을 극복할 수 있다고 하는데, VR 치료를 받은 참가자의 70%가 효과를 보았다고 한다.

이번 연구로 가상현실이 심리치료를 하는 아주 강력한 수단임을 입증했다며, 이는 대면 치료에서는 자주 실행할 수 없지만, VR에서는 쉽게 할 수 있어 실생활에서 도움을 줄 수 있다는 의미라고 발표했다.

참가자들이 수행하는 과제들은 망가질 것 같은 통로를 지나거나 나무에 있는 고양이를 구하는 일, 발코니 끝에서 그림을 그리고 실로폰 연주하는 일 등이었다고 한다.

사라진 할머니를 찾아라!

겨울철에 뉴욕 출발 서울행은 비행시간이 여름보다 2시간 정도 길어진다. 지구 자전으로 생기는 편서풍이 영향을 미치는 것으로 2차대전 중에 발견한 기상 현상이다.

미 폭격기들이 괌, 사이판에서 이륙 후 일본 본토를 폭격하고 다시 중국 비행장으로 착륙한다. 그런데 군용기들이 겨울철에만 유달리 예상 밖의 강한 맞바람 때문에 연료 부족으로 목적지에 도착하지 못하고 추락하는 사례가 발생했는데, 그 이유를 나중에서야 알게 됐다. 그래서 민간항공에서는 안전하고 유상 탑재율도 높이기 위해 겨울엔 한시적으로 연료 보급을 위해 앵커리지 공항을 중간 기착지로 운영했었다. 하지만 지금은 항공기 엔진 효율이 높아져 직항으로 운항하고 있다.

앵커리지에 들러 항공기 연료와 소모품을 보급하는 동안 승객은 하기 후 잠시 면세점을 이용하거나 휴식을 한 후에 다시 탑승한다. 이용하는 승객이 대부분 우리나라, 중국, 대만 등 아시아인이기 때문에 훈제 연어, 상황버섯, 녹용 같은 앵커리지에서 생산되는 것이나 원주민이 만든 토속 공예품이 별도로 앵커리지 면세점에 진열되어 있어 나름대로 인기 있는 구매품이다.

약 한 시간의 대기 시간 중에 의외로 흡연실 인기가 많아 끽연자들은 짙은 연기 속에서 자리를 고수하며 연기를 뿜어댄다. 기내식이 부족했던지 따끈한 고기 수프나 누들을 주문해 후루룩 즐기는 승객들도 보이지만, 졸리는 시간대 탓인지 여기저기 졸고 계시는 분들이 시야를 채운다. 그동안에 항공기에 연료가 채워지고 추가 보급품 충원과 정비가 끝나고 나면, 다시 목적지로 출발을 알리는 방송을 한다.

가끔 외진 구석에서 잠들어 계시는 손님들이 있을 경우를 대비해

공항 청사 방송과 지상 직원들의 메가폰을 포함한 소리가 시끄럽다. 늦게 나타나는 승객은 있어도 공항 밖으로는 나갈 수 없어 사라지는 승객은 없다. 그런데 그날은 한 사람이 아무리 찾아도 안 보여 출발 시간이 지체되고 있었다. 시계를 쳐다보는 간격이 빈번해지고, 결국 미스터리 실종 손님을 두고 시동 후 출발할 수밖에 없었다.

이륙 후에야 COMPANY(회사 전용) 주파수로 사라진 손님을 찾았다는 연락이 왔다. 홀로 십 년 만에 모국을 방문한 할머니였으며, 하필 사무실 직원이 없는 사이 공항 관계자 화장실에 찾아 들어가 변기에 앉아 잠들어 계셨다는 거였다. 다음 편까지는 사흘을 더 기다려야 하는데, 이 일을 어찌하면 좋으랴?

특별기를 운영할 수도 없고, 굳이 방법을 찾자면, 알래스카 에어라인 비행기가 앵커리지에서 본토 시애틀 편이 하루 몇 편 있기는 하다. 거기서 다시 한국으로 오는 방법이 있기는 하지만 늙으신 할머니가 '정상회담'차 오는 것도 아니어서 가능한 일이 아니었다.

그런데 지점장이 '내 어머니다'는 생각으로 모시고 있다가, 다음 편으로 안내했다는 일화를 들었다. 그 마음 따뜻한 이야기가 아직도 내 기억에 남아 있다.

특별한 승객들

범죄인 승객

합동 브리핑 때 오늘의 승객 현황과 주지 사항에 특별 승객이 탑승한다는 보고가 있었다. 멕시코에서 현지 교민을 상대로 갈취 폭력 등의 범죄 행위로 체포되어 한국으로 강제 송환되는 죄수였다.

LA 호텔 체류 중에 한인 방송에서 우연히 들었던 범죄인이어서 흥미가 있었다. 이런 경우엔 다른 승객이 알 수 없도록 사전에 조처한다. 중환자나 수갑 찬 사람, 또는 알려지면 곤란한 요원 등을 먼저 태우고, 도착지에서는 제일 늦게 내리는 것을 고려해서 탑승과 하기를 결정한다.

순항고도에서 기장 방송 후 기내식도 끝날 즈음 조종석에도 여유가 생겼다. 잠시 보안 점검을 핑계 삼아 기내를 한 바퀴 돌아보며 범죄인과 인도 요원석으로 가 보았다. 두 사람이 함께 잠들어 있는데, 둘이 같이 수갑을 찬 손목에는 큰 타월 같은 것으로 돌돌 감겨 있었다. 누가 형사고 누가 범죄자인지 구분이 되지 않았다. 잠시 얼굴을 들여다보아도 모르겠고, 굳이 좌석 라이트 켜고 확인할 수도 없어 돌아오면서 웃음이 나왔다.

어디 범죄인 인상이 따로 있겠나?

국내 1호 프로파일러 권일용 교수가 언급하길 강력 범죄자의 관상은 범죄하고는 무관하다는 것이었다. 선입견을 품고, 범죄형이다 아니다 구분하는 것은 위험한 판단이라고 강조했다. 그래서 동네 사람들이 범죄자가 잡히면 "저 사람이 진짜 범인 맞아요?" 하고 묻는다는 것이었다.

범죄인 인도, 흉악범과 사형제도

청구국의 범죄인 인도 요청에 피 청구국이 응해야 할 국제법상 의무는 없다. 국제 예양 차원에서 이루어지던 것이 양자조약(BILATERAL TREATY) 형태로 범죄인 인도 조약을 체결하고 있다.

우리나라는 1988년 범죄인 인도법을 제정하고 호주와 최초로 체결한 이후 현재 미국, 일본 등 29개국과 범죄인 인도조약을 체결하고 있다.

1급 암살자는 감정 기복이 없고 그래서 실수가 없다고 한다. 예를 들어 영화 「양들의 침묵 속」의 랩터는 살인 중에도 맥박수가 일정했다고 한다. 그렇듯 냉혈한(cold blood) 인간들이 분명히 있다. 그들은 우리와 함께 주변에 섞여서 살고 있으면서 가끔은 끔찍한 살인 사건 등의 뉴스로 존재를 드러내고 있다.

하긴 구약성서에도 인류 최초의 살인 사건이 언급되었고, 첫 범죄인이 면식범이었다는 것이 의미하는 바가 있다.

카인이 동생 아벨을 시기하여 죽였는데도 하느님이 용서하시는 성은을 남기셨는데, 왜 살인자를 용서하셨을까?

고대 히브리인 기록에, 살인은 사적인 일로 다루었으며 범죄 처벌권은 하느님뿐! 이라는 상징을 보여주었다.

인권침해 암흑기에 빨갱이로 몰아서, 김일성의 반대파 대량 숙청, 근래 중국의 본보기식 사형집행을 보거나 접할 때마다 스스로 질문해 보는 의문이다. 인간이 같은 인간을 그들의 도덕, 법의 잣대, 판단 기준으로 사형시켜도 되는지?

중환자 승객

샌프란시스코 출발 편에 중환자가 탑승한다는 내용을 인지하고 항공기에 도착해 보니, 이미 뒤쪽 3좌석에 칸막이가 쳐져 있고 안내 직원들이 분주하게 움직이고 있었다.

중환자의 경우는 만약의 사태를 예측할 수 없어 탑승을 배제할 수 있는 조항이 있으며, 불가피할 때는 동반 보호자 각서 등이 추가 요구될 뿐만 아니라, 옆에 일반 승객을 태울 수 없으니 연결된 좌석은 통으로 값을 치러야 한다.

환자는 한국 노인분이었는데, 간암 수술도 포기한 상황에서 비싼 미국 의료비 감당도 문제고, 큰일이 벌어져도 한국에서 치르기를 희망하는 케이스였다. 다소 무리를 감수한 귀국 결정인 것 같았다. 운항 중에 여러 변수가 생길 수도 있지만, 그래도 그 변수에 대한 부담은 오롯이 기장한테 있다. 그것을 모르는 바는 아니지만, '나만 눈감으면 모두가 좋다'는 생각이 들어서 그 노인분의 간절한 뜻을 받아들였다.

비행 중, 중환자 발생 시는 가까운 비행장 또는 출발지로 회항하는 것이 원칙이고, 중간지점을 지나칠 경우에는 가능한 한 목적지로 계속 비행하여야 하는데, 사망자가 발생 시는 최종 목적지로 가는 것이 원칙으로 되어 있다.

그런데 각오하고 모시기로 한 중환자가 순항 초기부터 상태가 나빠지고 있다고 조종석에 연락이 왔다. 애초에 보호자의 묵시적 의중 교환이 있었기 때문에, 회항 결정부터 하지 않고 할 수 있는 모든 조치를 우선 시도하기로 했다. 조종석에 비치된 긴급 의료 장비를 꺼내어 사용하도록 선조치를 시도하였다.

탑승객 중에 doctor paging(의료인을 찾는) 방송을 하였더니, 다행히 한의사와 간호사가 있었고, 그들에게 번갈아 도움을 청하며 신원 확인 절차를 거칠 때쯤 ETP(비행 중간지점)를 지났다. '폰 패치'라는 통신 수단을 통해 회사와 통화하면서 탑승환자의 악화 상태를 알렸다.

의식이 없는 환자의 상태는 이미 사망자로 보아도 무방하다는 애매한 판단마저 기장한테 넘겨져 있었다. 그래도 이건 아니다 싶어 사무장에게 의료인 확답을 받으라 했는데, 심장이 멎고 체온이 없다고 한의사가 사망으로 결론을 내렸다.

의료인이라 할지라도 사망선고를 낼 수 있는 사람은 의사, 치과의사, 한의사까지이며, 그 사람들이 없는 경우에는 비행 중 사망자가 생겨도 공식적으로는 사망한 것이 아니다.

도착 후 의료기관에 인계 후 사망 시점을 추정하여 인정받으며, 그 사이 승무원은 심폐 소생술과 같은 응급조치를 계속 해야 한다.

다만, '사망 추정'개념을 도입하여 사망한 것으로 추정되는 경우 응급조치를 중단하고, 사망자 처리 절차를 밟는다.

다시 폰 패치를 통해 서울 회사와 교신을 하여 사망자가 발생했다는 보고와 후속 조치를 부탁하고, 혹시 법적 문제가 있을 경우 회사 측에서 소식을 전해 달라고 하고 통화를 마쳤다.

중간지점이라는 곳과 사망 선포 시간이 혹시나 고인과 후손들의 사망일 기억이 잘못될까 봐 시간을 계산해 보니, 어느 경우에도 날짜 변경선과 한국 날짜에 영향을 주지 않았다. 그래서 마음에 부담을 덜었고 신경 쓰느라 피곤했지만, 모두에게 좋으면 그것으로 감사할 일로 정리되었던 비행이었다.

다만, 자신의 죽음 후, 현실에 남은 자들의 뒷감당까지 고려했을 고인을 생각하니까. 마지막 작별 순간은 어떤 마음이었을까? 그것이 내 마음에 걸렸다. 그분의 임종을 생각하며 나는 이런 생각을 했다.

인간은 보편적 죽음 속에서
그 보편성과는 사소한 관련도 없이 혼자서 죽는 것이다.
모든 죽음은 끝끝내 개별적이다.
다들 죽지만, 다들 혼자서 제 죽음을 죽어야 하는 것이다.
죽을 때는 가족과 헤어져 외롭고
고통스러운 슬픈 개인으로 죽는 것이다.

공항에 착륙하고 보니 앰불런스가 대기하고 있었다. 잠깐의 만남이지만 그것도 인연이었으리라. 나는 고인의 명복을 빌고, 그리고 일상으로 천천히 돌아 나왔다.

항공기 내 의료 장비

기내에는 세 가지 의료용 장비 키트가 있는데, FAK(first aid kit), EMK(Emergency Medical Kit), 인공기도, 카데터, 주사기 같은 의료 장비와 응급약품이 들어있고 의료인만이 사용할 수 있다.

UPK(universal precaution kit) 감염 예방을 위한 장비들이 들어있는 것이 그것인데, 그밖에 AED라고 부르는 심폐소생술용 "자동제세동기"가 실려 있고, "휴대용 산소 호흡기"를 응급 의료용으로 사용할 수도 있다.

달러 지폐 쳐다보는 눈

다니던 상하이 홍차오 국제공항 대신에 '푸동' 공항이 새로 개항하였다. 아시아 최고의 허브(Hub) 공항을 목표로 규모가 중국답게 거대했으나 자국민 생활 수준은 아직 낮았고 공항 종사자 임금도 우리 돈으로 30여만 원이었을 때였다.

암울한 IMF 사태도 거뜬히 극복하고 2002 한일 월드컵마저 성공적으로 개최한 뒤의 우리나라 분위기는 자신감에 무서울 게 없었다. 그리고 전체적인 분위기가 시골에 사시는 부모님들도 해외여행을 경쟁적으로 다니기 시작했었다.

나는 푸동공항 착륙 후 출발 시간 때까지 시간 여유가 생기자 신축 공항 여기저기 다녀 보았다. 우리 아시아나 항공기와 가까운 게이트에 낯설게 느껴지는 고려항공이 서 있고, 두루미 같은 마크가 그려 있었다.

항공기도 작지만 대기하고 있는 승객도 한산해 보였다. 고려항공

옆으로 보이는 태극마크의 아시아나 대형 항공기를 보면서 그쪽 승무원들은 어떤 생각을 하고 있을까 궁금하기도 했었다.

선전전에 열 올리는 이념전쟁에서 남북의 경제 규모 차이가 워낙 크게 나버린 지금은 비교 불가 상황을 접어두고 그들은 어떤 식으로든 '정신 승리'를 하고 있을 것이다.

근처에서 중국차 한잔 마시고 면세점 부근을 지날 때 들여다보니 대부분이 한국 손님들이었다. 그런데 면세점 중국 여직원이 멍한 상태로 한국 노인 손에 한 다발 쥐고 있는 미국 달러를 보고 상념에 젖어있는 장면이 보였다.

면세품을 하나라도 더 팔아야 하는 여직원이 왜 정신줄 놓고 자기만의 상상에 들어가 있을까 생각해 보니 그럴 만도 하겠다 싶었다. 지금 돌이켜 보아도 시골 영감님이 손에 쥐고 있던 100달러 지폐는 최소 70장 정도로 보였고, 그 여직원은 한 푼도 안 쓰고 모아도 몇 년을 걸릴 액수에 기가 질렸을 것이다.

그 영감님은 목소리도 우렁차게 "누구네 것도 사고 서운하지 않게 다 사가라!~" 큰 소리로 말하시며 며느리로 보이는 젊은 여자한테 달러를 보이고 계셨다.

잠깐 이 대목에서 다른 장면이 떠오른다. 태국 방콕에 있는 국왕 패밀리가 운영하는 호텔에 회사승무원이 기거할 때 장면이다. 어느 나라나 호텔마다 면세품이나 그 나라 고급 특산공예품을 파는 상점이 호텔 로비 부근에 하나씩은 있었다. 명품 가방 같은 것을 이곳에서 사 가는 손님을 본 적이 없는데도 계속 가게가 운영되는 게 신기했었다.

그런데 하루는 일찍 비행 준비 마치고 로비에 내려와 호텔 체크아웃하고 가게 가까이 앉아 있었다. 그때 가게에 돈 있어 보이는 노인네와 젊은 여인이 물건을 살펴보고 있는 모습을 볼 수 있었다. 두 손님은 많은 가방들을 한쪽에 치워놓듯이 대책 없이 쌓아갔다.

그런데 뭐라 하면서 쌓아 둔 가방 더미를 가리키며 손짓하는데, 가게 여사장은 그때부터 쩔쩔매며 십여 개의 가방들을 포장하다가 계산하다가 정신없이 바쁘다.

저렇게 잡히는 대로 사 가는 부자가 있다는 걸 나는 실제로 보았다. 나는 항상 파리만 날리는 줄 알았던 호텔 가게가 그래서 계속 살아 있을 수 있다는 것을 그때 알았다.

하긴 우리나라도 한 달 월세만 5천만 원 이상 들어오는 건물주가 30만 명이나 된다는 소리를 들은 것 같다. 그런 사람들이 가끔 닥치는 대로 물건을 산다고 해서 재산이 줄어들겠나 싶다.

아내 대학 동창 중에서 사업으로 재산가가 된 친구분이 있었다. 부자가 되고 보니 뭐가 좋더냐? 아내가 물어보았단다. 여자친구가 잠깐 생각하더니 "무서운 게 없어지는 게 가장 큰 것 같아!" 하면서 무심한 표정을 짓더라고 했다. '무서운 게 없다?' 가만히 생각해 보니 자본주의가 철저한 현실에서 그럴 것 같기도 했다.

다시 본론으로 원위치하자면^^.

그때는 달러 현찰을 들고 다닐 때라 온 국민이 겁 없이 뭉칫돈 들고 다녔던 진풍경이 연출되었다. 금방 지나간 것 같은 30년 사이에 지금의 상해는 상전벽해 하여 어떤 면에서는 서울보다 씀씀이 단위가 크고 과시가 볼만해졌다. 그때 아시아나항공사에 같이 근무하던 홍콩계 기장이 다음 주에 북경으로 아파트 3채 구매하러 간다며 나에게 같이 투자할 생각 있느냐고 요령과 방법을 알려주었었다.

자기 돈 5만 달러 있으면 30만 달러짜리 아파트를 중국은행 융자로 살 수 있다고 했다. 그 돈이면 우리나라 강남 아파트도 가능할 때라 "너나 잘하세용~." 했는데 북경의 그 아파트들이 지금은 300만 달러라고 전해 들었다.

그런 식으로 세월을 뒤돌아가서 살 수 있으면 갑부 아닐 사람 있겠나 싶다가도 항상 깨어있지 않으면 알 수 없는 게 인생이라 지금은 적당히 포기하고 살고 있다.

근래 푸동공항은 밀려드는 항공기 대수로 인해 출발이 보통 한 시간씩 늦어지고 있다. 화나는 것은 중국 관제탑 근무자들이 자기 나라 국적항공사에는 노골적으로 우선권을 주었다.

한번은 눈에 띄게 차별하는 불평등을 참지 못하고 불만을 교신하는 에어프랑스 기장한테 중국 관제사는 대답도 하지 않았다. 순번 늦은 내가 출발할 때까지 그 프랑스 항공기에는 출발 허가도 주지 않는 것을 모든 항공기가 듣고 있었다. 그 같은 중국 관제사의 "찍소리 말고 기다려!~" 식의 고압적인 분위기에 희한하게도 모든 나라 조종사

조종사가 들려주는 비행 이야기

가 점점 중국에 순응해 갔었다.

그날은 미국서 자랐고 한국인 여자와 결혼한 화교계 부기장이 나와 함께 비행 중이었다. 관제소에 컨택 시 중국말로 허가를 받으라 하니까 쏼라쏼라 하였고, 저쪽에서도 쏼라쏼라 흥이 실린 목소리로 통화가 되는 것으로 보아 좋은 반응 같았다. 아니나 다를까 부기장은 고개만 까딱하며 의기양양하였고 나는 이심전심으로 남이야 늦든 말든 무슨 빽이라도 가진 듯이 좋아라 엔진 시동 걸고 빨리 인천으로 돌아올 수 있었다.

결국 나도 중국다움에 순응이 빨랐다. 아무튼 세월이 흘렀고, 멍해 있던 그 면세점 여직원은 지금쯤 상해 루쉰(옛 홍커우공원으로 윤봉길 의사 관련 있는) 공원에서 단체 태극권하며 세월의 무상함을 표현하고 있으려나? 가끔 생각해 본다.

퍼스트 클래스 엿보기

몸뻬 입은 아줌마가

기장이 뒤쪽 좌석에서 쉬는 동안 본의 아니게 퍼스트 클래스 승객을 살펴볼 때가 있다. 사회적으로 알려진 분들이 많고 이미지 손상 우려도 있는 점을 고려하며 글을 쓴다.

느낌과 사실의 본질을 훼손하지 않는 범위 내에서 짧은 콩트식으로 소개해 본다.

* 전단 임무를 마치고 기장이 쉬는 좌석으로 와보니 컴컴한 조명이었고 오랜만에 일등석 자리가 꽉 찬 만원이었다.

  암순응(어둠에 눈이 적응)이 어느 정도 되었을 때 보이는 승객들이 특이했다. 체격 좋은 중년여성들로 구성되어 있고, 논에서 김매다 왔나 싶을 정도로 까무잡잡한 피부색의 여자들이었다.

  한 여성만 자고 일어나 좌석 불빛 아래서 뜨개질하는지 꼼지락거리는 외모가 영락없는 건강한 선술집 주모였다.

하필이면 우리나라 농촌에서 흔히 볼 수 있는 몸뻬 바지를 입고 있는 게 틀림없었다. 농촌지역에서 우수 부녀회원으로 뽑혔다고 볼 수 없는 것이 그들은 서양 여성들이어서다.

퍼스트 클래스 티켓값을 떠올리며 그럴 리가 없을 텐데 할 때쯤, 앞좌석에 있던 여성이 깨어나 기지개를 켜면서 주모 닮은 여성과 이야기를 나눌 때에서야 나는 그들을 알아보았다.

그녀는 역사상 가장 성공한 여자골퍼로 알려진 '예니카 소렌스탐'(2001년 최초로 60타 벽을 깬 스웨덴 출신 선수)이었다.

그렇다면 주모 닮은 여성으로 보였던 사람은 '로라 데이비스(장타력 여자 골퍼로 남자 선수와 장타 시합하는 이벤트가 많았다.) 여사가 틀림 없었다. 외모만 보고서 쉽게 판단한 나의 선입견이 미안했다.

내가 운동 시합을 몇 번 참가해 본 경험으로 볼 때, 동네에서 개최하는 시합도 일등이 얼마나 어려운가를 알기에 지금 눈앞에 있는 선수들의 무게감을 알 수 있었다. 인천공항 근처에서 열리는 LPGA 시합을 위해서 가는 중이라고 했다. 지점장이 나에게 미리 귀띔을 주었으면 기장 방송 시 환영 '멘트'라도 해줄 수 있었는데 아쉬웠다.

운동선수들이라 식성도 좋을듯 싶었는데 의외로 취식을 자제하는 것 같았다. 그 여자 골프 선수들이 한국에서 체류하는 동안 건강하고 좋은 인상을 받고 돌아가길 바랐다.

골프는 상대를 굴복시켜야 이기는 것이 아니고, 나와의 싸움에서 승리가 있는 정직하고 품위 있는 운동이다. 그들끼리 많은 시합을 치렀지만, 서로에게 상처를 주지 않았기 때문인지 기내를 나가면서도 자매들처럼 설렘만 보였다.

내가 한참 골프에 미쳐있을 때는 프로 전향은 어렵더라도 'age shooter'(골프에서 라운드를 자신의 나이 또는 그 이하의 타수로 치는 사람)를 꿈꾸기도 했었다. 그런데 내가 산악자전거 사고로 그 꿈을 접었던 사정이 있다.

건강 관리만 잘하면 80세 되기 전에 이룰 수 있다고 목표를 야무지게 세웠었는데 어느 것 하나 내 맘대로 되는 게 있나 싶어진다.

여담으로 올림픽 여자 골프선수로 참가했던 영국 매튜 여사는 두 딸 엄마에 50 가까운 나이였었다. 그렇게 보면 세리 언니의 타고난 재능으로 봤을 때 그녀에게 에이지 슈터 정도는 가능할 텐데, 이제 또 다른 전설을 세우면 어떨까? 하고 상상해 보았다.

스포츠나 예술 같은 분야는 즐기면 '롱런'하지만, 목숨 걸듯 치열하면 단절과 단명이 확실해지는 게 모순으로 보인다. 우리는 이제 모든 면에서 즐기면서 살아도 될 텐데 사회 전체가 여전히 배고픈 것처럼 살고들 있다.

대회명 LG전자 박세리 월드 매치에 그때 기내에서 보았던 로라 데이비스, 로레나 오초아, 애니카 소렌스탐 등이 보인다.

두 사람 이야기

여기 두 사람 이야기를 언급하는 게 무척 조심스럽다. 그래도 인상적으로 기억되어 안타까운 심정으로 써 본다. 다만 몇 군데는 전혀 다른 대역으로 하되 본 성질은 나타내려고 한다.

* 임무 교대하고 일등석에 와보니 유일한 승객은 그 여인뿐이었다. 전부 소등한 채 어둠 속에서 미동도 없이 꼿꼿한 모습으로 앉아 있었다. 출발지에서부터 그 자세로 있었던 것으로 짐작되었다.

승무원 호출도 없었고 식음료 절차도 생략된 한결같은 자세로 freezing(얼어서 멈춘)만 있었다.

현재 우리나라가 역사 이래 가장 평화롭고 잘사는 시대라고 한다. 내가 알고 있는 그 여인은 이런 시대에서도 특별나게 모든 것을 가지고 또한 갖춘 스펙을 자랑할 만했다.

듣기로는 그녀가 모범 여고생이었고, 가족들도 chaos(혼돈)와 섞여 있는 위치에 있었지만, 각자가 균형 잡힌 의식 수준을 지키려고 애써 하는 게 보였다.

그 여인의 배경에는 군사문화와 소용돌이 역사를 탓할 수도 있고, 따져도 봐야 하는 복잡함이 얽혀 있었다. 그녀가 표면적으로는 다 가졌는데, 오늘은 무엇이 그녀를 미동 없이 일만 킬로 동안 생각만 하는 여인으로 만들었을까?

다 가진 것 같지만 가장 중요한 빠짐이 있을 것 같았다.

병역의무 없는 둘째 아들의 자청한 입대는 뭐라 해도 칭찬받을만했다. 기를 쓰고 좋은 것만 취하는 기득권들 행태를 비추어 볼 때 그녀의 아들은 쓰임새가 있을 것이다.

계산 없이 하는 행동은 없다 해도 더한 대가를 자청하면서 치루는 바른 자세 잡기는 박수받아야 한다. 들여다보면 어디에도 힘든 사연이 있고 다들 그렇게 사는 것 같다.

다만 아름답게 꾸며가며 각자의 종착지에 도착했으면 싶을 뿐이다. 그때 뉴욕에서 돌아오는 동안 왜 그녀가 그런 모습을 보였는지 뒤에 들리는 뉴스로 짐작이 갔다.

그분의 원래 이미지처럼 부디 아름다운 자태로 늙음도 가졌으면 싶은데 하늘의 나중 뜻을 어찌 알까?

* 그날은 우측석에 승객 한 분 계셨고, 좌측에 가족 세 명과 비서 역할 남자가 동행하는 특이한 구성원들이 있었다.

좌측 앞좌석은 매스컴을 통해 알려진 분과 비서역 남자가, 뒷좌석에 부인과 자제가 함께였다. 얼굴 알려진 남자는 정치인 직함이 있는 신분임에도 정상적인 활동은 힘들어 보였다.

얼굴 알려진 분이 기내식 하는 동안 비서역 도우미가 음식을 입에 넣어주고 입 주변을 닦아주는 모습을 보고 나는 놀랐다. 거의 식물인간 상태였는데 직함이 무슨 필요가 있었을까.

부인은 충격이 오래전에 지나갔는지 일상의 생활인 듯 무심했다. 거동이 불편한 그 손님의 아버지는 당신 때문에 아들이 받았던 고문이 괴로웠을 것이다. 그래서 아들에게 보상 차원으로 정치인 직함이라도 갖게 만든 조치가 아니었을까? 그래도 그런 식의 장면은 부자연스러워 보였다.

미국 공항에 도착했을 때 남자 도우미가 그 장애 정치인을 안아 일으켜 휠체어에 앉힌 후 밀고서 기내를 나갔다. 나는 그런 장면을 보면서 참 누구나 사는 게 힘들다는 생각이 들었다.

그 시절 겁에 질린 무방비 상태였을 피해자의 눈을 보면서 그들은 고문을 저질렀을 것이다. 그를 모질게 다루었던 그들은 영생할 줄 알았을까?

그때 같은 무대에서 각자 역할 했던 가해자와 피해자가 이제 와 벌써 저세상 사람들이 되었다.

하늘나라 한자리에 모여 "여보게. 그때 그렇게 악독해야 했었나?" 하며 가해자한테 눈을 감아서는 안 되는 벌로 마주 보며 참회의 만년 시간을 가져야 한다. 그리고 나서 사랑의 세계로 함께 들어가야 한다.

나는 보이는 사람마다 사연이 애절하게 보이는 것에 나도 알아채지 못한 죄까지 많을 것에 함부로 까불 수가 없었다.

자상하신 회장님!

　말하고자 하는 이분을 편의상 연예기획사 회장님이라 하자. 이 분은 혼자 계셨고 바로 앞 좌석에는 UM(unaccompanied minor: 보호자 없이 단독으로 항공기 탑승하는 어린이 승객을 말하며, 항공사들은 공항부터 목적지 공항 최종 보호자에게 무사히 인계될 수 있도록 전 여행 과정에 돌봄 서비스를 제공한다. 절차나 요금 등은 회사마다 차이가 있다.) 승객이 있었다.

　한참을 시간이 지나서 보니 전혀 어울릴 것 같지 않은 회장님과 10살쯤 소년이 옆자리에 같이 앉아서 대화 중이었다.

　알만한 분 손주로 파악이 되셨는지, 회장은 친손자에게 지혜를 가르치듯 애정이 담긴 인자한 목소리로 말을 했다. 소년은 미국 사립학교 다니는 것 같았고, 두 사람 사이에는 나이 차만 있을 뿐 부유층 식구들 모습으로 잘 어울렸다.

　어느덧 영국식 발음의 중요성을 일러주는 회장님은 진지하였고, 나와 관계도 없이 들려오는 소리에도 괜히 알아야 할 것 같았다.

　저분이 보통 아이들에게도 같은 애정으로 차이 없는 얘기를 하실까? 가지기에 불편한 의문 같은 것을 가지는 나는 자격지심 탓일까?

　물질적 재화보다 정신적, 지적 대상을 더욱 고귀한 것으로 과시하려는 유한계급이 자리 잡기 시작했음을 보여주는 것 같았다.

　나는 미국 영어도 아직 서툰데, 자기들은 영국식으로 말해야 계층을 구분한다는 뜻으로 들렸다.

이미 가진 재력 때문에 전적으로 밑에서 일하는 사람들의 노고로 생활하면서 오히려 그들을 업신여기는 또 다른 차원의 구분하기 자세가 아닐까 생각되었다.

서민이 보기에는, 넘치도록 가졌거나 훌륭한 독립운동가 후손들마저 생각과 가치가 많이 변한 것 같다. 그들이 서 있는 자리에는 앞서 애쓴 분들의 흔적이 있는데 그런 값진 유산을 물려받은 그들은 부러워 보이는 또 다른 계급사회로 진입하기 위해 앞뒤 가리지 않고 분주하다.

그들의 우왕좌왕 모습을 바라보는 남아 있던 자들의 흔들리지 말자는 다짐도 이제는 힘이 실리지 않는다.

멋과 품위가 있었던 선조들의 사례는 기억마저 희미해진다. 그리고 궤변이 난무하면서 각자의 계산만 있는 세상이 되었다.

끼리끼리 살아야

한때 행사나 대담 프로그램 MC(Master of ceremonies)로 활동했고, 드라마나 영화 주인공으로도 잘 나가던 여배우가 있었다.

결혼했다고 들었다.

오늘 좌측 편에 그 여배우의 시모와 시이모 아니면 시고모 같은 분 둘이 옆자리 하고 앉았다. 우측엔 예닐곱 살 조카들로 보이는 두 아이를 돌보고 있는 결혼했다는 그 여배우가 보였다.

조카들은 충전된 배터리처럼 쉬지 않고 움직이고 그 여배우는 쩔 쩔매는 보살핌으로 쉴 틈이 없어 보였다.

그 여배우는 살 빼기를 했는지 아니면 빠졌는지 야위어 보였다. 시 모 쪽 두 분이 한두 번쯤 애들을 거들만 한데 흘끔 쳐다본 적은 있어 도 당연한 것처럼 내버려 두었다.

저 여배우가 정성이 많은 여성이었던가 하면서도 힘들어 보여서 불안한 느낌이 들었다. 같은 출신들끼리 어울리는 것이 편할 것이고, 다 보여주고 난 뒤에도 태생을 따질 필요가 없다면 괜찮을 것이다.

이기적인 사람들로 구성된 계층은 언젠가는 손익 계산하는 날이 올 것이다. 그래서 부딪히며 사는 것도 끼리끼리여야만 어울리는 법 이다. 착각하다 보면 혼자만 다른 계층의 부류 속으로 뛰어 들어가 어울리기에 힘들어하는 경우를 많이 보았다.

이제까지 연예인과 재벌가 비슷한 조합이 제대로 유지되는 사례가 있던가? 나는 오늘도 사랑을 빼버린 셈법으로 보이는 것마다 예상해 버리는 버릇이 작동했다.

그만한 미모와 인기면 아쉬울 거 하나도 없을 듯한데, 인간은 본 능적으로 높이만 쳐다보는 것이 문제다.

찾는 파랑새와 일상에서 느낄 수 있는 실현 가능한 행복은 항상 우리 가까이 있다.

모든 인간이 분수에 맞게 제자리 정확히 찾아 채워졌다면, 변수나 사건들이 없는 퍽 재미없는 사회였을 것이다. 그래서 신은 우리에게 허영과 지나친 호기심을 주시고 어떻게 살아가는지 보고 계시는 것은 아닐까?

나는 "죽을 때로 가 보라, 그러면 답이 보인다!"를 여기에도 대입해 보았다.

여승무원,
19금 근처에서

만화 슈퍼소니코

잡담을 시작하며!

여기서 떠드는 Y담 이야기는 과거 어수선한 시절 있었던 사건이나 에피소드 내용
을 재미 삼아 주절주절하는 것이니, 너무 의미를 부여하여 전체를 오해하지 않기
를 바란다. 지금은 솔직하고 건전하며 당당한 젊은이들이 승무원 사회를 이끌어
가고 있음을 밝힌다.

쉿~ 조용, 누가 들을라

뭐 눈에는 뭐만 보인다고

육이오 때, 마산에 내려와 시민극장에서 다방을 운영하던 연극배우 김ㅇ원(가수 김ㅇㅇ 부친)씨로부터 다방을 인수하고, Pㅇㅇ(경호ㅇㅇ 형) 등 유지들과 마작과 화류계를 가까이하며 한량으로 평생을 사셨던 분이 있었다.

함안 갑부 이씨 집안에 태어난 사내마다 일찍이 죽어 나가자 마지막에 얻은 4대 독자 손주를 할머니가 금이야 옥이야 키웠고, 일제 강점기 군인으로 끌려가는 사태를 막으려, 고심 끝에 찾아낸 묘수가 일본 순사가 되는 시험을 보게 하는 것이었다. 당시 조선인 3명 합격자 중, 한 명이 그 한량이셨던 분이다.

이 한량분께서 조선인을 괴롭히는 데 관여할 수가 없어 형무소 간수로 지원하여 교도소 일만 하였다고 굳이 설명하는 게 나는 수상했

었다. 이렇게 과거의 이력이 있으셨던 분이, 당신의 고명딸과 결혼한 사위가 기장이 되자,

"간호원은 의사들 차지였고, 버스 여차장은 기사들 밥이었다는데, 여승무원은 기장들이…?"

사위에 대한 시샘인지, 따님 걱정하며 하신 소리인지, 분간이 안 되는 소리를 늘어놓았다고 한다. 뭐 눈에는 뭐만 보인다고, 그런 세계만 사셨던 장인어른은 끝까지 그런 편견을 가지고 사시다가 돌아가셨다.

한량이셨던 분 생각이 그 시절 승무원을 바라보는 일반 선입견이었다는 걸 설명하기 위해, 공연히 딴 세상에 계신 분 끌어들여 욕보여 드린다.

성희롱인 줄 모르고

일반대학 출신 조종사가 충원되면서 미혼 부기장들과 객실 남승무원이 여승무원을 상대로 결혼 스토리가 서로 얽히기 시작했다. 수컷의 암컷 차지 본능 비슷한 저변의 심리작용이 갈등으로 자주 표출된 것이다.

가족적인 분위기로 운항과 객실 승무원으로 지내 오다가 이런저런 여러 가지 이유로 서로 견제와 보고의 대상으로 변하면서, 어느 날부

턴가 기내 분위기는 적당히 데면데면 비행 문화로 바뀌고 말았다.

이렇게 비행 문화가 바뀐 데는 경영진의 노사 관리 차원에서 서로를 상호견제 세력으로 유도한 것도 원인이 되었다. 그러한 여러 가지가 복합적으로 작용하여 표면적으로는 결국 사무적인 인간관계로 변해버렸다고 추측할 수 있다.

이번의 에피소드는 회사 초창기 소수 인원으로 운항하던 시절의 과거 이야기이다.

합동 브리핑 시 잠시 여담을 나누다 정식 회의를 시작할 때, 승무원 교육을 마치고 첫 임무에 투입되는 여승무원이 있으면 사무장이 별도로 소개했다. 그때는 노래도 시켜보고, 사적 질문도 장난삼아 건네기도 했던 시절이었다.

비행 순항 중에 그 여승무원은 조종석에 들어와 짓궂은 몇 가지 신고 절차를 거쳐야, 비로소 같은 승무원 일원으로 통과했음을 선포하는 전통 비슷한 문화가 A사 초창기까지 잠시 있었다. 회사 초기에 기존 K 항공사에서 스카우트한 승무원이 이러한 문화까지 전수한 영향으로, 가벼운 농담과 터치 정도는 크게 개의치 않고 지내는 분위기였다.

그날, 부산 착륙 후 서울로 돌아가기 위해 지상조업이 진행되는 사이에 있었던 일이다. 나는 비행기 뒤쪽 갤러리에 흡연하기 위해 들렀다. 90년대 초반까지만 해도 비행 중에 기내에서 손님들이 담배를 피웠던 시기였고, 조종석은 몇 년 더 몰래 담배를 피우던 후진 문화가 있었다.

뒤쪽 갤러리는 통상 막내 승무원이 담당하는 곳이었다. 그날따라 솜털 뽀송뽀송한 발그레한 여승무원이 그곳을 담당하고 있었다. 너무 예뻐서 그만, 나는 그녀의 볼을 만지고 말았다. 갑자기 그녀는 온몸이 얼어붙은 소녀가 되었다. 눈동자마저 스톱이 되어 그녀는 한참이나 말도 움직임도 없었다.

그때야, 아차 싶었다. 나도 모르게 '이래서는 안 되지!'하는 생각이 번쩍 들었다. 아마 그때쯤이 성 인식과 자존감 있는 세대들로 교체되는 전환기였던 것 같았다. 나의 행동에 그녀가 더 놀랐겠지만, 나 역시 나의 행동에 놀라지 않을 수 없었다. 느닷없이 눈앞에서 새로운 시대를 알리는 팡파르를 듣는 것처럼, 그 순간 자체가 충격이었다.

거짓말처럼 며칠인지, 몇달인지 모를 사이에 새로운 개념의 남녀 문화가 자리 잡았고, 언제부터였는지 알아차리지 못한 사이에 성폭력 예방 교육이 의무화되고 자기검열이 생활화되기 시작했다. 대책 없는 상하관계였던 것이, 분명한 업무 관계로 바뀌면서, 새로운 세대가 등장하는 전환기 중간에서 잠시 어정쩡한 혼란스러움이 항공운송업계를 지배하던 시대였다.

이제는 남녀의 성 문제도 당당하고 건강해져서 자기 목소리를 분명하게 내지르면서 즐길 때는 즐길 줄 아는 신세대가 그저 부러울 뿐이다.

로컬 여승무원 'J'

　겨울철은 편서풍의 영향으로 뉴욕 출발 서울행은 비행시간이 여름보다 2시간 이상 길었다. 엔진 성능도 개량 전의 과거 B-747 탓으로 중간 기착지 앵커리지를 들러야 한다. 그리고 승무원은 전날 도착팀과 교대하고 그곳 호텔에서 하루를 지냈다.

　여객기는 승객 편의를 위해 도착 국가 로컬 여승무원도 채용해서 일부 기내 서비스에 투입했는데, 뉴욕 로컬 중에 'J'라는 여승무원이 있었다. 그녀는 당시 19세에 아시아나항공사에 입사한 유난히 섹시한 백인 아가씨였다.

　'수줍 모드'로 살던 우리 문화에 J는 눈에 띌 수밖에 없는 인물이었다. 비행 중에 어떻게 작업했는지 공항 청사에서 헤어질 때면 가끔 젊은 남자 승객을 한 명씩 달고 가는 거였다. J와 편조가 되면 으레 한 번은 순항 비행 중에 '띵~똥~'하고 인터폰으로 "captain, what can I get you?" 코맹맹이 통화를 하고 간식 쟁반을 들고 와서는 조종석 옵서버 자리에 앉는다.

　이미 J와 흡연 문화를 공유한 사이라 알아서 조종석 연기 배출 장치를 작동시켜 주면 천천히 끽연을 즐기고 갓 스무 살 여인의 향기를 풍기며 만족한 표시를 하고 나간다. 그런데 오늘 앵커리지 호텔 스테이 편조에 J가 있었다.

호텔 도착 후 잠시 잠자고 일어나, 겨울철은 낮에도 금방 어두워지는 탓에 극장이나 쇼핑할 만한 곳에 들렀다가 다음 편 비행 준비 모드로 승무원은 일찍 숙소에 들어간다. 그런데 뉴욕 출발 항공기가 엔진 결함으로 연결편이 언제 가능할지 모른다고 지점장한테서 직접 연락이 왔다. 사무장에게 상황을 설명하고 전체 객실 승무원들에게 전파해 줄 것을 지시한 다음에 조종사들에게는 개인별로 이 사실을 알렸다. 그러고는 어떻게 한겨울 알래스카 동토의 긴긴 시간을 또 보내야 할까 심란한 생각이 들었다.

연결편이 언제인지 확실하게 알 수 없으니, 겨울철에 가능한 여행 스케줄마저 잡을 수가 없었다. 쇼핑몰이나 코스트코 등을 다시 돌아다녀야지 별수 있겠냐며 귀에 들어오지도 않은 미국 코미디 프로나 보고 있었다.

앵커리지는 트레킹의 끝판왕 장소이다. 그리고 빙하나 국립공원 투어를 할 수 있고, 연어낚시 천국이기도 하다. 골프가 가능한 계절의 필드는 그린 색, 하늘은 하이 블루, 눈 쌓인 산봉우리는 하얗게 반사하는 중인데, 주변 숲과 나뭇잎은 노랑, 빨강, 초록이 어우러져서, 프로 골퍼로 전향할까 싶도록 공까지 기분 좋게 알아서 날아가 주는 곳이 바로 앵커리지이다.

여름에 이런 항공기 엔진 결함으로 연결편에 불상사가 생긴다면, 이것은 돈 주고 사고 싶은 행운이다. 그런데 하필이면 영하 40℃ 한겨울에 이런 행운이라니? 이런 겨울에 걸어 다니는 동물은 곰과 무스(사슴과), 그리고 인간은 한국 승무원뿐이라는 우스갯소리가 인용되는 곳이었다.

언제부터인지 택시를 불러 타고 다니던 객실 여승무원들이 "이제는 기장님들만 걸어 다녀요."하고 구분 당해서, 하느님도 가끔은 무심하시다고 원망할 즈음이었다.

'똑~ 똑~ 똑.' 노크 소리가 가볍게 들렸다.

스마트폰이 없던 시절 긴긴밤을 조종사들끼리 마작이나 하고, 고스톱이나 치던 시절이라서 지루함에 질린 또 한 사람의 조종사 중생이 찾아왔나 했다.

이런 밤에 감시 구멍 들여다볼 필요도 없어 문을 열고 보니, '이~크!' 문 앞에 J가 젖가슴 드러난 런닝의 속옷 차림에 청순한 모습으로 서 있는 것이 아닌가? 너무 놀라서 이것저것 질문 같지 않은 질문을 하고 있는데, 내가 항공기 기계 마음을 알 수가 있나?

객실장을 통해서 전달되었거나 확인했을 텐데, 직접 기장의 숙소를 방문해 노골적으로 존경을 표하고 싶다는 자세인지 그녀는 물러날 생각이 없어 보였다.

이율곡 선생은 기생이 찾아왔을 때,

문을 닫는 건 인정 없는 일,

함께 눕는 건 옳지 않은 일

그래서 밤새 고담준론했다 했는데, 한참을 문밖에서 추위에 떨면서 내용 없는 대화를 이어가는 처녀를 세워 두는 것도 동방예의지국 사람 에티켓에서 벗어나 보였다. 어쩔 수 없이 안으로 들어오게 했더니, 그때야 으스스 떨며 딸까닥 문을 닫고서 말없이 백치 같은 처녀로 몸을 가리고 서 있다.

한참 단학이라는 수련을 받았고, 마사지식으로 상대방에게 '기'를 넣어주는 법을 배웠는데, 사용했던 기억은 없는 듯하다. 다만 손바닥 장풍으로 모든 장면을 쓸어 담아 날려버린 것으로 하자.

들으면 속 타는 이야기

독자들이 기대하는 쇼킹한 스토리를 밝히는 데는 눈치도 보이고 한계가 있어, 다른 이들한테서 일어난 사건을 소개할 수밖에 없음을 이해하기 바란다^^.

부인과 딴 여자

여러 항공사가 체류하는 호텔인 경우는 승무원 전용 라운지를 외국 승무원과 같이 사용한다. 라운지에는 가벼운 음료수와 커피가 준비되어 있고, 여러 대의 컴퓨터와 TV가 있는데, 텔레비전은 별도 페이 없이 모든 채널을 볼 수 있어 가끔은 몰래 끼리끼리 포르노를 감상도 했었다.

잠자다 깨거나 컴퓨터 접속할 일이 있으면 시도 때도 없이 들락거리는 라운지에 허물없이 지내던 부기장 'H'가 들렀을 때는 새벽이었고, 거기엔 혼자서 TV를 시청하고 있는 이웃 나라 여승무원이 있었다. 건성으로 나누는 인사 정도로 소파에 앉았을 때는 그 여승무원이 보던 영화가 끝이 나고 광고가 시작되었다. H가 소파 앞 테이블에 놓인 리모컨으로 채널을 바꾸다 그만 포르노가 한창 진행 중이던 화면으로 이동되고 말았다. 그런데 그 부기장 왈, 얼른 채널을 바꾸기도 부자연스러워 딴청 피우며 앉아 있게 되었고, 이웃 나라 여승무원도 무심한 척 화면 응시를 피하지 않았다나?

말없이 시간이 흐르며 남녀 사이에 말의 유희 없이도 마음은 진행이 있었던지, 그쪽에서 먼저 H를 기장으로 알고서 결혼했느냐고 운을 떼더란다. 그러면서 부인이 있어 좋겠다는 도전적인 말을 걸어오더라는 거였다.

H도 수작 거는 선수가 아니지만, 동물적인 감각이 작동했던가? 한 단계 에스컬레이터 시켜야겠다는 생각으로 여승무원의 말을 받아친다는 게 그만 , "A Wife is one thing, a girl is another!"(집사람과 여자는 또 다른 것이란 뜻으로)라고 날리고 말았다. 콩글리시 엉터리 영어가 원초적 본능을 더 크게 건들면서 작업 끝에서나 할 뜻을 보여 버렸단다.

옆 나라 여승무원은 '휘~청' 쇼크를 받은 듯하더니 그의 도전을 받아들이고 잠시 숨 고르기를 하다가, 곧바로 자리 이동이 있었고, 그 후 진행 과정은 일사천리로 포르노 내용이 부럽지 않았단다.

그 부기장은 밤에 출발하는 비행인지라 점심을 위해, 로컬식당에서 기장과 만날 때까지 밤새 한바탕 꿈을 꾼 여운이 아쉬운지 시킨 음식 나오기 전에 다른 종류의 입맛을 쩍쩍 다시고 있었다.

"정신 차려! 오늘 인천 가는 편 비행은 너가 다 해." 나는 말했지만, 공연히 내 것 뺏기는 기분이랄까, 부럽기만 하였다.

돌아오는 비행 중에 졸리고 무료한 순항 시간이 지루해지자, 부기장은 지난밤 사건을 슬며시 꺼내 들어 못내 여운이 남았음을 나타냈고, 나는 무심한 척 들었지만, 좋았을 장면에 상상으로만 들어갔다.

그가 말하길, 자기 부인은 웬만한 가정에서 평범하게 성장하고 기복 없이 살아서인지 썸 타는 것과 같은 생활에 자극이 없고 무심하다는 거였다. 한번은 동기생 집에 놀러 갔는데, 자기 부인과 달리 동기생 부인의 음식 솜씨가 좋아서,

"그 집 와이프는 음식을 참 잘하는 것 같아?"

하고 별생각 없이 말했단다. 그랬더니 평소에도 요리 솜씨가 없음을 스스로 탓하던 자기 부인 표정이 변화를 멈추더니, 잠시 후에 '으앙~' 울어 버리더라는 것이다.

이웃 나라 그 여승무원은 어떻게 알았는지 포르노 장면이 연기만 하는 게 아니라는 걸 보여 주었던 밤이었는데, 숙맥 같은 와이프와

애까지 낳았건만, 부인은 전혀 그런 쪽에 노력이 없다고 아쉬워했다.

"야, 이 사람아. 정신 차려! 순수한 와이프한테 고맙다고 해야지. 큰일 낼 사람이네 그려."

나의 무의미한 핀잔은 자극도 없이 허공에 날아가 버린다.

여자가 색을 밝히는 게 흉 같다는 생각이 정상일까? 사는 맛 중에 그 맛 없이 사는 것도 불만일 수 있겠다 싶었다. 이왕이면 자기 부인이 요조숙녀이기를 바라면서도, 밤이 되면 잠시 색녀도 되는 이율배반을 바라는 심리는 무엇인가?

남의 성공담이나 들으며 대리만족을 느끼는 뒷방으로 물러난 신세지만, 그래도 기회가 온다면, 나도 다음 기회에 부러 실수한 척 포르노 채널을 틀어봐야겠다. 부질없는 생각일까?

에피소드 성적인 외모 변화

동물은 2차 성징이 수컷만 있다. 인간만이 암컷도 유방, 털 등의 2차 성징이 뚜렷함을 보여주어 강간 등의 위험이 상존한다.

동물같이 발정기가 정해져 있으면 수컷(남자)들이 그때만 먹을 것과 아부할 것에 인간은 항상 성징으로 위장한다. 그렇게 수컷을 끌어들여 양육 책임을 분담하고 조력자로 묶어놓고 이용한다.

쓰담쓰담 못 잊어

'시대가 너무 빨리 변했구나!'하고 새삼 느끼게 했던 나라가 있다. 끝에 '탄'자가 붙은 나라의 이야기다.

소련 연방이 해체되어 국가 이름 끝에 '탄'이라는 독립국이 많이 생겼고, 생활필수품의 부족으로 가지고 간 청바지나 화장품 등 인기가 현지인의 한 달 월급도 가능했던 시절의 이야기다.

발레나 오케스트라 같은 문화 예술이 발달하여 그쪽에서 활동하는 최고 수준의 전문가들도 많았다. 그런데 경제마저 무너지고 연금을 기대하고 살아온 과학자나 교수들이 생활고에 시달리다가 급기야 잡다한 물건을 파는 시장에까지 나서게 되었을 정도였다.

그런 현상일 때, 정상급 교수한테 두 딸을 홈스테이시키면서 부담가지 않은 실비로 현악기 레슨도 받고, 고급 예술 문화도 러시아 가정에서 오롯이 체험하는 혜택을 보고 있는 후배 조종사도 있었다.

여행도 무조건 갈 수 있는 곳이 아니라, 그때는 초청받아야 가능했는데, 그만큼 모든 게 뒤떨어진, 달리 말하면 순수한 사회였다. 그런 만큼 여자들도 때 묻지 않은 곳이라 짐작하여, 노다지 땅을 찾던 관심종자들에겐 특별한 탐험 지역으로 주목받고 있었다. 그런 신천지를 찾아 개척정신들이 발동했던 시절에 그곳을 다녀온 후배 조종사가 자신의 경험담을 늘어놓았다.

마침 과자 이름을 닮은 도시에 화물기만 들락거리는 곳이라 회사 정비사만 파견 중이었던 공항이었다. 노다지 광맥에 관심 있던 후배 기장은 어떤 공작을 폈는지, 그 사이에 초청장을 받아 들고 지질 조사차 선발대가 되어 탐험에 나섰단다.

이 세상은 곳곳에 숨은 무림 고수들이 있음을 실감하도록 그 짧은 기간에 노다지 광산과 탐험가를 연결해 주는 상품 라인이 막 '셋업'되어 있더라나.

그의 이야기를 옮겨 보면 이렇다. 꽉 막힌 공산국가였다가 문호를 개방한 탓인지 절차와 관습이 소용돌이치는 도중이라 될 듯 말 듯 모든 게 호기심을 가질 만했다. 광산업자와 연결되어 짐작해 보는 처녀지는 투자할 가치가 충분하여 과감히 계약하고 호텔에 체크인하였는데, 자기 이름으로 룸 하나, 현지인 명으로 룸 하나가 따로 예약되어 있더란다.

현지인이 여자인 경우는 외국인과 접촉을 엄하게 통제하였기 때문인데, 변칙 적응에 능한 한국인 사업가에게 불가능은 없었다. 이런 불편한 절차를 감수하고 호텔 룸에서 소개받는 '원석'은 보물덩어리가 따로 없었단다.

국립대학 다니는 여학생이었고 꼭 닮은 바비 인형이라 만지기조차 떨렸다고 첫인상을 Exaggerate(과장)하였다. 이미 한물갔다고 포기했던 원초적 본능도, 첫 경험 때의 설렘까지도 백업되어 여러 번 꿈을 꾸지 않았을까?

불타는 시간이 길었던지 어쩔 수 없는 '번 아웃'(기력 고갈)을 보이고 말았다. 주인님이 지쳐 보이자 어쩔 줄 모르고 안절부절못하던 바비 인형이 떠듬떠듬 영어로 말까지 하더란다.

"목욕하시면 어떻습니까?"

그렇게 조심스레 의중 파악을 하더니 여러 호텔 룸끼리 교차로 사용하는 목욕실 준비를 하더란다. 먼저 사용하게 하고 광부는 뒤에 들어갔다가 나와보니 방금까지 있었던 바비 인형이 보이지 않더라는 것이다. 그럴 리가 하며 두리번거리니, 하얀 침대 시트 위에 까만 구슬로 보이는 두 개의 눈동자를 가진 백인 처녀를 찾았고, 너무 사랑스러운 나머지 침대 벽에 양반다리 앉은 자세로 마주 안아 꺼안고 한참을 쓰담쓰담했다는 것이었다. 그리고 그것이 너무나 좋았다나?

칼라풀 이목구비에다 들어가고 나온 조각품은 인간이 빛을 수조차 없을 정도로 아름답게 느꼈고, 살짝 치켜 올라간 그것은(?) 지금 생각해도 아찔하다 하며 잠시 멍한 표정을 지었다.

서울의 일상 생활터로 돌아와 보니 잠깐 보석을 즐기던 감정과 달리, 일상의 주변 여인들은 달리 보여서 체념하는 심정으로 눈만 높아진 것에 적응하는 데 한동안 고생했다 한다.

광산업자에게 지불한 액수는 3등분으로 호텔 방 2개 값, 광산업자, 그리고 처녀에게 몫이 배당되고, 처녀는 몇 번을 더 동원되어 학비에 보탰단다. 극구 사양하는 처녀에게 별도로 돈을 챙겨 주면서 기다려 보라고 여운만 남기고, 춘향이 두고 한양 가는 이 도령 심정으로 애잔하게 돌아왔다나.

개척자 후일담을 몇 명이 숨소리 잠잠하며 듣고만 있었던 건 필시 각자의 도전기를 상상했던 것이 아니었을까?

더 늦기 전에 그런 일탈을 꿈꾸기는 했건만, 별 볼 일 없는 바쁜 스케줄 생활에 휩쓸려 세월이 가버렸고, 그사이 몰려드는 노다지 찾는 개척자들로 그곳 환경도 많이 변해버렸을 것이리라.

이제는 상상으로 흘러간 좋았던 시절을 돌이켜 보는 에피소드 중 하나일 뿐이다.

아랫도리 자를 놈 찾아라

이번 이야기는 법적인 문제가 될 수도 있으니 픽션이라고 먼저 밝히고 전한다. 여러 나라 승무원이 묵는 문제의 호텔 라운지 중앙의 오픈형 지하에는 젊은이들이 좋아할 만한 카페와 호프 광장이 있다.

저녁에는 각 나라에서 비행 온 승무원이 끼리끼리 자리 잡고 즐기는 분위기로 우리는 벌써 거슬리는 세대로 보일까 봐 알아서 출입을 자제하는 곳이었다.

그들은 날아가는 새만 봐도 웃는다는 풋 세대를 막 벗어난 주체할 수 없는 호기심과 에너지 넘치는 젊은이들이었다. 그래서 국적과 소속에 관계없이 금방 섞이고 거리낌 없이 분위기를 공유하는 그들은 생으로 날것들 같았다.

그런 젊은이들이 뒤풀이는 어떻게 하는지 궁금하지도 않은 나이가 되고 보니, 내 한참 때 저런 문화가 있었으면 얼마나 좋았을까? 그러면 내 인생이 온전했을까?

여우가 못 따먹는 포도를 보고 저건 'Sour!'(시다) 했던 이솝우화 한 꼭지 핑계 대듯 다행으로 여기며, 포기에서 오는 위로가 교차했다.

그 문제가 터진 날은 호텔 스테이 시간을 보내고 저녁 출발 비행에 맞추어 한 사람씩 브리핑 장소에 모습을 보이기 시작하던 때였다. 이런저런 짧은 소식을 교환하는 사이에 간단한 브리핑을 시작했고, 미처 나타나지 않는 한 사람 승무원을 사무장이 벼르고 기다렸다. 어젯밤 호프 광장에서 함께 있었던 여승무원이 룸에 전화해도 오는 건지 안 오는 건지 소식이 없어, 결국 걸어올 동선을 따라 룸까지 가 보고서야 사태가 벌어진 것을 알게 되었다.

간단한 사무적인 진술은 다음과 같다.
- 호프 광장에서 ○○항공 남승무원과 우리 여승무원 둘이 합석하고 놀았다.
- 여승무원 한 사람은 먼저 일어나고 사태의 여승무원은 남았다.
- 피해자 여승무원은 '뽕' 같은 정체불명 약에 취해 있었고, 신체에는 가해자의 흔적을 남겼다.

첫 번째 사태를 직면했을 때, 퍼뜩 든 생각은 '그놈을 찾아내 ㅇㅇ을 짤라내자!' 같은 분노가 치밀었다. 소중한 우리나라 딸을 욕보였다는 것도 문제였지만, 비행 임무 펑크와 한 처녀의 일생을 망쳐버릴 것이 뻔한 후유증은 안중에도 없는 버러지 같은 놈으로 보였기 때문이다.

같은 승무원 생활을 하는 놈이 한 사람을 파멸시키고도 인간으로 살 자격이 없어 보였고, 마음 같아선 비행편 운항이나 해당 국가의 절차들도 관계없이 뒤집어 놓고 싶었다. 그러나 현실을 냉정하게 받아들여야 했다. 피해 여승무원의 신상을 우선 보호할 필요가 있었던 것이다. 그런 연후 회사 내 법적 전문가들의 역할에 기대할 수밖에 없었다.

그래서 지점장을 통해 자초지종을 알리고 곧바로 승객 운송을 위해 본연의 임무로 전환했다. 돌아오는 비행 내내 분한 마음과 딸 가진 부모 입장이 연결되면서 도움도 안 되는 이런저런 잡생각만 했던 사건이었다.

뒤에 전해 들은 회사의 후속 조치는 영 못마땅했다. 피해자와 회사 이미지에 초점이 맞추어져 쉬쉬하고 소리소문없이 해당 여승무원만 사표 수리를 한 것으로 마무리했다는 것이었다. 과연 그런 식의 해결 방법밖에 없는 것인가? 내 가족, 같은 회사 동료, 우리 국민을 위해서 이제는 떼를 써서라도 자존감을 지켜주면 좋을 텐데 말이다.

우리는 너무도 오랫동안 약자 코스프레만 하고, 스스로 자책하며 살아온 탓은 아닌지, 우리나라 역사까지 들먹이며 원망해 보았었다. 그놈은 여전히 살아 있겠지?

그 뒤로 그 항공사 승무원들이 지나칠 때마다 그들 속에 아랫도리 자를 놈 없나 쳐다보는 버릇만 생겼었다.

성을 빼앗길 때

인간은 다른 놈에게 성(암컷)을 빼앗길 때 가장 큰 분노를 느낀다. 같은 또래의 여성들을 늙은 정치인이나 독재자가 독점할 때 분노가 극대화한다.

그래서 존경의 역전이 일어났던 가까운 사건들이 있었다.

같은 동네면 감시가 어려워 신부를 멀리서 구하는 것도, 일종의 수컷들의 전략인 셈이다.

바그너 오페라 중에서 "너를 찌른 창만이 너를 치유할 수 있다."라는 구절이 있다. 즉 복수를 '눈에는 눈' 같은 방법으로 해야만 치유가 된다는 것이다. 예를 들어 성폭행 아버지를 칼로 난도질한 사건에서 보듯 복수는 죄가 되나 트라우마는 치유된다.

그러나 복수와 같은 부정적 방식에서 벗어나 마음을 좀 건강한 다른 문화로 승화하지 못하면 스스로 존재감 상실하거나 대신 자신을 파괴한다.

레오나르도 다빈치처럼 그림, 과학, 조각, 음악 등으로 승화하거나 공격 본능을 스포츠 등으로 달래는 것도 좋은 방법이다.

똑소리 나는 'K'

A 항공사가 초창기는 가족적인 분위기로 승무원을 아껴 주던 시절이 있었다. 명절이나 연말에 해외에 체류 중인 승무원을 잊지 않고, 단체 회식 자리를 마련하고 지점장을 통해 선물까지 챙겨 주었었다.

조종사 노조 등의 분쟁과 직원들의 잦은 부정들이 쌓이고, 방만해진 경영 환경들로 이전의 가족적인 분위기는 끝내 메마른 자본주의로 매몰되었다. 다음은 그 이전의 에피소드 중 하나이다.

그날은 샌프란시스코에 도착한 추석 한가위 저녁 회식을 지점장 주관으로 재팬타운 소재 한국식당에서 가졌다.

전원 호텔 셔틀버스로 식당 홀에 도착했는데, 자리 잡기가 애매했다. 그날 누가 뭐래도 우리의 대장은 최고참 여사무장 'K'였다. 그녀는 체격도 좋은 데다 평소 시원시원한 화법으로 근무하면서 거침이 없는 모습이었고, 후배 승무원들도 인정하고 따르는 두목 같은 존재의 사무장이었다.

"○○는 아빠 옆에, ○○는 젊은 오빠 옆에…"

그런 사무장이 회식 자리를 배치하는데, 기장님부터 군말 없이 명령에 복종하듯 따르면서도 기분은 묘하게 좋았다.

기장님은 이쁜 딸 가진 아빠가 되어 좋고, 부기장이었던 나는 아직 젊은 오빠로 가능성이 연장되어 다음에 벌어질 기대에 설레었다. 식후엔 자체 노래 장비가 설비된 룸에서 춤과 노래로 여흥이 있었고, 흐트러짐 없이 그저 남녀노소 단어에 충실하며 마치 학예회 여흥 발표하는 것 같은 장면이었다.

어느 정도 소화도 되었을 즈음, 여흥의 끝이 어떻게 변할지 모를 시점에 다다르자, 여두목 K는 적절하게,

"아빠, 내일 애들과 소살리또(금문교 근처) 여행 준비로 쇼핑몰에 가서 장 좀 봐야 해!"

하고 깔끔하게 마무리하니, 우리에겐 엄하셨던 기장님이 진짜 아빠가 된 듯 손에 잡히는 대로 돈지갑에서 달러를 꺼내셨다. 렌터카 비용과 점심 식사비를 뿌린 것이다. 기장님은, "운전 조심하고!"라며 멋지게 보이시려고 기분을 내셨는데, 진짜 멋져 보였다.

그때 이미 나이 찬 미혼 여두목 K 사무장은 카리스마 휘날리며 회사 임원들에게도 거침이 없더니, 어느 날 갑자기 결혼했다고 소문이 났다. 그러더니 객실 승무원 사회에서 그녀의 모습을 다시 볼 수 없었다.

그녀에 대한 인상이 깊었던 터라, 몇 년 후에 승무원 합동 브리핑

시 K의 전설을 인용하던 중, 마침 K와 동기였던 승무원이 그녀 집에 들렀다 왔다는 최신 소식을 전해왔다. 그녀의 남편은 개인병원 의사고, 그동안 아들을 둘이나 낳았으며, 시댁 어른들의 사랑을 듬뿍 받고, 남편 또한 그런 애처가가 없다는 소식이었다. 야무지고 너무 똑소리 나서 나는 겁이 나던데, 그녀는 사랑받는 경영도 확실하게 하는 여성이었구나 싶었다.

나이가 들면서 애매모호하게 나약한 여성보다, K같이 주관 있는 여성들이 실력도 있고, 생각도 건강하다는 생각이 들게 했던 여승무원이었다.

'순진무구가 유혹에 약하고 빨리 동화되는 면이 있다.'는 것은 '면역력과 생존력이 떨어진다.'는 뜻도 되겠다.

여자가 너무 예뻐도 팔자가?

아시아나항공 초창기 승무원들은 우수한 재원에 미모도 영화 배우급으로 아름다운 승무원이 많았다.

대부분의 유럽 항공사 승무원처럼 기내 서비스 업무에 최적화된 튼튼한 모습의 외모가 정상이라는 의견도 많았지만, 아시아나 승무원은 마치 미인대회에서 모두 선발한 것처럼 예쁘기까지 하였다. 그것도 항공사 자산이라고 공공연히 뿌듯해하던 경영진들이 있었던 시절이다.

미인이라고 느끼는 기준이 시대와 취향에 따라 다르겠지만, 말하고 자 하는 그 여승무원은 청순하면서도 지적으로 보여서 참으로 예뻐 보였다. 인원수가 적었던 시절이라 함께 비행하는 기회가 자주 있었고 어느 정도의 개인 소식이 쉽게 알려지던 시기였다.

나는 그 처자와 비행 편조가 되면 꽃 보는듯한 느낌 같아 좋아하면서도 또한 주책스러운 감정이 들까 봐 스스로 경계했다.

얼마 지나지 않아 동종업계 항공사 선남과 결혼했다고 알려졌고, 그 뒤로 아기도 태어났다고 들었다. 또 잊을 만할 때 VIP실로 선발되어 근무 중이라는 소식도 있었다.

승무원 조직은 한참 전성기 청춘남녀가 모여 있으니 얽히고설키며 이어지는 소문도 많았고 대체로 싱싱한 세대들의 스토리들이 심심치 않게 들렸다.

세월이 흘러 공항 청사에서 몇 년 만에 얼굴 알아본 그 동종업계 선남의 얼굴이 상해 보였다. 그 뒤로 귓등으로 들려오는 선남선녀 가정에 대한 풍문이 'sad movie' 시나리오로 변했다는 내용이 전해졌다.

누군가가 그동안 미모 차이에서 오는 시샘이었는지 그 부부에 관한 슬픈 스토리를 즐겁다는 듯 설명하는 열정을 보였다. 우리처럼 나이 든 꼰대들은 '미인박명'이란 말을 벗어나지 못한 현상을 생각 없이 들었다. 이야기를 꺼냈으니 줄거리는 이렇다.

어떤 기혼자 신분의 전문의가 의학회 참석차 해외 출장을 나가면서 출국장 탑승 항공사 VIP실에 들렀다. 전문의는 VIP실에 있는 그 아름다운 여인을 보는 순간 아름다움에 마쳐 주사 맞은 듯 정신줄을 한 번에 내려놓았다 한다.

그 닥터는 첫눈에 반한 사랑 때문에 당일치기 일본 왕복 티켓이라도 끊어서 그녀의 얼굴 보기를 자주 하며 선물 공세와 정성을 다했다. 그리고 마치 사랑 때문에 왕좌를 버린 어느 영국 왕처럼 최선을 다했다 한다.

남자가 본래의 가정을 포기하고 오직 사랑만 선택했다는 데 멋으로라도 보여서 다행이었다. 사랑 그 자체는 아름다운 것인데, 영화 같은 사랑은 비극을 품고 있는 것이 본질 아닌가.

그 지적으로 보였던 여인은 또 다른 갈비뼈 빈자리 맞춰보고 싶었는지 아이까지 데리고 날아가 버렸다. 다시 허전한 갈비뼈 빈자리 쳐다보고 살아야 하는 그 선남은 반쪽의 얼굴로 퀭한 모습이다.

애인이 아닌 평생 반려자로 뛰어난 미인과 함께 사는 것은 대가를 치러야 하는 노고를 동반하도록 신은 설계하셨나 보다.

한번은 함께 비행하면서 비슷한 대가를 치르고 있는 어떤 부기장 걱정을 들었다. 그 부기장 부인이 회사 승무원 출신이었다 해서 사진을 볼 수 있었는데, 내 기억에는 없는 여인이었다. 요즘 신세대는 생각도 특이해서 아름다운 부인의 자태를 영원히 지켜주고 싶어서 아기도 낳을 생각이 없단다.

색시가 직장 생활로 고생할 것을 배려하여 집에서 쉬도록 했는데, 젊은 색시가 집에만 있을 수도 없는 노릇이라 스포츠 센터를 다니도록 했단다.

부기장이 쉬는 날 함께 스포츠 센터에 가 보면 색시를 훔쳐보는 수컷들의 눈초리가 한둘이 아니라서, 주인 감시가 항상 없을 때를 생각하니 불안하단다. 스포츠 강사 한 놈이 유달리 자기 색시에게 관심이 많은 것이 신경 쓰인다며 부기장은 오늘 비행하는 순간에도 걱정하는 눈빛이 역력하다.

"이 사람아, 그렇게 걱정되면 아기 셋은 색시 옆구리에 달아주어야 못 날아간다는 선녀 이야기가 있지 않은가?"라며 조언이랍시고 하는 나의 평화로움은 재미가 없기는 하다.

그러고 보니 얼핏 떠오른 또 다른 부기장의 웃음 나는 다른 이야기도 있다.

그 부기장 이야기는 나를 맥없이 웃음나게 하는 여운이 남는다. 그 부기장은 내가 보기에도 가는 눈꼬리에 몸은 왜소하여 춥게 느껴지는 외모였지만 마음은 착하기만 하였다.

하루는 그 부기장 부인이 미장원에서 잡담을 나누던 중 자기 신랑 이야기를 하면서 다 좋은데 우리 남편이 못생겨서 좀 그래 했단다. 그러자 미장원 여자가 대뜸 "그런 거 보면 하느님은 공평해용~." 해서 어~ 그 정도는 아닌데 했다 한다. 그 당사자 부기장은 자존심 상하지도 않는지 미장원에서 있었던 이야기를 나에게 있는 그대로 비행 중에 말했다.

나도 상대를 전혀 무시할 생각은 없었지만, 그저 부기장을 쳐다보며 하하~하!~ 한참을 웃고 말았다.

　이제 이 주제의 마무리를 해야겠다.

　'각자의 지난 인연과 남겨진 흔적은 끊으려 해도 끊을 수는 없을 텐데' 하면서 사랑이 식었을 때의 현실을 미리 걱정해 보았다. 남의 아픔을 주절주절 짐작하여 아는 척하는 것도 칠칠찮은 짓이라 나머지는 생략한다.

　다만 아름다운 것도 세월과 여러 형태로 끝맺음 과정을 벗어날 수 없을 것에 아쉬운 여운으로 추측될 뿐이다.

　그 선남선녀가 오래오래 아름답게 사는 모습으로 남았으면 보기에도 좋았을 걸 하는 아쉬움이 있었다.

나에게
조종사란 직업은?

이 장에서 이야기는 서열과 계급문화가 지배하던 조종사 시절의 스토리이다. 90년대를 거치면서 소득 증가와 더불어 점차 서로의 인격을 존중하고 배려하는 문화가 자리 잡기 시작했다.

지금은 차별에 대한 경계와 인격 보호에 대한 인식 변화로 좋은 한국 사회가 되어가고 있다.

무지한 시절의 일부 모습들이 어떤 면에서 흥미 있을 것 같아 있었던 그대로 드러내 본다. 그리고 조종사 지망생일 경우 진로를 선택할 때 참조할 만한 내용이 있을 것으로 짐작된다.

좋았던 것 중에는 기대하지 않았던 장점들이 많았다는 것을 나중에야 알게 되었다. 특히 퇴직하고 세월이 흐를수록 추억을 먹고 사는 나이가 되면서 그 같은 가치가 진가를 발휘하였다. 일반인들이 경험할 수 없는 전혀 다른 환경에서 있었던 사건 같은 것을 예로 몇 가지 소개한다.

힘들었던 것들

체질에 맞지 않아 고생

나는 모든 면에서 규칙적으로 생활해야 맞는 체질이었다. 어제 새벽 2시에 잠에서 깨어났다면, 잠든 시간에 관계 없이 오늘도 2시면 눈이 떠졌다. 시차에 뒤죽박죽 신체리듬이 얽히면서 숙면을 할 수 없게 되자, 찾아낸 해결책이 어느 나라를 가더라도 한국 시간을 기준으로 맞추어 생활하기로 했다.

어쩔 수 없이 잠이 부족한 상태로 비행하는 경우는 나중에 한국 시간으로 밤이 되면 어느 정도 채울 수 있었다.

내가 좋아하는 음악과 춤에는 빠질 수 없는 것이 술인데, 알코올 분해가 안 되는 체질이라 억지로 마셔야 하는 음주는 고통이었다.

그 외에도 우유나 카페인에 민감한 것 등 나의 까다로움에 내가 싫었던 적이 많았다.

사 례 92년도 부기장 시절, B-747 기종은 5박6일 비행 스케줄이 보통이었다. 해외 체류하는 동안 조종사들은 함께 시간을 보내는 문화였다.

그날은 도박을 좋아하시는 기장과 편조가 되어 뉴욕 호텔 방에 모여 고스톱 치며 이틀 밤을 지냈었다. 낮에는 식사나 쇼핑으로 잠시 돌아다니다가 밤에는 어김없이 화투를 쳐야 하니 너무 피곤해졌다.

셋이 고스톱 치는 동안 4명 중 한 사람은 그사이에 쪽잠을 자다가도 다음 화투패를 돌리면 벌떡 일어나 합류하곤 했다.

나는 남들처럼 쪽잠마저 들지 못해 지쳐갔다. 중간 기착지 앵커리지 호텔에서 또다시 기장의 소집이 있었다.

몸 상태가 견딜 수가 없자 용기를 내어 오늘은 좀 쉬었으면 합니다 했더니,

"젊은 사람이 왜 그래!~" 하는 일갈에 그만 한숨을 못 자고 다시 화투판에서 지내다가 김포공항에 도착했던 악몽 같은 고생이 있었다.

그분들은 머리만 대면 쉽게 잠들어 피로가 쌓이지 않았고, 비행 갔다 올 때마다 몸무게가 2kg씩 늘었다고 푸념할 때, 나는 피골이 상접하여 골골대는 자신의 모습에 무척 절망했었다.

예민한 성격은 승무원 적성에 맞지 않았다.

과거에는 조종석에 기장과 부기장, 항공기관사, 항법사, 통신사 포함 5명이 협조하며 운항하였다. 엔진 성능이 개선되어 기관사 없이 비행하게 되었고, 자동 비행장치, 인공위성의 발달과 항법 시설물 보강 등으로 항법사뿐만 아니라 통신사 역할도 조종사가 할 수 있게 되었다.

조종사 둘이 모든 역할을 전담할 수 있도록 비행 환경이 변했다는 뜻은 조종사가 줄어든 인원들이 했던 임무를 겸하면서 오는 부담이 커졌다는 의미다.

만약 돌발 사태로 한꺼번에 각 전문 분야의 문제가 겹칠 때는 정확한 조치와 순발력이 유난히 요구되어 실수가 용납되지 않는다는 점에 스트레스가 있었다.

거기다가 좁은 조종석 공간에서 두 사람이 부딪히며 지내는 분위기는 인간관계에 따라 천당도 되고 지옥도 될 수 있었다.

절대적인 '을'의 위치에서 임무 하는 부기장의 애로가 클 수밖에 없었고, 배려 문화가 없던 시절에는 감내하기 힘든 수모도 받았었다.

사례 오늘은 고약한 기장으로 부기장들의 명단에 있던 G 기장과 김포 출발-부산-김포-제주-김포 비행으로 스케줄이 잡혔다. 나는 잠을 설치다가 새벽에 출근하면서 보니, 버스정류장에는 이미 근로자들이 많이 보였다. 그날따라 그들이 힘든 삶을 사는 모습으로 보였다.

오늘 비행은 네 번을 이륙하고 착륙을 반복하는 비행이다.

계속해서 연결 비행이 진행되는 과정마다 다음 편 비행 자료를 검토하고 컴퓨터에 입력하는 절차로 서투른 부기장한테는 시간이 빠듯하다. 부기장은 그런 바쁜 와중에도 아침과 점심 식사를 기내 의자에서 120초 만에 해결하는 식이다.

그래서 착륙 후 김해공항 주기장으로 가는 중에 몇 초를 아끼려는 조바심이 생겼다. 그래서 항공기가 이동 중에 해서는 안 되는, 다음 편 자료 몇 개를 컴퓨터에 입력하려다가 G로부터 지적을 당했다.

승객 하기와 다음 편 비행 준비해야 하는 시간을 기장으로부터 지적받는 데 보내고 있었다. "기장님, 식사하셔야 합니다!" 승무원 재촉에 "너 식사 할 거야?"하고 기장이 물어왔지만 이제 비행 준비를 해도 다음 편 비행 준비가 늦었는데 어쩌란 말인가?

"저는 안 먹겠습니다!" 하니 G 기장 당신만 식사하였다. 그 뒤로도 같은 내용으로 비행 내내 지적을 반복하며 제주공항 점심때까지 연속이었다.

"기장이 이야기하면 들어!" 해서 비행 준비를 할 수가 없었고 당신 혼자만 또 점심을 먹었다.

비행을 마치고 회사 도착 후 디-브리핑실에서 G 기장의 착륙 단계에서의 고려 사항을 주변 사람들도 들을 수 있게 장황하게 강의하셨다.

당신과 좁은 조종실에서 하루 종일 굶고 시달린 약자에게 보인 처사는 훗날 아무리 생각해도 이해가 되지 않았다.

"우리 때는 얼마나 힘들게 부기장 생활했는지 알아!" 하며 마치 앙갚음을 하려는 듯 보였다.

시집살이한 며느리가 늙어서는 더 독한 시어머니가 된다더니, 자기들이 당했던 수모가 부당했다고 느꼈으면 같은 문화가 반복되지 않도록 고칠 생각은 못 할까?

같은 처지의 부기장들끼리 애환을 이야기할 때가 자주 있던 중에 이런 일도 있었다. H 부기장도 어느 날 그 G 기장과 임무 중에 더 이상 참을 수가 없는 한계를 느꼈단다.

그래서 모든 걸 때려치우고 싶어 자기도 몰래 갑자기 비행 가방을 챙겨서 조종석 밖으로 뛰쳐나가는 소동이 벌였다. "왜 그래? H 기장!"하고 말리더니 그다음부터 비행이 끝날 때까지 말없이 임무를 마쳤다며 의외로 상대가 세게 나가면 약하더라나?

십여 년이 흐른 뒤 심리학을 어깨 너머로 접할 때, 그분을 대입해 보니 사이코패스가 확실했다. 그 기장이 힘센 보직자들에게 유난히 절절매는 모습이 특이해 보였었다.

그 시절 다른 부기장한테도 같은 내용으로 착륙 단계만 설명하는 모습을 몇 번 더 보았다.

그때 나는 종일 굶고 시달리고 나니 기진맥진하여 앞으로도 이런 식으로 사는 게 자신이 없어졌다. 나는 주어진 환경을 요령 있게 정면

돌파할 줄 모르고 대신 도망가려고 했고 숨을 곳만을 또 찾았었다.

다음 쉬는 날 사무실용 소형 커피자판기 대리점 모집 광고를 신문에서 보고 신촌 부근 대리점 회사로 찾아갔다.

뭔가 이상하게 느꼈던지 대리점 사장이 나의 사업관계에는 관심이 없고, 나의 신상에 대해서 자꾸 물어 왔다. 그리고 끝에 가서는 사장실로 안내하더니 진지하게 나를 설득했다. 자기가 반드시 대리점 낼 수 있도록 도와줄테니 지금의 비행훈련 기간을 견뎌 보라는 것이다.

이익을 우선해도 모자랄 회사 사장의 호의에 나는 할 말이 없어 고개 숙이고 도살장에 찾아가듯 돌아왔다.

돌이켜보면 내 인생의 고비마다 좋은 분들이 많이 도와주셨다. 나는 혼나면서 물러설 자리 없이 치열하게 살아서 그런지, 지금의 젊은 사람들처럼 밝게 분위기 만들고 지적에 연연하지 않는 반전이 없었다. 나는 꾸지람을 온몸으로 받아들일 줄만 알았고 미련스럽고 멋없이 살았다. 내가 어린 시절 사랑받고 컸거나, 든든한 보호자가 있었으면 좀 더 자신감 있게 삶을 즐길 줄 알았을 것이다.

아니면 나중에라도 스트레스를 이기는 마음의 근육을 키웠든가.

멘탈이 강해야 했다.

대부분의 전문직 종사자는 어려운 면허취득 과정을 한 번만 통과하면 중간에 재자격 검증 없이 평생을 자격 인정 받는다.

그러나 조종사는 매년 시뮬레이터로 훈련과 학술, 실기 자격을 재심사받고, 실제 운항 중 비행 심사를 별도로 받아야 자격을 반복해서 재인정받는다.

만약 불합격되면 그 즉시 자격상실 되어 다음 날부터 비행이 중지되니 연중 긴장을 놓을 수 없다.

그뿐만아니라 조종해야 할 항공기가 바뀔 때마다 해당 항공기에 대한 재자격 심사를 받아야 하고, 기장이나 교관승격, 건교부 심사관의 불시비행 심사, 건강검진, 영어 등급 심사 때마다, 은근히 받는 스트레스를 견디어야 한다.

사 례 "예민하고 조종 능력에 자신 없으면 심사 한 달 전부터 스트레스로 식욕을 잃고 보통 몸무게 몇kg은 빠졌지!" 하며 퇴직을 앞둔 선배 기장이 과거를 회상하는 말을 들었다.

듣고 있는 나도 비슷한 심정으로 지내다가 호주 출신 심사관한테 시뮬레이터 심사를 받았던 적이 있었다.

심사 과정에 착륙 비행장으로 접근 단계에서 엔진에 약간의 진동이 있었다. 엔진 계기를 점검해 보니 큰 이상이 없었지만 서둘러 착륙하는 것으로 정하고 부기장한테 절차를 지시했다.

착륙 후 뒤에서 말없이 모니터 하던 심사관의 의도가 궁금하고 불안해서 방금 내가 조치한 비상절차가 맞느냐고 물어보았다. 호주 출신 심사관은 이번에 주어진 조건은 '엔진 파이어'에 준한 조치였어야 한다고 말할 뿐이었다.

비행이란 쉬지 않고 진행되는 다음 조작에 영향을 미치기 때문에 지나간 것에 연연하면 안 되는데 계속 찜찜한 기분이 지배했다.

별도로 2시간의 부기장 심사까지 함께 끝나고 나서 나는 '불합격' 통보를 받았다.

브리핑할 때부터 왠지 그 호주 심사관의 눈초리가 맘에 안 들었는데, 가타부타 내 주장을 하기도 싫었고 처음 받아본 'fail'이 무척 자존심 상했다.

"나는 모든 면에서 열심히 했어도, 현역에 있는 동안 진정한 마음의 평화를 가져본 적이 없었다!"

끊임없이 자기관리를 해야 하는 직업이다.

회사마다 차이가 있겠지만 다음 달 비행 스케줄이 2주 전쯤에서야 나오고 변경되는 경우가 자주 있었다.

기념일, 명절, 집안 행사를 챙길 수가 없고, 떠돌아다니는 직업이라 일정하게 반복해서 받는 교육, 레슨, 동호회 같은 것을 참여하기가 어렵다.

소중한 생명을 모시는 직업이라 좋은 컨디션을 유지해야 한다는 자기 검열에 항상 얽매였다. 과음이나 객기 부리는 것 같은 일탈 행위는 할 수가 없어 주변에서 재미없는 사람으로 취급받기 일쑤였다.

그리고 건조한 환경 속에서 오래 근무하다 보면 눈과 피부에 건조증 생기고, 불규칙한 수면과 식사로 소화불량 만성피로를 달고 산다. 그뿐만 아니라 고공에서 흡연은 타르가 폐 깊숙이 빨려 들어가 내가 지금 고생하는 폐기종과 천식 증상으로 고생하는 원인이 되었다.

그리고 앉아서 장거리 근무하다 보면 전립선이나 허리 건강에도 영향을 미쳤다.

그런데 가장 큰 단점은 다람쥐 쳇바퀴 돌듯이 평생을 좁은 공간에서 살았다는 것이다. 그리고 퇴직해 보면 세상의 다양한 실상을 경험할 기회가 없었던 탓인지, 사회의 복잡한 관계들에 당황스러울 때가 있다.

좋았던 것들

어디에 가도 인정받는 직업이다.

조종사 생활하는 동안 자기관리가 힘들었던 것들이 역설적으로 남으로부터 인정받는 데는 도움이 되었다.

배경이나 운이 좋아 성공했다고 조종사는 아무나 할 수 없는 특수 기술직이고 실력과 노력뿐만아니라, 건강, 경력 등의 검증 과정을 거쳤다는 점을 모두가 인정해 주었다.

특히 외국 생활하면서 신분을 드러내는 데 부담이 없었다. 예를 들면 각국 이민국에서 다른 사람에게는 까다로운 절차로 애를 먹이는 것들도 기장 신분인 나에게는 호의적으로 대하는 것을 느꼈다. 한번은 프랑크푸르트 공항 주변에 광활한 흑림(검은 숲)을 무작정 혼자서 걷다가 길을 잃었다. 멀리서 참조했던 비행기 내리는 방향을 반대로 착각했던지 나올 것 같은 낯익은 장소는 보이지 않자, 배고픔에 주저 앉았다.

마침 개와 산책하던 근처 주민의 도움으로 독일 숲 관리인과 그의 차량으로 호텔까지 신세를 지게 되어 미안했다. 그런데 상대가 오히려 보람 있어 하는 것에 이것도 나의 조종사 신분 덕택으로 여겨졌던 사례이다.

어느 모임에서도 환영받았다.

내가 조종사라는 것을 알고 나면, 사람들은 호기심을 가지고 여러 가지를 질문해 왔고 쉽게 친해질 수 있었다.

학생 대상으로 하는 재능기부 활동 시에도 조종사는 인기 있었다. 심지어 내가 도움을 받고자 참여한 종교 모임조차도 성직자분들의 호기심 질문으로 주객이 전도된 경우가 생겨서 이래도 되나 조심했던 적이 있었다.

이런 일도 있었는데, 한번은 교포가 많이 거주하는 미국의 한 도시에 꽤 큰 고급 술집이 있었고 술집 사장은 경제적으로 성공한 분이셨는데 우리와 골프 치며 알게 되었다.

몇 번 우리와 어울려 보고 나서 신뢰가 쌓이자, 은밀한 제안을 나에게 해 오셨다. 보통은 장시간 관찰과 검증을 거친 사람만이 명단에 올라가는 어떤 비밀 멤버가 될 수 있는데, 나는 직업과 건강 등을 고려했을 때 특별했던 모양이었다.

그 시절에도 미국까지 건너와 은밀히 사랑을 나누고 돌아가는 여인들이 있었다. 여인 중에는 귀부인뿐만 아니라 알만한 톱스타 여성도 있었다.

멤버들끼리는 철저한 비밀 조직으로 운영되는 것이 아닌가 짐작이 되었다. 그런데 뜻밖에도 내가 뜻이 있다면 나의 스케줄과 맞춰보겠다 한다.

나는 그때 그 제안 받았을 때도 약간 충격이었다.

여자라고 본능이 없겠는가 하고 돌이켜 생각하니 시대 변화에 따라 받는 느낌도 새삼스럽다. 내가 변강쇠 타입이었으면 사고 많이 칠 뻔했는데 골골 타입이 다행이었나 싶다. 이 경우도 기장 신분이어서 가능했던 것이 아닐까? ㅎㅎ

세상을 보는 시야가 넓어지고 유행을 빨리 안다.

사 례 알고 지내던 객실 사무장이 오늘이 자기 마지막 비행이라며 인사를 나누었다.

전문직 생활하다가 직업을 바꾸는 게 보통 일이 아닐 텐데, 사무장의 퇴직 이유를 물어보게 되었다. 그 사무장은 여러 나라를 비행 임무로 다니면서 퇴직 후의 유망사업을 일찍이 관심 있게 찾아보았고 이제는 결정한 후에 퇴직한다고 했다.

펫(애완동물), 명품대리점, 창고형 온라인 판매망 사업으로 압축한 유망사업 중에서, 강남에 펫 사업을 도전하기로 결심했단다. 만약을 위해 승무원이던 부인은 계속 항공사에 있기로 했다는 젊은 부부의 도전에 격려해 주었고 좋아 보였다.

한국의 생활 수준이 높아지면서 그 사무장이 언급한 업종들이 금방 호황을 맞았음을 확인할 수 있었는데, 지금쯤 그 사무장은 성공했으리라 짐작한다.

사 례 나는 뉴욕 출발 김포행 전단 비행 임무를 마치고 일등석 기장 고정석에 앉아서 이민 생활 중인 가족들 생활비 걱정에 생각이 많았다.

그때 97년도 우리나라 IMF 연말 분위기는 우울했고, 정말이지 나라가 망한 기분이었다. 우리는 그동안 멋모르고 흥청망청했다가 전혀 듣도 보도 못한 사태가 갑자기 벌어져서 정신을 못 차리고 슬프기만 했다.

그날 일등석에 두 사람 승객만 있었고 한 명은 한국말을 잘하는 외국인으로 심심했던지 여승무원과 대화를 나누고 있었다.

미국 로펌소속 변호사들이라는데 M&A(mergers and acquisitions; 기업 인수 합병) 때문에 가는 중이라면서 걱정하지 말라고 가당치도 않게 우리에게 위로하였다.

나는 그때 우리나라 IMF 현실을 희망 없는 패국(敗国)의 신세로
받아들였기에 기대도 안 했지만 몇 마디 나누었다.

그 변호사가 한국은 펀드 멘탈이 좋아서 곧 괜찮아진다고 말해서
우리에게 위로하는 립 서비스로 나는 받아들였다.

어느 정도 세월이 지나자 그 승객 말처럼 영원히 고통받을 것 같
은 경제 상황이 거짓말처럼 회복되었다. 또한 폭락했던 주가가 원위
치하는 것을 보면서 그때 그 사람들 말을 믿고 주식투자 했었으면 좋
았을 걸 하는 일들이 있었다.

이런 것들은 세계를 돌아다니면서 남보다 일찍 트렌드를 읽을 수
있었고 고급 정보를 접할 수 있었던 이유로 보였다.

특이한 경험과 추억이 많아 그것도 자산이다.

일반인들은 경험할 수 없는 사건들과 장소에 얽힌 에피소드가 많
아 재미있는 화제를 다양하게 들려줄 수 있어 좋다.

또한 외국의 한 지역에 관한 뉴스가 있을 때, 일반인들은 상상으
로 해당 지역을 연상하여야 한다는 것에 비해, 조종사는 그 지역을
시각적인 기억으로 바라볼 수 있다는 차이가 있다.

예를 들어 러시아가 우크라이나 남부 항구를 폭격했다는 뉴스를
들으면 조종사는 시각적으로 입력된 오데사 항구와 흑해 주변의 지

형을 회상하며 사건을 그려본다는 것이다.

은퇴 후 일상 생활하면서 눈앞에서 일어난 일들과 연계되어 회상되는 수많은 사건과 장면들이 마치 수백 편의 명화 장면 돌려 보듯 하면서 살고 있다.

혼자서 종일 걷는 중인데, 한참을 걷다 보면 나도 모르게 한 스토리 장면에 내가 들어가 있다는 걸 새삼 느낄 때가 많고 그래서 홀로 있어도 외롭지 않은 자신에 놀라 한다.

얼마 전 인천공항 남측해안선을 따라 걷다가 어디선가 싸이의 강남스타일 노래가 들렸다. 그러자 나는 프랑크푸르트역 앞 홍등가 거리가 온통 한국말로 "오빠 강남스타일!~~"하고 노래가 틀어져 있어 신기했던 장면으로 들어가 있었다. 나는 그런 식으로 행복한 시절로 잠시 잠시 들어가 있는다.

KBS 다큐세상; 김포공항 60주년·공항의 기억에 출연한 필자

복지제도 혜택 중에 항공 티켓

　일 년에 한 번씩 부부가 퍼스트 클래스 왕복권을 사용할 수 있었고, 그뿐만 아니라 일정액의 금일봉도 있었는데 돌이켜보니 큰 혜택이었다.

　본인과 자녀 결혼, 직계 사망, 부모 칠순 등의 관혼상제 시 항공권이 제공되었고, 할인권은 충분한 매수가 책정되어 있었다.

　특히 나처럼 이민 가족 있는 사람은 매우 도움이 되었고 주변 교민들의 부러움을 샀었다.

　사 례 둘째 아들 신혼여행 시 내가 지점장을 만나 신혼부부 인적 사항만 알렸는데, 이코노미석을 비즈니스로 업그레이드해 줄 수 있었던 모양이었다.

　이 순진한 신혼부부가 비즈니스석 식사와 음료수 값을 따로 계산하는 줄 알고 추가 주문 같은 것을 자제했다고 나중 후일담으로 들었다.

　또한 큰아들 신혼여행 때는 그들이 돌아오는 유럽 항공편에 내가 비행 임무로 스케줄 되어 있었다. 놀래 줄 의향으로 같은 항공기에 있다는 걸 알려주지 않고 있다가 순항 중에 잠들어 있던 아들 부부에게 들렀다.

　여행에 지쳐있는 신혼부부를 잠깐 깨워 짜~잔 하고 반가워해 주었는데, 꿈속에서 나를 보았다고 착각했는지 지금까지 그것에 대한 기억이 없는 듯하다.

대한항공은 'SKY TEAM', 아시아나항공은 'STAR ALLIANCE' 같은 글로벌 항공사 네트워크에 회원으로 가입되어 있어 회사 할인 티켓과 같은 혜택을 받고 세계 여러 곳을 갈 수 있었다.

수집하는 취미 생활에 적격

collector(수집가)한테는 승무원이 매우 유리한 직업이라 별별 희한한 수집을 하는 사람들이 있었다.

나는 산악자전거 타는 취미가 있을 때 소위 명품 자전거를 외국에서 사 오곤 해서 동호회원들 부러움을 샀었다.

퍼스트 클래스의 유명 인사들 탑승 때마다 싸인 북 채워가는 어떤 동료 기장의 모습이 신경 쓰였던 대신에, 값비싼 무선 모형항공기를 조립해서 손주들과 즐기는 선배 조종사는 신선해 보였다.

특히 여승무원들은 다양한 수집으로 애장품을 쌓아가며 즐거워하는 모습에 젊은 여자들한테는 여러 나라 다니는 직업이 괜찮아 보였다.

특별한 경험을 해보다

특수임무, 보안 유지

다음 주에 있었던 유럽행 비행이 갑자기 캔슬되고 자세한 비행 정보가 없는 스케줄이 나의 회사 전용사이트에 떴다. 스케줄러가 자기도 이유를 모른다고 기다려 보라는 임무였다.

내 Email로 특이한 내용의 임무에 관한 지시가 곧 하달되었다. '비행은 특수임무이며 보안에 각별히 신경 쓸 것!'하고는 비행 준비하고 강남 무역센터 내 호텔로 투숙하라는 지시였다.

가족에게도 말하지 말 것을 언급한 내용이라 궁금하면서도 중대한 임무가 주어져서 내가 뭐라도 된 것 같았다.

내가 어디 갔다가 언제 오는지 당연히 알아야 할 아내에게 나는 대단한 중책을 맡은 것처럼 그런 임무가 있다고 궁금하게 만들었다.

그런데 왜 뜬금없이 무역센터 호텔로 출두할까? 북한 김정일한테

갔다 와야 하거나, 중요 인물 또는 UFO 특수화물 운송인가?

호텔 브리핑 집합 장소에서 각자가 궁금해하며 조종사들과 객실 승무원이 합류했다.

'임무는 이라크 파병군인 수송이었다!'

그때 분위기로 봐서 외국 전쟁터로 파병하는 것도 보안이 필요했었다. 다음날 셔틀버스로 서울공항에 도착해 보니 우리가 운항해야 할 항공기가 이미 도착해 있었다.

탑승한 파병 장병들의 복장이나 모습이 잘생기고 늠름했다. 여군 장교들도 몇 명이 보였는데 요즘 군대는 확실히 여유 있고 자신감들이 있어 보여서 좋았다. 그날따라 날씨 상태도 좋아서 항로상의 지역 풍경을 감상할 수 있었고, 특히 히말라야산맥이 선명하게 보이는 광경을 보면서 쿠웨이트에 도착했다.

이미 도착해 있던 선발대 요원과 미군들이 마중 나와 있었다. 우리나라 국위선양을 위해 수고할 장병들의 건강과 안녕을 빌면서 승무원들은 현지 호텔로 이동했다.

현지인 사는 모습이 궁금해 호텔 밖으로 문 열고 나가는 순간 열탕의 뜨거운 바람이 확 느껴졌다. 주변 주택가 구경은 더위 때문에 포기하고 삼십 분만에 호텔로 돌아왔다. 이렇게 뜨거운 열사의 나라에서 사는 사람들이 대단해 보였고, 우리나라 중동 근로자들이 일하며 견디었을 고생이 떠올랐다.

격변기 가난했던 시절 원양어선으로, 독일 간호사나 탄광 노동자로, 월남 전쟁터로 그리고 중동의 현장에서 고생하며 조국 경제발전에 기여한 선배들이 고맙게 느껴졌다. 신생 독립국 중에서 우리나라가 유일한 선진국으로 진입하게 된 배경은 선배들의 수많은 피와 땀이 있었음을 잊어서는 안 된다고 생각한다.(또 국뽕이라 그만)

호텔 대형 실내 수영장에서 출발 준비할 때까지 시간을 보내고 있었다. 필리핀 출신으로 보이는 가정 도우미가 아랍계 두 어린이를 동반한 남자와 있었다. 애들이 수영하고 노는 사이에 아랍인 주인이 도우미를 더듬으며 몰래몰래 희롱하였고 도우미는 그 손을 뿌리치고 있었다.

도우미 여성은 가난한 가정 살림 때문에 머나먼 타국에서 돈벌이 하느라 저와 같은 온갖 수모와 애환을 겪는구나 싶었다.

애~고. 저런 장면 하나에도 힘들게 사는 모습들이 보여서 편치가 않았다.

아랍국가들이 외국인 노동자들을 고용하여 궂은일들은 도맡아 시키면서 철저히 값싼 임금정책을 고수한다. 그리고 작은 나라들은 자국민보다 외국 근로자가 더 많은 아랍국가가 대부분이다. 그런 면에서 보면 우리나라는 외국 근로자들에게 임금 문제만큼은 차별이 없는 셈이다. 가끔 그쪽에서 일하고 있는 근로자들이 한국 상황을 부러워하며 한국에서 일할 방법이 있는지 물어보곤 한다고 들었다.

근래 우리나라 병원 간병인, 가정 아기 돌봄, 마사지, 건설노동자

등등 많은 분야를 외국 근로자가 장악해 버린 상황은 검토해 볼 필요가 있어 보였다.

부인이 승무원으로 일하는 어느 부기장의 걱정을 들었던 적이 있었다. 부기장 불만에 의하면, 소위 '조선족 이모 돌보미'한테 애들을 맡기고 맞벌이하고 있었다.

그런데 돌보미를 쓰는데, 고액 임금은 둘째 치고 조금만 서운하게 하면 그만두거나 요구하는 정도가 '갑'의 위치에서 일한다고 걱정한다. 자기들끼리 연락망이 형성되어 있어 함부로 할 수도 없는 현실을 염려하였다.

내가 건물 지을 때 일하는 사람들 대부분이 외국인이었고 기술이 필요 없는 잡일 하는 한두 사람만 한국인이었던 실정과 비슷했다.(중간 생략)

한국으로 돌아오기 위해 항공기에 도착해 보니 모래가 들어가지 못하도록 엔진 입구를 덮개로 막아두었고, 동체와 타이어는 뜨겁게 달궈진 상태였다. 항공기의 섬세한 운항 장비 중에 고온에 녹거나 늘어져서 비행에 지장을 줄까 걱정될 정도로 뜨거웠다. 기내로 들어가 찜통 속에서 헉헉대는 승무원들을 위해서도 서둘러 엔진 시동을 걸었고 에어 컨디션 계통을 빨리 작동시켰다.

이런 곳에서 어떻게 살지 싶었던 곳을 파병 수송 임무로 경험했던 비행이었다. 그 뒤로도 키르기스스탄으로 한 번 더 수송 임무 했고, 우리나라 국력이 계속 커지고 있음을 현장에서 느끼면서 뿌듯해했다.

북극 항로를 지나면서

캐나다 동부 연안에 있는 핼리팩스(Halifax)로 연어와 수산물 운송을 목적으로 비행 임무가 있었다. 캐나다와 같이 복도 많은 나라들은 국토가 크기도 하려니와 비례해서 자원도 풍부하다.

비행장이 있는 '노바스코샤'주 주변과 '뉴펀들랜드' 섬 주변에는 주워 담기만 해도 되는 수산물이 종류별로 넘쳐난다. 핼리팩스 공항은 규모는 작지만, 대서양을 건너다니는 모든 항공기의 예비 또는 비상 착륙 기지로 사용할 만큼 위치상 중요한 공항이다.

뉴욕에서 9·11사태가 일어났을 때 미국으로 향하던 대서양 상공의 외국 항공기들이 한꺼번에 작은 핼리팩스 공항에 내렸던 적이 있었다.

공항에서 지상조업이나 연료 보급 등 처리할 수 있는 항공기 대수의 몇십 배가 넘는 200대 이상의 항공기가 한꺼번에 이곳으로 비상 착륙하고 말았다.

노바스코샤주 전체 민관군이 총동원되어 지원과 숙박 등을 각 가정에서 해결하느라 비상 체제로 며칠 동안 작동했던 일화는 유명하다.

내가 비행하며 가던 날은 모처럼 날씨가 쾌청하여 캐나다 북쪽

'하이 레벨'부근의 광활한 평지가 온통 그린 색으로 아름답게 보였다. 그런데 여기저기 동구란 원형의 호수가 유난히 많이 보였다. 마치 인공적으로 사람이 조성한 것처럼 원형 완전체였는데 필시 대형 운석들로 인해서 생긴 것들이 아닌가 짐작해 보았다.

뉴욕에서 체류한 후 핼리팩스에서는 화물만 탑재하고 곧바로 이륙했다.

돌아오는 항로는 오랜만에 북극권으로 계획되어 있었다. 북극 항로를 운항하는 항공사는 비상 착륙을 할 수 있는 공항을 지정해야 한다. 그 공항은 날씨와 관계없이 착륙과 출발을 할 수 있는 공항이어야 한다.

당연한 내용 같지만 여간 심각하지 않은 것이, 만약 엔진 고장으로 이런 곳에 비상 착륙했다면, 정비나 여객기 경우는 승객을 구조하러 인천공항에서 다른 항공기가 가야 하는 문제가 생긴다.

더군다나 그런 곳의 비행장은 호텔이나 숙박시설이 없고 어떠한 편의시설도 없어 48시간 이내에 철수시킬 수 있어야 한다. 극한 지역이라 화물기는 Polar suit(극지방 방한복)도 의무적으로 두 벌씩은 탑재하고 다니는 실정이다.

그래서 북극을 지나오는 동안 나는 공포감이 들 정도여서 빨리 지나가기를 바랐지만, 거대한 지역이라 벗어나는데 한참을 제자리 머무는 듯했다.

조건을 충족한 비상 착륙 기지까지 가는데 4시간 걸리는 위치에서는 제발 아무 일 없기를 바라는 심정이었다.

수천 킬로 안에는 어떠한 인간의 흔적도 없고 도움받을 수도 없는 그야말로 망망대해를 건너고 있었다.

북극 항로는 약 한 시간의 단축 비행이 가능하지만 아직도 문명의 발달만으로 운항하기에는 한계가 있었다. 더구나 나는 차가운 바닷물에 얼어 죽는 것은 상상만으로도 두려웠다. 오늘따라 외부온도가 영하 78도에 가까워 연료가 얼지 않도록 항공기 속도를 최대로 높였다.

속도라도 높여야 공기가 기체와 충돌하면서 생기는 마찰열과 연료통 압축 효과로 조금은 도움이 된다. 그래도 연료는 빙점 온도에 숫자가 머물러 있어 연료 온도계에서 눈을 뗄 수가 없다.

관제사와 통신이 원활한 VHF(초단파)를 사용할 수 없는 먼 거리여서, HF(전파가 구부러지는 특성으로 장거리 통신 가능)를 쓰고 있지만 오늘은 잡음이 심해서 송수신도 나쁘다.

태양풍이 강하게 발생하면 이것이 전리층을 교란시키고 HF 무전 상태에 영향을 미치는데 관제사와 한참을 교신할 수 없는 상태로 비행하는 것이다. 지도상으로는 작아 보였는데 실제 북극 상공을 지나가 보면 그 크기가 광대하다는 게 공포로 느껴졌다.

러시아 사하공화국의 야쿠츠크 관제소로 이관되면서 통화가 이루어지자 겨우 안도감이 들었다.

과학의 발달로 인간이 모든 것을 할 수 있는 것처럼 착각하고 있지만 실상은 지구의 겉가죽도 들여다보지 못한 상태다.

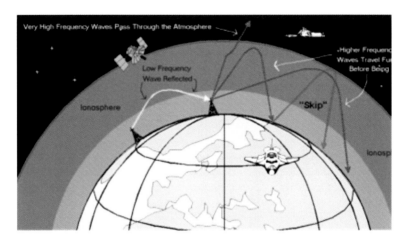

VHF는 직진 성향으로 단거리 통신에, HF는 전리층에서 반사되는 특성으로 장거리 통신에 이용된다.

회항할 때 일어나는 일들

여름이 한창때 비행하며 목적지 뉴욕으로 향하고 있었다. 서울 출발 브리핑 때부터 뉴욕 주변 기상 상태가 나쁘다고 예보를 받았었다.

30분마다 자동 발송되는 기상 예보를 수신하며 캐나다 '위니 팩'을 지나 미국 '디트로이트' 상공을 진입하며 뉴욕 관제소로 이관되었다.

첫 교신부터 고도 강하를 지시받았으나, 규정 한도 내에서 가능한 한 천천히 고도처리를 하여 연료 절약을 염두에 두었다.

멀리서 보아도 뉴욕 부근에 적란운이 여기저기 활성화되어 있음을 확인했고, 회항하게 되면 남쪽에 있는'필라델피아'로 갈 것을 미리 마음속으로 정해 두었다.

공항 상황을 직접 들을 수 있는 뉴욕 접근단계 관제사와 교신이 이루어질 때쯤 공항 가까이 뇌우가 다가오는 중이라며, 어떤 항공기부터 잠시 체공하라는 지시가 순차적으로 내려지고 있었다.

이런 상황일 때, 내 경험으로는 볼 것도 더 들을 필요도 없이 빨리 회항지로 가는 것이 상책이다.

그 이유는 다음과 같다.

- Thunder storms (뇌우)가 닥치면 직전에 갑작스러운 강한 바람이 불고 수 분 동안 천둥 번개가 뒤를 잇는다. 빨리 내리려고 하다 보면 실제로는 가장 나쁜 기상 상태에서 내리는 경우가 대부분이었다.

- 뇌우 크기에 따라 다르지만, 비행장을 지나가서 영향권을 벗어나는데 10분에서 30분 걸린다.

  먼저 도착해서 착륙 우선순위에 유리하거나, 연료만 충분하면 기다려도 된다.

- 착륙 우선순위에서 밀리면 체공시간을 예측할 수 없어 잔여 연료 때문에 하나같이 초조하게 기다리다가 결국엔 회항하는 게 보통이었다. 이때는 이상하리만치 연료계기도 빨리 줄어드는 게 특이하다. 저고도로 강하 상태에서 연료 소모율이 높아서다.

- 그러다 보니 긴장되는 시간만 연장될 뿐이고, 늦게서야 예비기지로 회항을 결심했을 때는 모두가 비슷한 상황으로 변한다.

조종사가 들려주는 비행 이야기

이때부터는 회항 공항과 교신부터 시작해서 체공 절차 등으로 또 한 번 공중은 시끄럽게 변한다.

- 'first come first serve'다. 회항지에 먼저 내려야 기상이 좋아졌을 때 최종 목적지로 재출발도 먼저다.
- 판단 미스로 회항이 잘못된 결정일 수 있는 확률은 실제 낮았고, 그렇다 해도 근무 시간 초과로 피곤만 감수한다면 우선 해야 할 결정이었다.

나는 다른 항공기들이 의아해할 만큼 빨리 결심했고 필라델피아 공항에 여유 있게 착륙 단계에 있을 때, 그제야 한꺼번에 회항하는 다른 항공기들 교신을 들을 수 있었다.

이륙 활주로 부근에서 항공기 대기하고 있으면서 연료 재보급 등을 미리 받았고, 그때야 줄줄이 회항하여 도착한 항공기들을 보고 있었다.

오늘 승객 중에는 교포들이 많았고 보스턴, 필라델피아 등 인근 도시에 사시는 분들이 있었다. 평소 회사가 교포분들에게 뉴욕 공항에서 육로로 교통편을 제공해 주고 있었다.

회항하고 보니 이날 필라델피아 거주 교포분들의 불만을 잠재우느라 객실 승무원이 시달리고 있었다.

이왕 이곳에 도착했으니 내릴 수 있도록 조치해 달라고 모든 필라델피아 인근에 사시는 교포분들 목소리가 커져 있었다. 내가 직접 마이크 잡고 설명하는데도 불구하고 쉽게 포기하지 않았다. 오히려 미국인 승객들이 고개를 좌우로 저으며 기장에게 수고 많다는 뜻인지 눈을 맞춘다.

결국 미국 이민국 공무원이 항공기에 와서 마이크 잡고 불가능한 이유를 설명하자 그때야 군말 없이 조용해졌다.

외국에서 마이너리티(소수)로 사시면서 큰소리치고 싶을 때가 얼마나 많았겠는가?

우리끼리 계실 때 맘껏 푸념도 목소리도 높여보는 것을 이해할 수 있다. 그런 열정과 분투가 오늘날의 우리나라 발전의 원동력이 아니었을까?

특별한
인연

의미를 안겨 준 인연들 ✈ --------------------------------

"의미 없는 긴 생을 사느니, 차라리 의미 있는 짧은 생을 사는 것이 낫다."영화배
우 비비안 리가 말했다.
국제선을 운항하다 보면 경유지나 기착지 인근에서 숙소를 정하고 지내야 하는
날들이 많다. 하루일 수도 있고, 며칠이 이어질 때도 있지만, 몇 달, 몇 년처럼 긴
나날이 아니고, 실상은 짧게 지나가는 시간이다. 그 짧은 시간에 내 기억 속에 의
미를 남겨 준 인연이 있다.
그리고 항공노조 초창기 때 애사심으로 함께 이상사회를 꿈꾸던 시절의 그 노조
동료들도 나에게 큰 의미를 안겨 준 소중한 인연이 되었다.

귀족 여인의 속마음

런던 북쪽에 '스탠스테드 공항'은 2차 대전 때 전투기 출격용으로 지어진 군 비행장이다. 그때 장교들이 사용하던 숙소를 지금은 호텔로 사용하는 등 옛 흔적을 짐작해 볼 만한 시설물들이 많았다.

런던 시내에서 멀리 떨어지고 외진 공항이 지금처럼 분주하게 여객기가 뜨고 내리는 민간 공항으로 발전한 뒷이야기가 있다.

항공기를 단순한 이동 수단으로만 생각한다면 값싼 비용으로 이용하겠다는 사람들이 있을 것이라고 판단한 미국 사업가 허브 켈러허(Herb Kelleher)가 '사우스웨스트' 항공사를 세웠다.

조금 불편하더라도 감내하고 타겠다는 승객이 넘쳐나 금방 전설 같은 경영 기록을 세웠다. 그러자 유럽에서도 '라이언 에어', '이지 젯' 같은 비슷한 목적의 저비용 항공사가 나타나게 되었다.

런던 히스로공항의 경우 공항 사용료가 비싼 것으로 유명했다. 이때 라이언 에어는 런던 북쪽에 외진 지방 공항에 눈독을 들인다.

라이언 에어는 한가했던 공항과 저비용 항공사가 서로 '윈-윈'할 방안을 가지고 협상에 임했다.

이런 제안을 거절하기 힘들었던 공항 측이 값싸게 모든 시설물을 이용할 수 있는 편의를 제공하자, 한가했던 스탠스테드 공항은 금방 영국의 큰 도시들을 제치고 두 번째 공항으로 성장했다. 지금은 마치 라이언 에어 전용 비행장인가 싶을 정도로 변한 모습을 볼 수 있다. 다만 저비용 항공사는 운영 방식이 어떻게 하면 비용 절감을 극대화할까에 초점을 맞추다 보니 승객이 모든것을 알아서 해야 하는 불편이 있다.

승객이 알아서 해야 할 일을 항공사가 도와줄 때는 엄청난 서비스 료가 붙어서 배보다 배꼽이 클 경우도 발생한다. 예를 들면 2만 원짜리 거의 공짜 티켓을 구했는데, 티켓 프린터를 안 해가면 카운터에서 직원이 해 주는데 5만 원, 체크인 안 되어 있으면 7만 원, 수하물 무게가 조금만 오버되면 추가되는 가격에 금방 성수기 정상 가격이 넘어가 버린다. 그래서 유럽 저비용 항공사를 이용할 때는 미리미리 신경 써야 할 것이 많다.

새로 지어진 여객 청사에서 버밍엄, 케임브리지나 가까이 아웃렛 있는 브랜트우드 같은 소도시로 갈 수 있는 육상 교통편이 발달하여 있다. 런던 시내 곳곳을 생활권으로 두고 다니다가 주변 도시를 섭렵하듯 구경하고 돌아다녔다. 일반인들은 시간과 경제문제로 가 볼 수 없는 쉽지 않은 여행이 승무원이라는 직업 때문에 가능하다는 사실은 민간항공 조종사로서 장점이라고 할 수 있겠다.

그것도 호텔 예약이나 항공 티켓 걱정 없고 체류비까지 받아 가며 생활하는 직업이다. 더 큰 선물은 회사 직원이 세계 지점마다 있으면서 도와주는 그 복이 기가 막혔다는 걸 퇴직하고 몇 년이 지난 후에야 절실하게 깨달았다.

어쩌면 지금의 우리 삶도 자세히 들여다보면 먼 훗날 하나하나가 값지고 소중한 선물로 느껴질 수도 있겠다 싶다.

그렇게 주변을 찾아서 여행하였던 스탠스테드 공항 청사 옆으로 화물기 승무원이 머무는 힐튼 호텔이 있고, 주변은 트레킹하기 좋은 코스가 많아 개인적으로 선호하는 목적지다.

약 30분 거리에는 어디서부터 시작되는지 모르겠지만, 동쪽 도버 해안까지 가는 철로가 놓여 있다. 2차 대전 후 철로는 걷어내고 이틀쯤 계속 걸었으면 싶은 아름다운 꽃길이 있다. 은퇴 후 몇 년이 지난 지

햇필드 포레스트 파크 풍경: 면적이 넓게 자리 잡고 야생화들이 피어 있다.

금도 꿈속에서 나타나는 길이다.

'비숍 타운' 가까이 영국 왕의 사슴 터 '햇필드 포레스트'가 있다. 그 옆으로는 '사자왕 리처드'가 말 타고 한없이 달려갔을 것 같은 꽃 길이 이어져 있는데, 나는 그 길 끝까지 가 보지 못했다.

옛날 철로 길은 야생화로 끝없이 이어진다.

중간중간에 철길은 끊어져서 흔적만을 남기고 '던모우' 타운을 지 나면서 도버해협까지 면면이 그 길은 포기하지 않고 연결되어 있다. 그 꽃길 좌측으론 군데군데 농장이 하나씩 자리 잡고 우측엔 이끼 낀 숲과 키 작은 보라색 야생화가 은하수처럼 곳곳에 흩어져 있어

이방인의 발걸음을 멈추게 한다.

인적이 드문 주변의 농토들은 작은 나무숲으로 경계 삼아 구분되어 있고 한꺼번에 보리밭과 유채밭 지역으로 모습을 달리하고 있다. 유채꽃 피는 사월이면 온 세상이 노랗게 파노라마처럼 펼쳐지고 윙윙거리는 벌과 새들 우는 소리만 들리는 그런 천국을 혼자만 즐길 때는 황송하기까지 하였다.

여기저기 산재한 토끼 굴에 느리게 숨어 들어가는 토끼들은 환경이 주는 여유를 반영하듯 넉넉히 즐기고 있었다.

하루는 어쩌다 자전거 탄 소년이 개와 달려 지나갔을 뿐, 사람 마주칠 일도 없이 한나절쯤 걷다가 한켠에 놓인 통나무에 걸터앉아 담배를 피워물고 상념에 젖어있었다.

아름다운 꽃길이 고요한 세계로 이끌고, 몇십 년 만에 들어보는 종달새가 지지배배 머리 위에서 울 때, 어렸을 적 우리 집 고구마밭에서 배고프고 쓸쓸하게 지냈던 추억을 되살려 주었다.

꼭 담배 연기 때문만이 아니라 그저 눈물이 나서 당황스러웠다. 그렇게 행복한 회상에 젖어서 그야말로 멍때리고 있었던 것 같다. 그런데 옆 숲길에서 나왔는지 불쑥 나타난 말을 탄 여인이 지나가며 슬쩍 쳐다보고 지나치려다가 멈춘다.

뭐가 잘못됐나 싶어 얼른 담뱃불부터 끄고 미안해하는데 나한테 무슨 일 있느냐고 물어온다.

무슨 일? 아마도 보이지 말았어야 할 남자 눈에 물기가 보였던 모양이라 웃으며, 아직 죽을 생각 없으니 안심해도 된다는 식으로 의사소통이 전해졌다. 여자가 깔깔깔 웃으며 말에서 내리는데 의외로 체구가 단단하고 혈색이 붉은 부인이었다.

어디서 왔고 어디까지 가느냐는 둥 얘기를 나누다가 바로 다음 영지가 자기 카운트 집이라며 심심한데 잘 되었다고 나를 초대했다. 손해볼 일도 없고 왠지 민낯을 벌써 보인 바람에, 서로가 다 아는 것처럼 편했다.

걸어가는 중에 여인이 말의 등을 어루만지며 오늘은 이것으로 충분하다고 말한테 속삭였다.

영지 내에 들어서자 젊은 노인네가 익숙한 순서인 듯 말고삐를 건네 받아 가고, 오랜 세월에 색바랜 대형 목재 건물 몇 채를 지나자, 정원과 오래된 석축 건물이 나타났다. 우리는 한쪽 유리집 같은 파빌리온(정자)에 들어갔다.

종아리가 퉁퉁 부은 할매가 여인으로부터 뭘 준비하겠다는 둥, 주문을 받아 가는 동안에 나는 잠깐 내부를 살펴보았다. 주변은 간단한 소파와 티 테이블 한쪽에 꿀이 채워진 작은 판매용 병들이 가득 쌓여 있고 음악 관련 기기도 있었다.

나는 그 여인과 조용한 클래식을 틀어놓고 앉아 대화를 나누었다. 그녀가 자기 집 소개를 하는데, 몇 대 조상 할아버지가 카운트(백작)였고 아들이 없어 누구한테 유산을 넘겼다는 둥, 뭐 그런 이야기를 나누었던 것 같다. 지금 생각해 보니 그녀의 남편이나 자식에 관한 소개는 없었다.

할매는 고기 조각이 든 빵과 생강차를 내왔다. 그녀와의 다과 후 영지 경내를 걸으며 둘러보던 중 크고 작은 이끼가 낀 묘비 앞의 어두침침한 색깔의 작은 교회에 발길이 닿았다.

교회 안의 나무 의자들의 크기가 우리나라 옛날 초등학교 나무 의자만큼 작았는데, 덩치 큰 앵글로색슨족 엉덩이가 의자에 어울리지 않을 듯하고 교회도 작았다.

그런데 그 작은 교회가 무려 320년의 역사를 가진 교회라고 그녀가 말했다. 다만, 지금은 보존만 하고 목회자가 있는 교회는 타켈리 타운에 있다고 한다.

잠시 작은 나무 의자에 앉아 교회와 같이 늙었을 액자와 부품들을 나도 모르게 저주파 상태로 바라보았다. 그러던 중에 어떻게 시작되었는지, 그 여인은 내 손을 잡고 너무 손이 예쁘다며 손등을 쓰다듬었다. 내 손이 예쁘다니? 내 손이 정말 예쁜가?

미국 LA에서 실전 영어를 배운다고 레슨비를 주기로 하고 모니카라는 뚱뚱한 아가씨와 몇 번 만난 적이 있었다. 한번은 그녀와 '폴 게티'박물관에 갔었는데 모니카도 내 손이 이쁘다며, 손잡고 다니기를 원해서 이래도 되나 했었는데…….

전혀 나쁜 뜻이나 의도는 없어 보였지만, 뜬금없이 플로베르의 '마담 보바리'가 연상되었다. 에둘러 알프스 소녀를 지켜주던 목장 지기

총각 역할처럼 밖으로 나왔다.

신하는 좋을 때 물러날 채비를 해야 오해 사지 않겠다 싶어, '외워서 써먹는 영어 구어체' 몇 마디를 선별하여 마지막 여운을 남기려 애썼고, 다행히 방향은 호텔 귀환으로 잡혔다.

유리 오두막을 지날 때 우리가 손잡고 걷는 모습을 할매가 보더니 순간 눈이 커다 꺼지고 양몰이 개가 뭘 안다고 고개를 좌우로 갸우뚱해서 한참을 서로 웃었다.

그녀는 내 숙소와 방향이 같은 곳에 사는 노인네 편 자동차를 이용하라고 호의를 베풀었다. 그녀의 부탁을 들은 노인네도 흔쾌히 수락했다. 진짜 내 손이 이쁜지 나를 태우고 갈 자동차가 있는 곳까지 그녀는 내 손을 꼬옥 잡은 채 걸었다.

이상하지만 싫지 않은 하루였고 귀족과 어울려 본 한나절 사이에 내가 제법 상류사회에 어울리는 사람처럼 자세를 잡은 것에 웃음이 나왔다.

귀부인은 두고두고 향기로운 냄새로 남아 있는 인연이 되었다.

은연중에 몸에 배어 있을 나의 품격에 자신 있었다거나, 영어를 고급지게 할 수만 있었더라면, 만들어진 인연을 영화처럼 이어갔을지도 모른다. 항상 그렇듯 나는 어느 중요시기마다 무너지듯 숨어 버리고 말았다.

'진짜 내 손이 이뻤을까? 발은 더 이쁜디!'

☆ 다른 영역에서와 달리 사랑에서는 상대에게 아무 의도 없고 바라는 것도 구하는 것도 없는 사람이 강자다.('책은 도끼다'에서)

내가 접해본 상류층

자랑하고 싶은데

나도 고참 기장이 되고 보니 호텔 체류하는 동안 왕성하게 돌아다니던 습관이 변했다. 그저 대중교통 이용하여 해변이나 쇼핑센터에서 보내는 시간이 많아지고 사람 사는 모습 구경하는 것으로도 마음이 편해졌다.

물론 젊은 후배들의 개인주의 문화를 방해할까 봐 조심하면서 생긴 변화이기도 하다. 각자가 호텔 룸에서 무엇을 하고 지내는지 다시 출발지에서 show up 할 때까지 서로 연락이 없이도 그러려니 하며 지내는 문화였다.

오늘은 샌프란시스코 재팬타운 가까이 'cathedral hill' 호텔에서 30분 거리에 있는 코스트코를 들렀다가 오는 길에는 'thrift store'(중고품 가게)를 들를 생각이다.

미국은 서민들이 애용하는 중고품 가게를 운영하는 단체가 다양하고 물건을 골라보는 재미도 있었다. 몇 번 이용해 보니 LA '베버리 힐스' 부자 동네같은 곳에 있는 중고품 가게는 기부 등을 통해 나오는 물건 중에 쓸만한 명품들도 많았다.

처음에는 이런 곳에 다니면서 물건 사는 게 눈치 보였는데 내 심리를 분석해 보니 떳떳할 필요가 있어 보였다.

백화점에서 맘에 드는 옷을 찾는 과정이 만만치 않았고 가끔은 비싼 가격에 비해 이러지도 저러지도 못하는 제품 때문에 속상한 적도 많았다.

거기에 비하면 중고품 가게 물건 중 품질 좋아 보이는 청바지나 티를 맘껏 입어 보고 골라 담아도 부담이 없어 좋았다. 그리고 대부분 괜찮은 물건들이어서 다녀 볼 만했다.

걸어가는 도중에 장엄한 돔 지붕의 샌프란시스코 시청을 지나가는데 한국인이 시 청사를 건축했다는 건지, 아니면 기부금으로 했다는 건지 나의 해석으로 애매한 영어 간판이 걸려있었다.

나는 30년 가까이 민간항공사 근무하면서 항공사 관련 변천사를 전체적으로 느낄 수가 있었다. 그중에 항공사 승무원이 투숙하는 호텔 수준이 조금씩 세월 따라 낮아지는 것도 한가지 현상이었다.

샌프란시스코에서 처음 투숙하던 호텔은 중심가 '유니언스퀘어' 주변에 있는 '니코, 힐튼, 더 웨스틴호텔' 등으로 시작해서 점점 외곽으로 밀리더니, 이제는 모텔급으로 낮아지는 경우가 생겼다.

취항하는 어느 도시에서나 비슷한 흐름을 보였고, 아시아나항공만 그런 것이 아니고 모든 항공사가 같은 패턴을 보였다. 그것은 기술 발달과 연관성이 있는 것이 아닌가 짐작해 보았다. 한때 인기 있었던 직업이었지만 기술 발달로 대중화, 보편화되면서 인기도 떨어지는 것이 기술직업 아닐까 생각했다.

예를 들면 첫 등장 때는 인기 있었던 택시 기사, 기차 기관사, 크레인 기사 등의 직업이 나중에는 흔해지면서 누구나 할 수 있는 직업이 되었다. 그와 같이 항공기 조종사, 배 선장 그리고 우주 비행사도 점점 시들해지는 기술자 직업의 운명이 아닐지 생각해 보았다.

또한 이 동네는 동성애자를 뜻하는 무지개 깃발이 여기저기 창문에 자랑스럽게 걸려 있다. 그러든가 말든가 싶다가도 그런 인간 변종도 문명과 연결해 보는 버릇이 작동했다.

그리스, 로마 전성기 귀족들이 사치와 환락의 끝에 다다르자 젊은 동성애인을 두는 데까지 타락했고, 해가 지지 않는 대영제국 귀족들은 파트너를 바꿔가며 즐기는 변태 문화가 나타나지 않았을까 상상하며 걷다 보니 코스트코에 도착했다.

할 일 없이 여기저기 다니면서 신상품이 뭐가 있나 보기도 하고 설명서도 읽어보며 시간을 보냈다. 구경하던 것 중에는 팔뚝만 한 킹크랩은 볼 때마다 서울까지 가지고 가고 싶은 것 중 하나였다.

그런 갑각류나 육류 같은 제품은 운송 중에 냉동 등의 문제로 엄두가 나지 않아 아쉬워하며 시간을 보내다가 양말 묶음 하나 들고 계산대 줄에 섰다.

옆줄 계산대에서 카트 끌고 서 있는 젊은 동양 여인이 굳이 인사를 해오는데 한국인이었다. 실례되지 않을 만큼 반응해 주었는데 계속해서 상대가 말을 하고 싶은 듯 관심을 주었고, 나를 한 번쯤 본 듯한데 누구인지 짐작이 가지 않았다.

비슷하게 계산이 끝나고 나오면서 상대 여인이 신분을 밝혀왔다. 잠시 승무원으로 있다가 결혼하고 유학생 신랑 따라 이곳에서 살고 있다 했다. 반갑게 인사를 교환 후에 내 쪽이 알아서 마무리해 주는 게 좋을 듯해서 반가웠다는 헤어짐의 순서를 밟았다.

여인이 나를 호텔까지 모셔다드린다고 했지만, 그만하면 인사치레로 충분했고, 나는 다음 차례로 들를 중고품 가게를 염두에 두었기에 감사를 표하고 사양했다. 젊은 색시가 진짜로 서운해하며 헤어졌고, 그 뒤로 나는 한참을 걸어왔다.

그런데 검은색 스포츠카가 도로 옆으로 멈추면서 그 여승무원 출신 새댁이 차창 밖으로 내다보며, 또 한 번 나를 모셔다드린다는 성의를 보였다. 나는 번잡한 도로 상태이니 빨리 출발하도록 사양하며 헤어졌다.

오늘 있었던 만남을 돌아오는 비행편 여승무원들에게 설명하였더니 비슷한 또래의 시니어가 누군지 짐작이 간다고 말한다. 그녀는 성품이 괜찮은 여승무원이었고, 에어라인 생활을 잠깐 하다가 대형교회 담임목사 아들과 결혼했다 한다.

얼핏 들어보는 대형교회 영향력은 웬만한 대기업이 부럽지 않을 정도라 하면서 그녀는 여승무원 중에 결혼을 잘한 케이스로 알고 있다고 전한다.

그런 소리를 듣고 나서 곰곰이 생각해 보니, 그 여인은 자기가 사는 모습을 나에게 보여 주고 싶은 마음이 아니었을까 짐작되었다. 눈치도 없이 사양만 한 나는 그때야 센스가 없었구나 싶었다.

알아봐 주기를 바라는 사람은 베풀고 돈 쓰는 데도 보람을 느낀다는 사례를 몇 번 경험했으면서도 나의 궁색한 생각은 끝까지 넓어질 줄 모른다.

내가 안중에도 없었을까?

전반부 비행 후 휴식을 위해 둘러보니 퍼스트 클래스에 젊은 여자 승객 한 분만 보였다. 요즘 여성들 나이를 가늠할 수 없지만 아가씨 같아 보였고, 기내에서 잠을 충분히 잤는지 좌석 라이트를 켜둔 상태로 있었다.

한참을 부스럭거리는데 기내에서 제공되는 잠옷은 옆에 두고 배꼽 보이는 탱크 톱과 레깅스 반바지를 입고 있었다. 나는 밀린 잠을 청하느라 컴컴한 상태로 좌석은 충분히 뒤로 뉘었지만, 본의 아니게 바로 옆에서 움직이는 장면이 보였다.

얼마쯤 지났을 때 기장석 쪽을 힐끗 한번 보더니 괜찮다 싶었는지 바로 내 눈앞 aisle(좌석 사이 통로)에서 필라테스('조셉 필라테스'라는 사람이 개발한 운동법으로 코어를 강화하고, 척추를 바로 세우며, 자세 교정하는 것이 목표) 비슷한 자세를 리얼하게 실현하고 있다.

역 자세로 몸을 꺾자 후면 라인이 적나라하게 드러나 보이는 민망한 자세를 코앞에서 하고 있는데 내가 일부러 고개를 반대쪽으로 틀었어도 눈은 훔쳐보는 것인지 아니면 보이는 것인지 하여간 내 마음이 산만해졌다.

그런데 보통 일이 아닌 게 설마 이 아가씨가 나를 유혹할 리는 없고, 그렇다고 나를 무시할 정도의 신분 차이는 아닐 텐데 하면서도 이게 무슨 상황이지 싶었다.

아마 한참을 acrobatics(곡예) 하듯 필라테스를 했던 거 같다. 나는 자고 일어난 뒤에 퍼스트 클래스 담당하던 승무원에게 누군지 알아보니 중후장대 수송 관련(힌트 아님) 업종 따님이란다.

고것 참, 나를 대하는 그녀의 행동이 요상했고, 못내 궁금해서 승무원들에게 의견들을 물어보니 무시라기보다는 내가 안중에 없었을 것이라는 중론이었다. 그랬을까? 하면서 학창 시절 닥치는 대로 읽었던 책 중에서 가벼운 충격으로 남았던 한 장면이 회상되었다.

'애니깽'(멕시코 유카탄 반도에서 재배되는 선인장과의 식물로, 밧줄이나 거친 카

펫 원료로 쓰인다. 스페인어 에네켄의 한국식 발음으로 멕시코로 이민 간 후손들을 가리키는 말로 쓰인다. 이들은 노예처럼 일하면서 비참한 삶을 살았다. 일본의 인력 송출 회사가 모집해서 1905년 4월4일 인천항을 떠났고, 30명이 항해 중에 사망하여 1,003명이 유카탄에 도착했다. 도착한 한국인들은 노예 경매와 같은 절차를 거쳐 각각의 애니깽 농장으로 배정되었다. 인천 월미도에 한국 이민사 박물관에 가면 내용을 알 수 있다. 또한 김영하 작가의 〈검은꽃〉을 읽어보면 사실에 근거한 한국인 이민자들이 멕시코와 과테말라 혁명 투쟁까지 참여한 역사를 엿볼 수 있다.)으로 팔려가 젊은 멕시코 농장주 집에서 요리사로 살았던 분이 자서전으로 남긴 책을 우연히 읽어보았었다.

　이 애니깽 동포가 노예처럼 집안일 하면서 지내는데, 농장주 저택 포치(베란다와 비슷한)로 식음료를 나르는 일이 빈번했다. 어떤 때는 젊은 농장주 부부가 발가벗고 한참 섹스하는 일이 있었고, 애니깽이 서브하는 동안에도 전혀 개의치 않았다고 한다. 그럴 때마다 그 애니깽은 내가 사람이 맞지? 스스로 확인했었다는 내용이 무척 충격적이었던 장면으로 기억되었다.

　오늘 퍼스트 클래스 이 젊은 여자 승객을 겪어 보면서 과거 그 애니깽의 이야기가 연상되는 것이 무슨 생각으로 그리하는지 내 마음을 헤아릴 수 없었다. 가끔 재벌가에서 일하는 자가용 기사나 가정부들이 그들과 같은 사람이 아닌 것처럼 취급받고 있는 사례들이 종종 뉴스를 탄다. 그럴 때마다 인간은 구분하고 차별하는 데서 우월의식을 찾는 부류도 있겠구나 싶지만 아무래도 미성숙한 인간들이 그런 것 아니겠나? 싶은 생각이 들었다.

"나도 그 아가씨한테는 안중에도 없었을까?"

호화 주택에 사는 교관

1990년 여름이었다. 외국은 난생처음 시뮬레이터 비행 훈련차 미
국 휴스턴으로 미국 항공대 출신 교포 'R'을 포함하여 8명이 갔다.

훈련 없는 날은 여기저기 주변의 명소를 여행 다녔는데, 한 번은
'존슨 우주센터'에서 달 탐사선과 우주개발 시설물 구경하였다. 우리
가 지게를 지고, 리어카로 생활할 때 이 사람들은 이런 거에 관심을
두고 있었구나 싶었다. 그때 우리는 휴스턴 주변과 댈러스의 '케네디'
관련 장소와 한없이 이어지는 '폰차트레인호 코즈웨이'(루이지애나주에
있는 호수) 다리를 건너가 '뉴올리언스' 재즈의 밤 문화 등을 즐겼었다.

1990년 루이지애나주 뉴올리언스에서 민항 입사 동기생들과 재즈의 밤을

나중에 군 동기생 둘이 짝이 되어 캘리포니아 롱비치 소재 비행기처럼 움직이는 'FULL BASE SIM'을 훈련을 위해 다른 일행들과 헤어졌다. 그때야 미 본토인 같았던 'R'이 있을 때와 없을 때의 일상 해결 능력의 차이를 실감했다.

아직 영어가 서툰 나와 파트너는 어찌어찌 LA 도착 후 렌터카 계약과 호텔 체크인을 하고 'SIM SAFETY SCHOOL'(훈련소 운영회사) 스케줄 적응과 미국 시뮬레이터 교관 응대가 시작되었다.

언어 소통에 자신 없는 수준에서 문화 차이는 너무 낯설었다. 빨리빨리 습득해야 하는 훈련에 스트레스는 이만저만 아니었고, 정확해야 하는 비행 절차는 눈치로만 해결하는 것에 한계가 분명했다. 쉬는 시간 10분 만에 담배는 두 대씩 뻑뻑 말없이 피우는 것으로 자신의 미숙함이 열등감이 되어 힘들었던 날들이었다.

그런 어느 주말이었다. 훈련 교관이 자기 12살 아들을 데리고 시뮬레이터에 들어와서 중간에 아들이 시범을 보이게 했다. 아들은 자주 그런 경험을 했는지 계기 접근과 착륙을 게임기 콘트롤하듯 잘했다. 교관이 흐뭇해하고, 우리는 손뼉 쳐 주며 그저 유구무언이었다. 미운 정 고운 정이라더니 용쓰며 버티고 타이트한 디브리핑 평가를 받는 시간이 쌓이면서, 미국 교관이 잘생긴 엘리트로 보이기 시작했고, 차츰 서로에게 신뢰까지 보이게 발전되었다. 나중 알고 보니 교관의 아버지는 '산타카탈리나섬'의 초대 시장이었고, 집은 태평양을 바로 내려다보는 '팔로스 베르디' 초호화 저택이었다.

쉬는 날 돌고래들의 환영 뱃머리 쇼를 감상하며 건너가 본 산타카탈리나섬은 서부영화를 찍던 장소로 알려져 있고, 그래서 아메리카들소도 남아 있으며 개척 시대 별장 풍의 집들이 아기자기 아름답게 형성되어 있었다.

훈련이 끝나고 미국 교관의 초대를 받아 들어선 저택은 크기도 크거려니와 초저녁 정원 끝 절벽에서 내려다보는 태평양은 '이렇게 사는 세상도 있구나!' 싶었다. 절벽 아래에는 사유지 같은 하얀 모래사장도 있으니, 보안과 거주, 거기다가 힐링 휴식도 가능한 꿈의 저택이었다.

사립학교 동창이었다는 부인은 영화산업 출신가 딸이었는데 말수 없이 넌지시 서브만 하는 품위 있는 부인이었다. 흔히 영화에서 보이는 졸부들의 품위 없는 모습은 찾아볼 수 없었고, 그저 넘치지도 부족하지도 않는다고나 할까? 곁들인 포도주에 우리는 기분이 고조되어 태권도 자랑도 했다가, 한국의 설악산 등 금수강산 관광으로 초대한다는 둥 두서없는 이야기에도 집주인은 우리의 장단을 맞춰주었다.

초등학생 자녀 남매도 예의 바르고, 자리에 함께하는 동안은 진지하게 어른들 대화 모드로 있다가 자기들 볼일 보러 가는 모습을 보면서 부럽고도 넘볼 수 없는 무언가를 느꼈다. 진짜 미국 상류사회 가정을 잠시나마 엿볼 수 있었던 기회랄까?

그때만 해도 우리는 골초 흡연자들이었다. 좁은 시뮬레이터 내부 가까이서 설명하는 교관은 담배 냄새가 역겨웠을 텐데도 불쾌한 표적을 보인 적이 없었다.

퀸 메리호 가까이 '바이 카운트' 호텔에서 장기 투숙하며 SIM 훈련을 받았다. 주변의 좋은 레스토랑에서 부유층의 즐기는 모습을 볼 수 있었다.

그런데 그날 그는 자기 집 정원으로 우리를 자연스럽게 안내하더니 흡연할 기회조차 일부러 만들어 주는 것이었다. 아마도 아름다운 저택에 담배 오염은 처음이었을 것임에도 그는 개의치 않은 표정이었다. 담배 피우라고 촌스럽게 피워 댔던 우리 문화 수준이 세월이 흐른 나중에야 부끄러웠다는 것을 깨달아야 했다.

답례를 한답시고 다음날 코리아타운에 있는 한국 뷔페식당에 교관 부부를 초대했었다. 분주하게 담아온 음식을 먹는 우리와 달리 초대받은 두 손님은 조금씩 맛만 보는 시늉을 하면서 대화에 성의 있을 뿐 먹는 것에는 관심이 없어 보였다.

여러 면에서 여유가 생긴 몇 년이 지난 후에야 같은 뷔페식당을 가 본 적이 있었고 그때야 교관 부부가 즐길만한 음식이 아니었음을 깨달았다. 화학조미료나 음식 재료에 무관했던 시절에나 통했을 수준의 레스토랑으로 교관 부부를 초대한 것은 분명 우리의 실수였다.

그분들과 함께할 때마다 일들이 꼬이기도 했지만, 끝까지 넘지 못한 문화의 수준 차이에서 오는 아쉬움이 있었다.

세월이 흘러 수준 있는 한국 식당에서 고급 음식을 먹을 때 그 부부를 대접했으면 싶다가도 또 격에 안 맞는 모습만 보일까 봐 아서라 생각을 접고 만다. 그 정도 품위와 격이 갖춰지려면 세대를 거친 내력이 필요하리라 짐작하며 그런 꿈을 꾸는 것조차 사치라는 생각이 들었다.

미국 상류사회 사람들을 잠깐 들여다보았던 그 기억이 행운이라 할 수 있는 인연 중 하나였다.

에피소드 상류사회 단면

영국, 프랑스 같은 유럽 국가는 계급사회로 서민과 귀족사회로 구분되어 있어 사용하는 말도 차이가 있고 소설도 읽는 대상이 정해져 있을 정도로 차별화되어 있다.

상대의 말만 들어도 어느 계층인지 알 수 있다는데 하류층 출신이 고급 말을 쓰면 비아냥 받는다 한다. 특히 문화 권력 차별화는 어렸을 때부터 교육장에서도 시작하고 장시간 투자해야 하는 음악, 스포츠, 에티켓 등으로 계층 구분이 굳혀진다고 한다.

영국 번성기 해외 확장 시대 남자들에게 "금욕주의"를 강조하는 풍조로 식탁 다리도 가리기 위해 식탁보 문화가 퍼지고, 결혼하는 딸에게 남편이 섹스하면 "조국을 생각하라!"고 친정엄마 가르침이 있었다 한다. 이런 억제 문화가 히스테리 발전 현상으로 잠재적 사회 문제도 있었다 한다.

성공한 교포로부터

모든 운동 종목에서 공통적으로 통용되는 포인트 중 하나가 힘을 빼는 거다. 힘을 빼야 자기 몸에서 방해하는 저항 없이 가속이 붙고 타격 직전에만 에너지가 집중되도록 몰아주는 식이다.

테니스를 칠 때, 느꼈던 원리를 골프에 적용해 보니 효과가 있었고, 한참 재미를 붙였을 때, 그 교포분을 골프장에서 만났다. 이민 초기에 엄청나게 고생했다가 경제적으로 크게 성공을 했다고 했다. 그러니 여유가 생겨 주변을 돌아보게 되었고, 바쁘게 보낸 젊은 세월 뒤에 채워야 할 허전한 무엇인가를 찾게 되었다는 분이다. 돈도 쓸 때 알아주는 이가 있어야 재미나 보람이 있고, 세속적이지만 자존감이 생길 텐데, 1세대 이민 생활이 그렇듯 끝은 공허가 남더란다.

비즈니스 관계도 아니고, 고국에서 왔다 갔다 하는 진실해 보이는 조종사들이 맘에 들었던지 식사 대접을 자청하였다.

호텔에서 쉬는 날은 LA 산중턱 'HOLLYWOOD' 대형간판 뒤로 수

많은 작은 산맥을 따라 트레킹을 다녔던 기억이 있는데, 그쪽 '그리피스' 천문대 쪽으로 가던 밤길, 어딘가에 한국식 요정이 있었다. 일식으로 대접받고 노래 연주 밴드팀을 불러 신나는 척 놀았는데, 2차 가자면서 카드 결제로 합계 3천 불을 계산했다.

헐리우드 간판 뒤로 트레킹 코스가 많다. 등산로는 여러 길로 갈라져 있으니 표지판이나 구글 지도를 꼭 확인하면서 다녀야 했다.

일정을 정하는 주도권이 이미 그분한테 넘어간 셈으로, 돌아오는 중간에 스트립쇼를 하는 곳으로 우리를 안내하셨다.

중간에 다른 에피소드를 소개하면, 조종사 선배 되는 분의 부인과 함께 L.A로 휴가를 왔다가 여행 중에 여유시간이 생기자, 밤에 스트립쇼 하는 곳에 차를 몰고 갔었단다. 부인께서 호기심을 가지고 나체쇼 구경까지 잘했으면서, 호텔로 돌아오는 길에,

"당신은 이런 곳에 얼마나 자주 왔으면 단번에 찾아올까?"

하면서 핀잔을 주는 바람에, 구경시켜 주고 김샜다고 선배 기장께서 억울해했던 곳이다.

다시 주제로 돌아와서, 스트립쇼를 적당히 즐기고 난 후에 출출해지자 간단히 후식이나 하자고 해서 고급 식당에 또 들르고서야 간신히 감사를 표하고 서둘러 호텔로 돌아왔다. 신세를 진 것에 대한 구색을 갖추려 중간중간에 간단한 팁은 내가 지불하였는 데도 몇백 불이 필요했다. 그분의 호의가 감사하면서도 우리가 과연 어울리는 자리였던가?

그렇게 자문하며, 그런 것조차 반드시 좋은 것만은 아니라는 것과 무조건 감사할 일은 아니라는 입장 정리를 하도록 인연을 맺은 사람이 바로 그분이었다.

그래서 끼리끼리 만나고 분수에 맞게 선택하여 살 필요를 느꼈다. 반대 입장이면 눈높이를 상대와 맞추는 센스가 필요하지 싶기도 하다. 부디 그분도 성공한 사람에게서 보이는 '전제의 세계'를 벗어나 마음까지 부자였으면 좋겠다는 바람이며, 부디 행복한 노후가 되시길 빌어 드린다.

에피소드 삶의 역설

날아오르는 연줄을 끊으면 더 높이 날 줄 알았다.
그러나 땅바닥으로 추락했고,
간섭을 없애면 편할 줄 알았는데 외로움이 뒤쫓아왔고,

바라는 게 없으면 자족할 줄 알았는데 삶의 활력을 주는
열정도 사라졌다.
나를 불편하게 하던 것들이 실은 내게 필요한 것들이다.
얼마나 오래 살지 선택할 수 없지만,
보람되게 살지는 선택할 수 있다.
결국 행복도 불행도 나의 선택이다.

노동운동과 K대 출신들

한때 한국 조종사는 만성피로 상태로 비행을 다녔고, 대형 비행 사고가 매년 있었던 시기가 있었다. 신생 아시아나항공이 몇 년 만에 흑자를 달성하자 경영 노하우를 배우고자 일본항공 경영진이 방한했다. 그러나 그들은 혹사 수준의 한국 조종사 비행시간을 보더니, 더 이상 흑자 경영의 한 수를 물어볼 필요를 느끼지 않아 그냥 돌아갔을 정도로 우리 조종사의 근무 환경이 열악했다.

나는 연속된 30일 기간에 137시간 비행을 했던 적이 있다, 그런데 가장 긴 154시간 비행 기록을 한 조종사도 있었다. 120시간 이상의 비행을 하려면 하루 쉬고 비행 나가는 패턴이 계속되어야 하며, 이는 시차 해결이 안 된 상태로 항상 머리가 '멍~'한 채로 비행하고 다녔다는 뜻이다.

예를 들어, 대만 왕복 5시간 비행을 위해 자료준비, 브리핑, 출퇴근, 비행 임무, 공항 이동 등을 하다 보면, 새벽부터 밤까지 근무해야 한다. 그 외에도 교통부 요구량을 충족하기 위한 각종 교육, 훈련, 검열, 신체검사뿐 아니라, 영어 자격 유지와 항공 관련 정기학술 시험 등을 위해서 근무 시간에 잡히지 않는, 개인 노력이 필요하여 휴식 시간을 잠식하는 구조였다.

그래서 선진 항공사들은 이미 월 75시간 전후로 비행시간을 규정하여 엄격하게 비행 안전을 최우선으로 하고 있었다. 비행사고를 예방하기 위한 감독 기관의 공무원은 민간항공사 출신들이 순환 보직하듯 하여 오히려 '을'의 눈치를 보아야 하는 모순이 그때까지 있었다.

어느 정도의 비행사고를 감안하고, 로이드 보험사 등에 보험료 인상과 경영 이익의 분기점 계산만 하는 사기업이 'KOREAN'브랜드를 사용했다. 이것은 국가 이미지에 크게 작용하여 종내에는 '코리아 디스카운트'에 간접 영향을 미치는 우를 범했다고 본다. 그때 우리나라 항공사는 매년 대형 사고가 일어날 수밖에 없는 구조적 문제점을 안고 있었다는 이야기다.

한번은 시애틀에서 과일 종류인 체리 화물 수송으로 이륙 전에 반드시 하게 되는 비상사태 발생 시의 절차를 수행하였었다. 연속된 비행으로 몸이 꼬이듯이 너무 피곤하여, '에~이. 비상 닥치면 죽어버리지!' 모든 게 귀찮아 그런 생각을 하는 나에게 스스로 놀랬던 기억이 뚜렷하다. 그 시기였던가? 옆집 항공사는 괌 비행에 충분한 시차 해결을 못 한 기장을 투입한 것이 대형 사고와 관련 있었던 것이 아닐까 짐작했다.

여담으로, 그때 사고기 임무를 맡았던 'S'부기장 가족이 살고 있는 뉴질랜드 북섬 '해밀턴'에 오클랜드에 살던 집사람과 선배 부인이 사고 다음 날 위로차 방문했었다. S 부기장 부인은 그날 밤 비행기 편 준비와 사고 충격에 경황이 없어 보였고, 홈스테이하는 2명 포함, 4명의 아이들은 사태를 모르는 듯 일상의 애들처럼 보여, 바라보는 심정이 안타까웠다는 말을 서울에서 전화 통화로 들었다.

더욱 특이한 인연은 'S' 부기장 집에서 홈스테이하는 2명의 아이들에 관한 이야기다. 세월이 지난 후 인천공항 인하대 부속병원 ○과 닥터로 근무하던 ○○○와 서로가 기러기 가장 신세로 어울리며 영종도 백운산 등산을 함께 한 적이 있었다. 대화 중에 그때 맡겨진 애들이 자기애들이었다는 것이었다. 그 우연의 연결이 참으로 신기하여 놀랐다. 그리고 그 사고 후에 자기는 가족을 캐나다로 이민을 보냈다는 닥터의 스토리를 듣게 되었다.

사고기 S 부기장의 아들들이 나중에 뉴질랜드에서 치과의사가 되었다는 소식에 잘 자라주어 감사한 마음이 들었다.

다시 앞서의 이야기를 이어가야겠다.

한식을 즐기는 일본항공 조종사들과 교포 식당에서 식사하며 대화를 나눈 적이 있었다. 그들의 월급은 우리보다 3배나 많았다. 그런 원인 때문인지 몇 년 후에 일본항공이 부도가 나서 일본 조종사들 일부가 아시아나항공사에 취업하기도 했었다. 반대로 조종사 비행시간은 우리가 많아서 우리 실정을 말하기 부끄러웠다.

회사 내 외국인 조종사는 2달에 10일 이상씩 휴가를 주는데, 나는 외국에 사는 가족들과 만날 수 있는 휴가 개념도 없어 어찌어찌 사정하여 일 년에 겨우 두세 번 다녀왔다.

민항 조종사는 기술자 서열 반영이 필요한 직업이라 인사 운영이 명확하다. 그런데 처세에 능한 돌발 출세자들의 등장으로, 선택받은 사람 위주의 승급이나 기종 전환 등 운영의 횡포가 조직 내부 사람들을 힘들게 했다.

여러 이유로 노조는 빨갱이로 취급받던 사회 분위기를 거역하고 조종사 노조설립에 뛰어들었다. 뚝심 있는 선배분을 위원장으로, 나는 부위원장 중 한 명으로 젊은 일반대학 출신들을 노조 실무에 포진시켰고, 다행히 옆 항공사도 비슷한 출발이 동시에 일어났다.

회사는 전문화되고 조직화한 칼자루를 쥐고 있는 형국이다. 애사대, 어용노조 선점, 고소 고발, 회유, 포섭 등의 다양한 카드로 끊임없이 노조원들을 괴롭히는데, 그때 노조 파괴 전문회사가 있다는 걸 처음 알았다. 군 출신이고 배포도 약한 나는 참으로 힘들었고, 항명, 투쟁, 불법 집회, 단어 자체도 심리적 면역을 가지는 과정이 필요했다.

한 번은 쟁의 찬반 투표를 하는 과정에서 내가 투표장 담당을 하고 있는데, 사측 구사대와 노무팀이 들이닥쳤다. 벽보를 찢고 투표함 탈취를 시도하는 혼란 속에서 나는 어찌할 줄 몰라, 내 지르고 싶은 고함은 목구멍 속으로 숨으며 졸아드는데, 평소 새까만 후배로만 여겼던 노조 부기장 간부가 그들에게 당당히 맞섰다. 노조 탄압의 부당성과 노무팀장 책임을 어떻게 묻겠다는 노동법을 들먹이며 그들을 제압하는 것이었다. 그의 그런 자신감이 통한다는 게 속으론 신기했다.

나중에 그 용기가 궁금해서 슬며시 물었더니, 80년대 대학교 데모에서 단련이 되었다나? '아~하, 집회의 본질이 투쟁해야 하는 행위에도 경험과 시련을 먹고 성장하는구나!' 그것을 느끼면서도 나는 그 후에도 한참이나 적응하는 데 힘이 들었다.

배포와 체력이 타고난 사람만이 정치도 노조도 한다는 것을 절실하게 깨달았고, 한편으로는 그들을 존경까지 하는 계기가 되었다.

설립인가가 날 수 없는 상태의 '법외 노조'로 단체 행동을 하는 것은 보호받을 수 없어 재산 압류를 피하기 위한 조치 등 노조 간부로서 여러 가지로 힘이 들었다. 마침 식구들을 이민 보낸 사이 고정 수입을 만든답시고, 방화동에 여러 채의 아파트로 임대 사업을 하였는데, 회사에서 차압이 예상된다고 법무 담당 노조 간부 연락이 왔었다. IMF 영향으로 부동산 경기도 나쁠 때라 손해 보고 처분해 버렸더니, 지금은 3억 대 올랐다 하여 아까웠고, 그때 9,500만 원 전후로 인수한 여승무원들은 지금 잘 살고들 있는지 궁금하다. 돌이켜보니 내가 팔고 나면 가격이 오르는 것이 반복이라, 부동산거래에 관심 있는 사람은 나의 거래를 모니터하는 것도 도움이 될 듯하다.

다시 노조 문제로 돌아와 고맙게도 동료 조종사가 80% 이상 노조원으로 일사불란하게 단체 행동을 같이했고, 학생 운동권 출신들이 모든 면에서 큰 힘을 발휘했다.

마침 대통령 해외순방 직전 전용 비행기를 담당(대한항공과 교대로)했던 회사로서는 청와대로부터의 압력이 작용해서인지 회사 대표이사가 조종사 노조와 협상 테이블에 마주 앉았고, 노사 합의는 극적으로 이루어졌다. 열악했던 민항 조종사의 안전 비행시간 제한과 임금인상 복지 개선 등 획기적인 발전을 이룬 합의였고, 그 후로는 매년 반복되던 대형 항공기 사고가 거짓말처럼 사라졌다. 결과적으로 조종사도 회사도 win-win 하는 좋은 노사 합의 사례가 되었다.

노동운동 역사에서도 법외 노조가 끌어낸 보기 드문 성공 사례였다. 법대 출신 노조원들의 도움을 받아 끝내는 대법원에서 '노조설립 인가증'을 받아 눈시울을 적시던 순간들이 있었다. 노동 현장에서 체감하는 많은 노동자와 전교조 등이 겪는 애환을, 겉으로 드러난 여론만 가지고 쉽게 비판하는 것은 조심해야겠다는 걸 현장에서 체험했다.

오너 한 사람의 힘과 종업원 전체의 힘이 같다고 처도 협상이 요구될 때는 나에게는 조합원들의 전폭적인 지지와 일사불란이 요구되는데, 오너 쪽은 모든것을 쥐고서 자금과 그들만의 인맥과 언론 플레이로 기울어진 운동장에서 경기하는 격이었다.

일방적인 귀족노조 프레임 씌우기 언론을 상대하느라 큰맘 먹고 몇천만 원씩 신문사에 '조종사 호소문' 광고 계약을 했는데도 뉴스 소식은 없었다. 알아보니 회사 광고료가 훨씬 컸던 모양인지, 공식적인 방법은 나쁜 의미로 기득권과 싸움에서 이길 수가 없었다.

자본가 범주에 폭넓게 연대해 있는 재벌과 기득권 언론들은 노동자나 하층민들의 결집을 방해하기 위해 지역 간, 종교 간, 출신 간, 계급 간의 갈등을 교묘하게 이용하고 있었다.

독일의 '사회주의노동당'같은 경우는 150년의 역사를 가지고 조직 내 백여 명의 박사급 연구진이 노동권 보호와 조합원 이익을 위해서 자리 잡고 있었는데, 우리나라의 노동자들은 그때까지도 재벌과 기득권 언론들의 방해 공작에 대한 대안을 못 찾고 헤매고 있었다.

평소 아껴 주시던 사회적으로 덕망 받던 지인께서, "개혁이란 힘든 것인데……"하며 말리지는 못하시고, 나의 치기를 존중하는 차원으로 정리하셨던 이유를 실감했다.

아무튼 애사심을 가지고 모두가 서로 감사하며 회사 발전에 기여하는 이상사회를 꿈꾸며 할 수 있는 데까지는 나도 참여해 보았다. 한편으로는 노동운동을 하면서 극복할 수 없는 어떤 한계를 개인적으로 불편하게 느꼈다. 비행시간의 조정, 작업 환경개선 같은 노동조건 개선이나 임금협상을 어디까지 해야 양쪽이 만족할 수 있을지 정답이 없다는 것이다.

결국, 단체 행동이나 쟁의를 통해 서로에게 굴복시키는 결과물이 합의의 본질이었고, 그러다 보니 개운치 않은 후유증이 남기도 했다. 예를 들어 조종사 노조가 협상에 성공하고 자신감이 붙자 사용자의 경영권까지 침범하거나, 끝내는 일부 조합원은 분수를 모르고 나대는 모습을 보이기까지 하였다.

몸담은 회사가 건강하게 성장하도록 노사관계를 유지하려면, 고도로 균형 잡힌 수준의 의식이 필요한데, 근본적으로 그것을 기대할 수 없는 면이 있었다. 한편으론 인간의 욕심이 끝이 없다는 간사한 면이 분명히 존재한다는 것이다.

세월이 흐르면서 민초들의 결속력도 떨어지고, 어용노조의 출현은 자연스러운 순서였던지, 견제가 사라진 후, 항공사 자체의 내실이 없이 외세 확장만 진행되었다. 그리고 한참 후에는 그룹이 해체 수순으로 가고 있다는 소식을 접하며, 내가 다니던 '아름다운 ○○○○'가 사라지는 항공기 운항회사로 가는 게 마음이 아팠다. 그때 아름답게 활동했던 조종사 조합원과 간부들, 군 출신 'J'와 K대 출신들, 그중에서도 그릇이 남달리 컸던 'L'에 지금 돌이켜 보며 특별히 감사한다.

PS: '소총수'로 필명을 날렸던 조합원이 누구였는지 궁금하다. '빨간 마누라'라는 닉네임으로 노조 사이트에서 활동하던 여인이 있었다. 촉탁 신분 등으로 오락가락하던 나에게 끝까지 산 자를 따르라 하여 충돌이 있었다. 인간 사회가 그렇듯 노동운동도 들여다보면 오욕칠정의 흔적이 있다. 한국계 최초 노벨 문학상 후보였던 김은국의 소설 <순교자> 내용 중 "수단 방법을 가리지 않고 싸우다 보면 악마가 된다." 하였다.

살아남은 자의 슬픔

물론 나는 알고 있다. 오직 운에 좋았던 덕택에 나는 그 많은 친구보다
오래 살았다.
지난밤 꿈속에서 이 친구들이 나에 관한 얘기 소리를 들었다.
강한 자는 살아남는다.
그러자 나는 자신이 미워졌다.

-베르톨트 브레이트-